À PROPOS DE L'AUTRICE

Nora Roberts est l'un des auteurs les plus lus dans le monde, avec plus de 400 millions de livres vendus dans 34 pays. Elle a su comme nulle autre apporter au roman féminin une dimension nouvelle ; elle fascine par ses multiples facettes et s'appuie sur une extraordinaire vivacité d'écriture pour captiver ses lecteurs.

La promesse de Noël

NORA ROBERTS

La promesse de Noël

Traduit de l'anglais (États-Unis) par
KARINE XARAGAI

Harper
Collins
POCHE

Titre original :
FIRST IMPRESSIONS

Ce livre est publié avec l'aimable autorisation de HARLEQUIN BOOKS SA.

HARPERCOLLINS FRANCE
83-85, boulevard Vincent-Auriol, 75646 PARIS CEDEX 13
Tél. : 01 42 16 63 63
www.harpercollins.fr
ISBN 979-1-0339-1826-4

1

Le soleil du matin décochait ses traits de lumière sur les montagnes, embrasant à dessein les touches de rouge et d'or qui émaillaient le feuillage vert foncé. Quelque part dans les bois, un bruissement trahit le retour précipité d'un lapin vers son terrier, tandis que dans le ciel un oiseau pépiait avec une gaieté insistante. Le chèvrefeuille s'agrippait en masses touffues à la rangée de clôtures bordant la route. Ses dernières fleurs embaumaient l'air d'un parfum léger. Dans un champ éloigné, un fermier et son fils moissonnaient l'ultime récolte de foin de l'été. On entendait distinctement le grondement régulier de la lieuse.

Sur la route menant à la petite ville, Shane ne croisa qu'une seule voiture en un kilomètre et demi. Le conducteur la salua de la main. Elle lui répondit de même. C'était bon d'être de retour chez soi.

Marchant sur le bas-côté herbeux de la route, Shane cueillit une fleur de chèvrefeuille et, comme lorsqu'elle était petite, inhala son fugace parfum sucré. Elle froissa les pétales entre ses doigts, et la fragrance s'intensifia. C'était une odeur qu'elle associait à l'été, de même que la fumée de barbecue et l'herbe tendre. Pourtant, l'été touchait à sa fin.

Shane attendait avec impatience l'automne, qui ferait resplendir les montagnes dans toute leur gloire. Celles-ci se pareraient alors de couleurs saisissantes, et l'air se ferait pur et vif. Quand viendrait la période venteuse, le monde s'emplirait de bruits et de feuilles tourbillonnantes. L'automne était la saison des feux de bois et des jonchées de glands.

Elle avait la curieuse impression de n'être jamais partie. Comme si, encore âgée de vingt et un ans, elle se rendait à Sharpsburg pour y acheter trois litres de lait ou une miche de pain qu'elle rapporterait à sa grand-mère. Les rues trépidantes de Baltimore, les trottoirs et la foule de ces quatre dernières années auraient pu n'avoir existé qu'en rêve. Comme si elle n'avait pas passé cette période à enseigner dans un établissement situé en zone défavorisée, corrigeant des copies et assistant à des réunions pédagogiques.

Pourtant, quatre ans s'étaient écoulés. L'étroite maison à étage de sa grand-mère lui appartenait désormais. De même que les trois acres de terrain boisé au relief accidenté. Et si les montagnes et les forêts n'avaient pas changé, pour Shane, il en allait tout autrement.

Physiquement, elle n'était guère différente de ce jour où elle avait quitté l'ouest du Maryland pour prendre son poste dans un lycée de Baltimore. Menue de partout, sa svelte silhouette n'avait jamais acquis les courbes et rondeurs tant espérées. Son fin minois triangulaire arborait une peau crémeuse au hâle délicat. Aujourd'hui encore, la seule allusion à son teint de pêche suffisait à la braquer : on lui avait tellement rebattu les oreilles avec ça… Son visage, dépourvu des pommettes élégantes dont elle avait toujours rêvé, se creusait de furtives fossettes à chacun de ses sourires. Son nez, parsemé de taches de rousseur, était retroussé. *Espiègle*. Ce qualificatif lui collait à la peau depuis toujours.

De fins sourcils arqués surmontaient ses grands yeux sombres, miroirs fidèles de toutes ses émotions. Son regard reflétait rarement l'indifférence. D'ordinaire, elle portait courts ses cheveux miel foncé qui bouclaient naturellement autour de son visage. En général, son heureux caractère animait sa mine expressive, et sa bouche fine et bien dessinée semblait toujours prête à sourire. *Mignonne* – c'était l'adjectif qui revenait le plus souvent pour la décrire. Shane en était venue à haïr ce mot, tout en se faisant une raison. Rien ne transformerait jamais la saine vitalité de son charme piquant en beauté chaude et sensuelle.

Tandis qu'elle longeait le dernier virage précédant l'entrée dans la bourgade, Shane fut prise d'une soudaine impression de déjà-vu : elle avait effectué ce même trajet à tous les âges – enfant, adolescente, et jeune fille à l'orée de sa vie de femme. Elle en conçut un sentiment de sécurité et d'appartenance. Rien dans la grande ville ne lui avait jamais procuré ce bonheur simple de faire partie d'un tout.

Elle parcourut en riant les derniers mètres à la course, puis poussa énergiquement la porte du magasin général. Le carillon tinta furieusement avant que le battant ne se referme.

— Salut !

— Salut à toi, répliqua avec un large sourire la femme derrière le comptoir. Tu es bien matinale, aujourd'hui.

— À mon réveil, je me suis aperçue que j'étais à court de café.

Avisant sur le comptoir le carton contenant les beignets du jour, Shane roula des yeux avec gourmandise et se dirigea droit dessus.

— Oh, Donna, ils sont fourrés à la crème ?

— Évidemment…

Avec un soupir envieux, Donna regarda Shane choisir un beignet et mordre dedans. Depuis presque vingt ans, elle voyait son amie s'empiffrer comme un ogre sans jamais prendre un gramme.

Bien qu'ayant grandi ensemble, les deux jeunes femmes étaient comme le jour et la nuit. Shane était aussi blonde que Donna était brune. Shane était petite ; Donna, grande et plutôt ronde. Toute sa vie, cette dernière s'était satisfaite de son rôle d'acolyte de Shane, plus directive. C'était elle, l'aventurière. Quant à Donna, son plus grand plaisir consistait à pointer les failles des plans que tramait son amie... avant de s'y rallier sans réserve.

— Alors, comment se passe ton installation ?

— Plutôt bien, répondit Shane, la bouche pleine.

— On t'a à peine vue depuis ton retour.

— J'ai eu tellement à faire ! Ces dernières années, Gran était complètement dépassée par l'entretien de la maison, expliqua-t-elle d'une voix où se mêlaient affection et chagrin. Elle s'est toujours davantage intéressée à son jardin qu'aux fuites du toit. Peut-être que si j'étais restée...

— Ah, ne recommence pas à te faire des reproches ! la coupa Donna en fronçant ses sourcils sombres. Elle tenait à ce que tu prennes ce boulot d'enseignante, et tu le sais très bien. Faye Abbott a vécu jusqu'à quatre-vingt-quatorze ans. Ce n'est pas donné à tout le monde. Et jusqu'au bout, elle aura gardé son fichu caractère !

Shane rit.

— Tu as bien raison. Parfois, j'ai la certitude qu'elle est assise à sa place dans le rocking-chair de la cuisine pour vérifier que je fais bien la vaisselle avant d'aller me coucher.

À cette pensée, Shane faillit se laisser aller à la nostalgie de son enfance envolée, mais refusa de verser dans les regrets.

— J'ai vu Amos Messmer dans son champ, en train de faire les foins avec son fils.

Son beignet avalé, Shane s'essuya les mains sur l'arrière de son jean et reprit :

— Je croyais que Bob était dans l'armée.

— Il a été rendu à la vie civile la semaine dernière. Il va épouser une fille qu'il a rencontrée en Caroline du Nord.

— Sans blague ?

Donna eut un petit sourire. En sa qualité de propriétaire du magasin général, elle avait toujours apprécié d'être les yeux et les oreilles de la petite ville.

— Elle vient ici le mois prochain. Elle est secrétaire juridique.

— Quel âge a-t-elle ? s'enquit Shane pour tester son amie.

— Vingt-deux ans.

Shane éclata d'un rire ravi, la tête renversée en arrière.

— Oh, Donna ! Tu es terrible. J'ai l'impression de ne jamais être partie d'ici.

Donna sourit en retrouvant la franche hilarité de son amie.

— Je suis contente que tu sois revenue. Tu nous as manqué.

Shane s'appuya d'une hanche contre le comptoir.

— Où est Benji ?

— Dave l'a pris en haut, expliqua Donna en se rengorgeant un tantinet à la pensée de son mari et de son fils. Si je lâche ce petit monstre dans le magasin, c'est la panique assurée. On se relaiera après déjeuner.

— C'est le côté pratique d'habiter au-dessus de son commerce.

Apercevant la brèche qu'elle avait espérée, Donna s'y engouffra :

— Shane, tu penses toujours à reconvertir ta maison ?

— Je n'y pense plus, rectifia Shane. Je vais le faire.

Elle embraya rapidement, sachant ce qui allait suivre :

— Un petit magasin d'antiquités, ça marche toujours, et le fait d'y associer un musée le distinguera des autres.

— Mais c'est tellement risqué…, fit remarquer Donna.

La lueur d'excitation qui brillait dans le regard de Shane renforça son inquiétude. Dans le passé, elle avait vu cette même lueur annoncer nombre de projets aussi fantastiques qu'osés.

— Le coût…

— J'ai assez pour monter mon affaire, affirma Shane, écartant tout pessimisme. Et pour l'instant, la majeure partie de mon stock peut être tiré de la maison. Je tiens dur comme fer à ce projet, Donna, poursuivit-elle devant la mine soucieuse de son amie. Ma propre maison, mon propre commerce.

Elle embrassa du regard le magasin compact et bien achalandé :

— Tu devrais me comprendre.

— Oui, mais moi j'ai Dave pour me donner un coup de main, je peux me reposer sur lui. Je ne crois pas que je serais capable d'assumer seule le lancement ou la gestion d'une affaire.

— Ça va marcher.

Shane fixa un point au-delà de Donna, le regard empli de sa propre vision.

— Je vois déjà l'air que ça aura quand j'aurai fini.

— Tout ce réaménagement…

— À la base, la structure de la maison restera la même, rétorqua Shane. Il y aura juste des modifications, quelques travaux…

Elle minimisa cette perspective du revers de la main :

— De toute manière, même si je ne comptais qu'habiter la maison, je serais en grande partie obligée d'en passer par là.

— Les permis, les autorisations…

— J'ai déposé toutes les demandes nécessaires.

— Les impôts.

— J'ai déjà vu un comptable.

Elle sourit tandis que Donna poussait un soupir.

— Je dispose d'un bon emplacement, de solides connaissances en matière d'antiquités, et je suis capable de retracer n'importe quelle bataille de la guerre de Sécession.

— Et ce à la moindre provocation.

— Attention, la menaça Shane, ou je t'inflige une reconstitution de la bataille d'Antietam.

Entendant le carillon de la porte retentir de nouveau, Donna feignit un soulagement comique.

— Bonjour, Stu.

Les dix minutes suivantes s'écoulèrent en menu bavardage, le temps que Donna encaisse et emballe les articles de mercerie. En un rien de temps, Shane serait mise au courant de tous les événements qu'elle avait manqués ces quatre dernières années.

À Sharpsburg, elle était acceptée comme une originale – la fille du pays qui était partie à la ville et en était revenue avec de grands projets. Pour les habitants les plus anciens de la bourgade et de la campagne environnante, elle serait toujours la petite-fille de Faye Abbott. Ces gens-là avaient l'esprit de clan et elle faisait partie des leurs. Elle ne s'était pas installée ni mariée avec le fils de Cy Trainer, comme prévu, mais aujourd'hui elle était de retour.

— Stu ne change pas, constata Donna lorsqu'elle se retrouva seule avec Shane. Tu te souviens au lycée, quand nous étions en seconde et lui en terminale ? Il était capitaine de l'équipe de football. Qu'est-ce qu'il était sexy dans son maillot trempé de sueur !

— Des muscles, mais pas grand-chose dans la cervelle, rétorqua Shane d'un ton sec.

— C'est vrai que tu as toujours été branchée intellos. Dis donc, enchaîna-t-elle avant que Shane ait pu protester, il se pourrait bien que j'en aie un pour toi.

— Un quoi ?

— Un intello. Du moins, c'est l'impression qu'il me donne. En plus, c'est ton voisin, ajouta-t-elle avec un sourire de plus en plus large.

— Mon voisin ?

— Il a acheté la vieille maison Farley. Il a emménagé au début de la semaine dernière.

— La maison Farley ?

Devant l'air incrédule de Shane, Donna eut la satisfaction de voir qu'elle lui annonçait un scoop.

— La maison a été pratiquement ravagée par un incendie. Qui serait assez bête pour acheter cette espèce de vieille grange délabrée ?

— Vance Banning, répondit Donna. Il vient de Washington.

Après avoir médité sur les implications d'une telle démarche, Shane haussa les épaules.

— Eh bien, je suppose que c'est un terrain de choix même si la maison devrait être condamnée.

Se dirigeant vers un rayon avec nonchalance, elle choisit une boîte de café d'une livre qu'elle posa sur le comptoir sans en vérifier le prix.

— J'imagine qu'il a dû l'acheter pour bénéficier d'un avantage fiscal ou un truc de ce genre.

— Non, je ne pense pas.

Donna encaissa le café et patienta le temps que Shane tire des billets du fond de la poche arrière de son pantalon.

— Il est en train de la retaper.

— C'est courageux de sa part.

Shane empocha la monnaie d'un air absent.

— Et seul, par-dessus le marché, ajouta Donna en arrangeant les présentoirs à bonbons. Je n'ai pas l'impression qu'il croule sous l'argent. Pas de boulot…

— Oh…

Cette dernière remarque éveilla aussitôt la compassion de Shane. Tout le monde pouvait être touché par le problème croissant du chômage, elle était bien placée pour le savoir. À peine un an plus tôt, le personnel enseignant de son lycée avait été réduit de trois pour cent.

— Il n'empêche, j'ai entendu dire qu'il se débrouillait plutôt bien, poursuivit Donna. Archie Moler y est passé il y a quelques jours, pour lui apporter du bois de construction. Il paraît qu'il avait déjà rénové l'ancien porche. Mais ce type ne possède quasiment aucun meuble. Des cartons de livres, mais à part ça, pas grand-chose.

Shane réfléchissait déjà à ce qu'elle pourrait lui céder de sa propre collection. Elle avait bien quelques chaises en trop…

— Et, ajouta Donna avec chaleur, il est hyper séduisant.

— Je te rappelle que tu es une femme mariée, la sermonna Shane.

— Ça ne m'empêche pas d'avoir des yeux pour voir. Il est grand.

Donna soupira. Du haut de son mètre soixante-treize, elle appréciait les hommes d'une certaine stature…

— Et brun, avec un visage comme habité. Tu sais, genre taillé à la serpe. Et des épaules…

— Tu as toujours été sensible aux belles carrures.

Donna se contenta de sourire.

— Il est un peu mince à mon goût, mais son visage compense le reste. Et réservé avec ça, il ne lâche pas trois mots.

— C'est dur de débarquer quelque part où personne ne te connaît. (Shane parlait d'expérience.) Et au chômage, par-dessus le marché. Comment crois-tu que…

Sa question fut interrompue par le tintement du carillon. Un coup d'œil par-dessus son épaule fit oublier à Shane ce qu'elle était sur le point de demander.

Il était grand, sur ce point Donna avait raison. Durant les quelques secondes pendant lesquelles ils se dévisagèrent, Shane enregistra chaque détail de son physique. Mince, oui, mais avec de larges épaules et des bras aux muscles saillants qu'exposaient les manches retroussées de sa chemise. Son visage hâlé s'amincissait en une mâchoire nette à la ligne bien dessinée. Une tignasse de cheveux noirs et raides retombait en mèches désordonnées sur son front haut.

Il avait une bouche magnifique. Pleine et bien dessinée, mais qui pouvait être cruelle, devina Shane d'instinct. Et son regard clair, d'un bleu profond, était froid. Sans doute même pouvait-il se faire glacial. Quant à son visage, elle ne l'aurait pas qualifié d'habité, mais plutôt de lointain. Il portait sur lui un air de distante arrogance. Chez cet homme, l'indifférence semblait rivaliser avec une puissante énergie intérieure.

L'attirance spontanée qu'elle éprouva pour lui la surprit. Elle avait toujours été attirée par des hommes décontractés et faciles à vivre. À l'évidence, celui-ci n'était ni l'un ni l'autre, pourtant elle ne pouvait nier ses sentiments. L'espace d'un éclair, toute son âme fut aimantée vers cet homme, en un élan qui tenait de la logique mathématique et de l'immatérialité des rêves. Cinq secondes, cela n'avait pas pu durer plus longtemps. C'était suffisant.

Shane sourit. Il lui adressa un infime hochement de tête, avant de se diriger vers l'arrière du magasin.

— Quoi ?

Shane avait encore l'esprit absorbé par cet homme.

— Ta maison, répéta Donna d'un ton entendu.

— Oh, trois mois, je pense…

Elle engloba le magasin d'un regard vide comme si elle venait d'y entrer :

— Il y a beaucoup de travaux à faire.

L'homme revint chargé d'un litre de lait qu'il posa sur le comptoir et chercha son portefeuille. Donna encaissa en lançant par en dessous un regard appuyé à Shane, puis rendit la monnaie à son client. Celui-ci quitta le magasin sans avoir prononcé un mot.

— C'était Vance Banning, annonça Donna avec emphase.

— Oui, soupira Shane. J'avais deviné.

— Tu vois ce que je veux dire. Hyper séduisant, mais pas franchement amical comme type.

— Non, admit Shane en se dirigeant vers la porte. À tout à l'heure, Donna.

— Shane ! la héla cette dernière, riant à moitié. Tu oublies ton café.

— Hein ? Oh, non merci, murmura-t-elle d'un ton absent. J'en prendrai une tasse plus tard.

Donna resta quelques secondes à contempler la porte qui s'était refermée avant de reporter son regard sur la boîte de café qu'elle tenait à la main.

— Quelle mouche l'a donc piquée ? s'interrogea-t-elle à voix haute.

Shane reprit le chemin de la maison, en proie à un trouble intérieur. Bien qu'émotive par nature, elle était capable, si nécessaire, de faire preuve d'un redoutable esprit d'analyse. Présentement, elle gérait le choc du flash qu'elle venait d'éprouver. C'était bien plus que la simple réaction d'une femme face à un homme séduisant.

De manière inexplicable, c'était comme si toute sa vie elle avait attendu cette rencontre brève et silencieuse. *Reconnu*. Le mot s'imposa à son esprit. Elle l'avait reconnu, oui, pas d'après la description de Donna, mais d'après sa connaissance intime de ses propres désirs. *C'était lui.*

Absurde, se morigéna-t-elle. Stupide. Elle ne le connaissait pas, ne l'avait jamais entendu s'exprimer. Aucune personne de bon sens ne pouvait éprouver quelque chose d'aussi fort envers un parfait inconnu. Sa réaction tenait plus probablement au fait qu'elle était en train de parler de lui avec Donna au moment où il était entré dans le magasin.

Quittant la grand-route, elle entreprit de gravir le chemin escarpé qui menait à sa maison. Assurément, il ne s'était pas montré amical, songea-t-elle. Il n'avait pas répondu à son sourire ni montré la moindre velléité d'une courtoisie élémentaire. Quelque chose dans le bleu froid de ses yeux imposait aux autres de garder leurs distances. Ce n'était pas le genre d'homme qu'elle appréciait d'habitude. Cela dit, la réaction qu'elle avait eue vis-à-vis de lui ne s'apparentait guère à la calme émotion qui caractérise la sympathie ordinaire.

Comme toujours en apercevant la maison, une bouffée de plaisir l'envahit. C'était à elle. Les bois, épais et teintés du premier souffle de l'automne ; l'étroit ruisseau au cours cahoteux ; les rochers qui surgissaient de terre un peu partout – tout cela lui appartenait.

Elle fit halte sur le pont de bois qui franchissait le ruisseau et observa la bâtisse. Elle avait vraiment besoin de travaux. Certaines planches du porche d'entrée devaient être remplacées, et puis il y avait le gros problème du toit. Malgré tout, c'était une adorable petite maison, confortablement nichée à l'orée des bois, à l'avant de collines onduleuses et des lointaines montagnes bleues. Elle avait été bâtie plus d'un siècle auparavant en roche de la région. La pluie ferait ressortir les couleurs des vieilles pierres qui rutileraient comme neuves. Mais pour le moment, sous le soleil, la maison était d'un gris rassurant.

L'architecture en était simple : au style avait été préférée la pérennité des lignes droites. L'allée s'avançait jusqu'à la terrasse couverte, dont la première marche était un peu effondrée. Ce ne serait pas la pierre qui poserait problème à Shane, mais bien le bois. Elle contempla les rudes contours de la maison afin de s'emplir de leur beauté familière.

Les dernières fleurs de l'été s'étiolaient. Les roses étaient roussies et fanées, tandis que s'épanouissaient les premières floraisons de l'automne. On entendait le sifflement de l'eau franchissant les rochers, le faible murmure du vent à travers les feuilles et le bourdonnement paresseux des abeilles.

Sa grand-mère avait toujours préservé son intimité. Shane pouvait faire le tour de la maison sans voir l'ombre d'une autre habitation. Souhaitait-elle avoir de la compagnie, elle n'avait que cinq cents mètres à parcourir, sinon elle avait la possibilité de rester chez elle en toute tranquillité. Après quatre ans de classes surchargées et de confinement quotidien, Shane était prête à accueillir volontiers la solitude.

Et avec un peu de chance, songea-t-elle en reprenant sa marche, elle pourrait ouvrir son magasin et être opérationnelle avant Noël. « Antietam Musée et Anti-quités ». Explicite et tout à fait respectable, estima-t-elle. Sitôt achevés les travaux extérieurs, elle serait en mesure de s'attaquer à l'intérieur. Tout était parfaitement clair dans son esprit.

Le premier étage serait structuré en deux parties informelles. L'entrée du musée serait gratuite afin d'inciter les gens à se diriger vers le magasin d'antiquités. Dans un premier temps, le patrimoine familial suffirait à alimenter la collection du musée, sans compter les six pièces emplies de mobilier ancien à trier et à répertorier. Il lui faudrait se rendre à quelques ventes aux enchères ainsi que courir les vide-greniers afin d'accroître son stock, mais normalement son héritage et ses économies devaient lui permettre de tenir un moment.

La maison et le terrain lui appartenaient, libres de toutes dettes et charges ; elle n'avait à s'acquitter que des taxes annuelles. Sa voiture, pour ce qu'elle valait, était payée. Chaque sou économisé pourrait être consacré à son projet de commerce. Elle allait connaître la réussite et l'indépendance – et ce dernier point comptait plus que le premier.

Chemin faisant, Shane marqua une pause et jeta un œil en contrebas sur la piste forestière envahie par la végétation qui menait à la propriété Farley. Elle était curieuse de voir ce que ce Vance Banning entreprenait avec cette vieille baraque. Et, autant l'avouer, elle avait envie de le revoir, maintenant qu'elle y était préparée.

Après tout, ils allaient être voisins, raisonna-t-elle en faisant taire ses dernières hésitations. La moindre des choses était de se présenter et d'entamer leurs relations sur de bonnes bases. Elle s'enfonça sous les frondaisons.

Elle connaissait ces bois par cœur. Que de fois les avait-elle arpentés depuis l'enfance, au pas de course ou en flânant ! Certains des arbres étaient tombés et vieillissaient au sol en pourrissant sur des couches de feuilles mortes. Au-dessus de sa tête, les branches se rejoignaient en arceaux, formant une voûte trouée çà et là par des flots de soleil matinal. D'un pas confiant, elle suivit le sentier étroit et sinueux. L'écho assourdi de coups de marteau lui parvint alors qu'elle était encore à quelques mètres de la maison.

Même s'il troublait la tranquillité des bois, Shane aimait ce bruit. Il symbolisait le travail et la progression. Hâtant le pas, elle avança en direction du son.

Elle était encore à couvert des arbres lorsqu'elle le vit. Il se tenait sous le porche refait à neuf de la vieille maison Farley et fixait les supports de la future balustrade. Il avait ôté sa chemise, et sa peau bronzée luisait d'un fin voile de transpiration. Les poils sombres de sa poitrine s'amenuisaient en ligne fine avant de disparaître sous la ceinture d'un jean à l'usure confortable.

Il souleva la lourde partie supérieure de la balustrade afin de la mettre en place, ce qui fit saillir les muscles de son dos et de ses épaules. Totalement absorbé par son travail, Vance n'avait pas conscience de la femme qui l'observait à la lisière des bois. En dépit de tous ces efforts physiques, il était détendu. Nulle dureté ne crispait le contour de sa bouche et ses yeux ne reflétaient aucune froideur.

Quand elle s'avança dans la clairière, Vance leva brusquement la tête. Son regard s'emplit de contrariété et de méfiance. Sans y prêter attention, Shane alla vers lui.

— Salut.

Son bref sourire amical creusa son visage de fossettes fugaces.

— Je suis Shane Abbott. Je possède la maison à l'autre bout du sentier.

Les yeux fixés sur elle, il accueillit cette information d'un haussement de sourcil. *Que diable me veut cette fille ?* s'interrogea-t-il avant de poser son marteau sur la balustrade.

Shane sourit de nouveau, puis contempla longuement la maison sous tous ses aspects.

— Vous avez du pain sur la planche, commenta-t-elle d'un ton aimable, en glissant les mains dans les poches arrière de son jean. Une si grande maison… Il paraît qu'elle était belle, jadis. Je crois qu'un balcon courait tout autour du premier étage.

Elle leva les yeux.

— Quel dommage que le feu ait fait autant de dégâts à l'intérieur – sans compter toutes ces années de négligence…

Elle tourna vers lui son regard brun et intéressé.

— Vous êtes menuisier ?

Vance eut une brève hésitation avant de hausser les épaules. Après tout, ce n'était pas si loin de la vérité.

— Oui.

— C'est pratique, alors.

Shane accepta sa réponse, attribuant son hésitation à sa gêne d'être au chômage.

— Toutes ces montagnes doivent vous changer de Washington.

L'homme haussa de nouveau un sourcil mobile et Shane sourit.

— Désolée. C'est le fléau des petites villes. Les rumeurs vont vite, surtout quand c'est un homme de la plaine qui s'y installe.

— Un homme de la plaine ? s'étonna Vance en s'appuyant contre le pilier de la balustrade.

— Vous venez de la ville, donc c'est ce que vous êtes.

Elle rit, d'un rire bref et pétillant.

— Même après vingt ans passés ici, vous resterez toujours un homme de la plaine, tout comme cet endroit sera toujours la vieille maison Farley.

— Je me fiche pas mal du nom qu'on lui donne, répliqua-t-il froidement.

Sa réaction assombrit le regard de Shane d'un froncement de sourcils imperceptible. Jamais ce visage aux traits durs et résolus n'accepterait un geste ouvert de charité, estima-t-elle.

— Moi aussi, je fais des travaux sur ma maison, commença-t-elle. Ma grand-mère adorait s'encombrer de meubles. Je suppose que vous n'avez pas besoin d'une paire de chaises ? Je vais devoir les hisser jusqu'au grenier si personne ne m'en débarrasse.

L'homme continua de la regarder droit dans les yeux, impassible.

— J'ai tout ce dont j'ai besoin pour le moment.

Ayant anticipé cette réponse, Shane réagit avec légèreté.

— Si jamais vous changez d'avis, elles seront au grenier, en train de prendre la poussière. Vous avez un beau morceau de terrain, commenta-t-elle en portant le regard au loin jusqu'à l'étendue de pâturages.

Il y avait là plusieurs dépendances, même si la plupart avaient cruellement besoin de réparations. Comptait-il s'en occuper avant l'arrivée de l'hiver ?

— Allez-vous élever du bétail ?

Vance fronça les sourcils en voyant le regard de Shane errer sur sa propriété.

— Pourquoi ?

La question était froide et inamicale. Shane s'efforça d'en faire abstraction.

— J'ai des souvenirs d'ici, quand j'étais petite, avant l'incendie. L'été, je passais la nuit allongée sur mon lit, fenêtres ouvertes. J'entendais les vaches des Farley aussi nettement que si elles s'étaient trouvées dans le jardin de ma grand-mère. C'était sympa.

— Je n'ai pas l'intention d'élever du bétail, lâcha-t-il d'un ton bref, avant de reprendre son marteau.

Lui signifiant très clairement son congé par ce geste.

Perplexe, Shane le dévisagea avec attention. Il n'était pas timide, conclut-elle. Grossier. Tout simplement grossier.

— Pardon de vous avoir interrompu dans votre travail, dit-elle froidement. Mais comme vous êtes un homme de la plaine, je vais vous donner un conseil. Vous devriez marquer les limites de votre propriété si vous ne voulez pas d'intrus chez vous.

Indignée, Shane reprit le sentier et disparut parmi les arbres.

2

Petite bécasse, songea Vance en faisant rebondir doucement le marteau sur sa paume. Il s'était montré impoli,
mais n'en éprouvait pas de regret particulier. Il n'avait
pas acheté une parcelle de terrain isolée en lisière d'un
point perdu sur la carte pour y recevoir ses semblables. Il
pouvait fort bien se passer de compagnie, surtout quand
celle-ci prenait la forme d'une blonde genre pom-pom
girl à grands yeux bruns et fossettes.

Que diable espérait-elle en venant ici ? s'interrogea-t-il
en tirant un clou de la poche qu'il portait sur la hanche.
Tailler une petite bavette ? Visiter la maison ? Il eut
un rire bref et sans joie. Une fan des relations de bon
voisinage… D'une main sûre, Vance enfonça le clou
dans le bois en trois coups de marteau. Il ne voulait pas
de voisins. Lui, ce qu'il voulait, ce qu'il comptait bien
avoir, c'était du temps à lui. Voilà bien trop d'années
qu'il ne s'était pas offert ce luxe.

Sortant un autre clou de la poche, il avança le long
de la balustrade. Il le positionna et le planta rapidement.
Surtout, il n'avait pas fait cas de la brève attirance qu'il
avait ressentie pour elle quand il l'avait vue au magasin
général. Les femmes, songea-t-il, la mine sombre, avaient
la manie diabolique de toujours profiter d'un tel instant
de faiblesse. Pas question de retomber dans ce piège. Ses
cicatrices étaient en nombre suffisant pour lui rappeler ce
qui se tramait derrière de grands yeux candides.

Me voilà donc menuisier, pensa-t-il. Un sourire narquois aux lèvres, il ouvrit les mains et examina ses paumes. Dures et calleuses. Elles étaient restées lisses bien trop longtemps, réfléchit-il, habituées à signer des contrats et à remplir des chèques. Pour un certain temps, il était revenu là où il avait débuté : dans le bois. Oui, il serait menuisier le temps de se sentir prêt à reprendre sa place derrière un bureau.

La maison, et le fait même qu'elle tombait en ruine, lui donnait la raison d'être qui l'avait déserté au cours des deux dernières années. Il connaissait bien la pression, la réussite, le devoir, mais il avait perdu le sens d'une joie simple, chose qui gisait ensevelie quelque part sous tout le reste.

Que le vice-président de Riverton Construction Inc. prenne les commandes pour quelques mois, pensa-t-il. Lui, il était en vacances. Et que la petite blonde aux yeux de biche reste sur ses terres, ajouta-t-il mentalement en plantant un autre clou. Les relations de voisinage, très peu pour lui.

Il se retourna au bruit des feuilles mortes froissées. Voyant Shane revenir sur ses pas, il marmonna un long chapelet de malédictions. Avec le soin exagéré d'un homme suprêmement agacé, il posa son marteau.

— Oui ?

Il la fixa d'un regard bleu glacial et attendit.

Shane ne s'arrêta pas avant d'avoir atteint le pied des marches. Toute sa timidité s'était envolée.

— Je me rends bien compte que vous êtes *extrêmement* occupé, commença-t-elle en lui retournant un regard d'une froideur égale à la sienne, mais j'ai pensé que ça vous intéresserait peut-être de savoir qu'il y a un nid de mocassins tout près du sentier. De *votre* côté du terrain, précisa-t-elle.

Vance lui jeta un coup d'œil méfiant, évaluant la possibilité qu'elle ait inventé toute cette histoire de serpents dans le seul but de lui casser les pieds. Elle soutint sans ciller son regard scrutateur, et se tut juste assez de temps pour laisser le silence s'installer entre eux avant de tourner les talons. Elle n'avait pas fait deux mètres qu'il exhalait un soupir d'impatience et la rappelait.

— Une minute ! Vous devez me le montrer.

— Je ne vous *dois* rien du tout ! s'indigna Shane – en vain – face à la porte grillagée qu'il venait de lui claquer au nez.

Un instant, elle regretta d'avoir vu le nid, ou de ne pas l'avoir tout bonnement ignoré pour poursuivre son chemin jusque chez elle. Mais alors, bien sûr, s'il s'était fait mordre, elle s'en serait voulu.

Eh bien, tu vas faire ta B.A., se dit-elle, voilà tout. Du bout de sa chaussure, elle shoota dans un caillou. Que n'était-elle restée chez elle ce matin ! Tout aurait été plus simple…

La porte grillagée claqua avec violence. Levant la tête, Shane regarda Vance descendre les marches du porche, muni d'une carabine bien huilée. Cette arme lisse et élégante allait bien avec sa personne.

— Allons-y, lança-t-il d'un ton bref en se mettant en route sans l'attendre.

Bouillonnante de colère contenue, Shane lui emboîta le pas.

Dès qu'ils avancèrent sous la voûte des arbres, ils furent parsemés de taches de lumière. L'odeur de la terre et des feuillages gorgés de soleil luttait contre celle de l'huile à canon. Sans un mot, Shane coupa la route à Vance pour prendre la tête de la marche. Elle s'arrêta, le doigt pointé sur un amoncellement de pierres et de feuilles mortes couleur marron.

— Là.

Après s'être approché d'un pas, Vance repéra les bandes en forme de sablier qui zébraient les serpents. Si cette fille ne lui avait pas indiqué l'endroit exact du nid, il ne l'aurait jamais remarqué… à moins, bien sûr, qu'il n'ait carrément marché dessus. Pensée tout à fait déplaisante, songea-t-il en évaluant la faible distance qui séparait le nid du sentier. Shane le regarda en silence ramasser un gros bâton afin de retourner les pierres. Aussitôt, un sifflement se fit entendre.

Les yeux braqués sur les serpents en colère, elle ne vit pas Vance épauler sa carabine. La première détonation la fit bondir. Durant les quatre suivantes, son cœur tambourina dans sa poitrine tandis qu'elle gardait le regard rivé sur la scène.

— Ça devrait suffire, marmonna Vance en baissant son arme.

Après avoir mis la sécurité, il se tourna vers Shane, dont le teint avait viré au verdâtre.

— Un problème ?

— Vous auriez pu me prévenir, fit-elle d'une voix tremblante. J'aurais préféré ne pas voir ça.

Vance jeta un regard sur l'horrible magma gisant au bord du sentier. *Bravo !* se sermonna-t-il amèrement. *Quelle gaffe !* Il la maudit en silence, se maudit lui-même, et la prit par le bras.

— Revenez vous asseoir à la maison.

— Ça va passer.

Embarrassée, mécontente, Shane tenta de se dégager.

— Je ne veux pas de votre gracieuse hospitalité.

— Et moi, je ne veux pas que vous tombiez dans les pommes sur mon chemin, riposta-t-il en l'entraînant vers la clairière. Vous n'étiez pas obligée de rester là après m'avoir montré le nid.

— Oh, mais ce fut un plaisir, parvint-elle à articuler, une main sur son estomac chaviré. Vous êtes l'homme le plus antipathique et le plus mal élevé que j'aie jamais rencontré.

— Moi qui croyais me tenir à carreau, murmura-t-il en ouvrant la porte grillagée.

Vance poussa Shane à l'intérieur et lui fit traverser l'immense pièce vide qui menait dans la cuisine.

Après un coup d'œil aux murs décrépis et au sol nu, elle lui adressa un simulacre de sourire.

— Il faut que vous me donniez le nom de votre décorateur.

Elle crut l'entendre rire, mais c'était peut-être une erreur de sa part.

La cuisine, en total contraste avec le reste de la maison, était propre et lumineuse. Les murs avaient été recouverts de papier peint ; quant aux plans de travail et aux placards, ils avaient été remis à neuf.

— Ah, ici c'est joli, reconnut-elle alors qu'il la faisait asseoir sans ménagement sur une chaise. Vous faites du bon travail.

Sans répondre, Vance mit la bouilloire sur le feu.

— Je vais vous préparer un café.

— Merci.

Shane concentra son attention sur la cuisine, bien décidée à chasser de son esprit l'horrible spectacle dont elle avait été témoin. L'encadrement des fenêtres avait été remplacé, leur bois teinté et verni pour l'assortir au lambrissage qui montait du sol jusqu'au plafond. Il avait laissé les poutres apparentes et les avait cirées de façon à leur donner un lustre mat. Le parquet en chêne d'origine avait été poncé, colmaté et encaustiqué. Vance Banning s'y connaissait en bois, estima-t-elle. Le porche, c'était de la menuiserie élémentaire, mais cette cuisine dénotait un réel sens esthétique allié au goût du détail.

Quelle injustice qu'un homme doué d'un pareil talent soit au chômage ! Toutes ses économies avaient dû passer dans l'apport initial pour la propriété, réfléchit-elle. Même si la maison s'était vendue à bas prix, le terrain était magnifique. Se remémorant le dénuement des autres pièces du rez-de-chaussée, Shane ne put se défendre d'un nouvel accès de compassion. Elle laissa son regard errer vers le sien.

— C'est vraiment une pièce charmante, déclara-t-elle en souriant.

Une infime touche de couleur avait afflué à ses joues. Vance lui tourna le dos pour décrocher un mug.

— Il faudra vous contenter d'un instantané, lâcha-t-il.

Shane poussa un soupir.

— Monsieur Banning… Vance, décida-t-elle, et elle attendit qu'il se retourne pour poursuivre. Nous sommes peut-être partis du mauvais pied, tous les deux. Je n'ai rien d'une voisine fouineuse et indiscrète – du moins pas au point d'en être haïssable. J'étais curieuse de découvrir le travail que vous faisiez sur la maison et j'avais envie de voir à quoi vous ressembliez. Je connais tout le monde dans un rayon de cinq kilomètres, ici.

Elle se leva dans un haussement d'épaules.

— Je n'avais pas l'intention de vous embêter.

Comme elle allait le frôler en passant, Vance lui saisit le bras. Sa peau était encore glacée.

— Asseyez-vous… Shane.

Le temps d'un instant, elle détailla son visage. Il était froid et inflexible mais, derrière ce masque, elle sentit comme une lueur de bonté contenue. En réaction, son regard se fit plus chaleureux et elle l'avertit :

— Je dénature mon café avec du lait et du sucre. Trois cuillerées.

Vance eut un sourire réticent qui lui releva un coin de la bouche.

— C'est dégoûtant.

— Oui, je sais. Vous en avez ?

— Sur le plan de travail.

Vance versa l'eau bouillante et, après un instant d'hésitation, décrocha un second mug pour lui-même. Un café dans chaque main, il rejoignit Shane à la table à abattants.

— C'est vraiment une pièce agréable.

Avant de se servir du lait, elle fit courir ses doigts sur la surface du meuble.

— Une fois restaurée, cette table sera une merveille.

Shane ajouta trois généreuses cuillerées de sucre dans son mug, faisant légèrement tressaillir Vance qui buvait son café noir à petites gorgées.

— Vous vous y connaissez en antiquités ? s'enquit-elle.

— Pas vraiment.

— C'est une de mes passions. En fait, j'envisage d'ouvrir un magasin.

D'un air absent, Shane ramena en arrière les cheveux qui lui tombaient sur le front, avant de se laisser aller contre le dossier.

— Apparemment, nous avons choisi le même moment pour nous installer ici. J'ai passé ces quatre dernières années à Baltimore à enseigner l'histoire des États-Unis.

— Vous avez abandonné l'enseignement ?

Ses mains, remarqua Vance, étaient aussi menues que le reste de sa personne. La fine trace bleue des veines qui couraient sous sa peau claire lui donnait un côté très délicat. Elle avait des poignets étroits et des doigts effilés.

— Trop de règles et de consignes, affirma Shane en agitant ces mêmes mains qui avaient capté son attention.

— Vous n'aimez pas les règles et les consignes ?

— Uniquement les miennes.

Elle secoua la tête en riant.

— J'étais plutôt bonne comme prof, vraiment. Mon problème, c'était la discipline.

Elle lui lança un sourire contrit en tendant la main vers son mug de café.

— Je suis nulle, question discipline.

— Et vos élèves en profitaient ?

Shane roula des yeux d'un air accablé.

— Ils ne manquaient aucune occasion.

— Mais vous avez tenu bon pendant quatre ans ?

— Je me devais de persévérer coûte que coûte.

Un coude sur la table, Shane appuya le menton au creux de sa paume.

— Comme beaucoup de gens qui ont grandi dans un petit patelin rural, je voyais la ville comme un eldorado.

Les lumières vives, la foule, l'effervescence trépidante… Je voulais connaître l'excitation avec un grand E. Je l'ai eue pendant quatre ans. Ça m'a suffi.

Elle reprit son café.

— Et à côté de ça, vous avez des citadins qui pensent que la solution c'est d'aller vivre à la campagne pour y élever des chèvres et faire des conserves de tomates.

Elle rit, le nez dans son mug.

— L'herbe est toujours plus verte ailleurs.

— C'est ce qu'on dit, murmura-t-il en la regardant.

Elle avait de minuscules paillettes dorées dans les yeux. Comment ne les avait-il pas remarquées plus tôt ?

— Et vous, pourquoi Sharpsburg ?

Vance haussa les épaules avec désinvolture. Toute question personnelle était à éluder.

— J'ai fait quelques petits boulots à Hagerstown. J'aime bien cette région.

— Vivre si en retrait de la grand-route peut s'avérer problématique, surtout l'hiver, mais personnellement ça ne m'a jamais dérangée d'être bloquée sous la neige. Une fois, ma grand-mère et moi sommes restées sans électricité pendant trente-deux heures. Nous nous sommes relayées pour entretenir le feu du poêle à bois et nous avons fait cuire la soupe dessus. Les lignes téléphoniques aussi avaient été coupées. Nous étions comme seules au monde.

— Ça vous a plu ?

— Pendant trente-deux heures, oui, répondit-elle avec un sourire amical. Je n'ai pas le tempérament d'un ermite. Certaines personnes sont de la ville, d'autres du bord de mer.

— Et vous, vous êtes une montagnarde.

Shane releva la tête et le regarda dans les yeux.

— Oui.

Le sourire qu'elle avait ébauché à son intention ne se matérialisa pas. Quelque chose dans la rencontre de leurs regards lui remémora cet instant au magasin. Cela n'en était qu'un simple écho, mais en un sens, plus perturbant.

Elle comprit que ce phénomène était voué à se reproduire, inéluctablement. Elle avait besoin de temps pour décider de l'attitude à adopter face à cette situation. Elle se leva et alla rincer son mug à l'évier.

Intrigué par sa réaction, Vance décida de la mettre à l'épreuve.

— Vous êtes une femme très séduisante.

Il savait comment adoucir sa voix d'inflexions flatteuses.

Shane se retourna vers lui en riant.

— La bouille idéale pour une pub de barres aux céréales, pas vrai ?

Son sourire était diaboliquement attirant, songea-t-il.

— Je préférerais être plus sexy, mais j'ai choisi d'avoir le genre sain.

Elle appuya sur le mot avec une emphase peinée en revenant vers la table.

Il n'y avait aucune duplicité dans ses manières ni dans son expression.

Que cherchait-elle donc ? se demanda-t-il une fois de plus. Occupée à détailler la cuisine, Shane ne vit pas son regard perplexe.

— Je suis vraiment en admiration devant votre travail.

Prise d'une inspiration subite, elle se tourna vers lui.

— Dites donc, j'ai des tas de travaux et de réaménagements à effectuer avant de pouvoir ouvrir. Je sais peindre et faire quelques bricoles moi-même, mais il y a beaucoup de menuiserie.

Nous y voilà, songea Vance avec détachement. Elle cherchait un service gratis. Elle allait lui faire le coup de la femme désemparée en comptant que son orgueil de mâle aurait raison du reste.

— J'ai ma propre maison à retaper, lui rappela-t-il avec froideur, debout devant l'évier.

— Oh, je sais bien que vous ne seriez pas en mesure de me consacrer beaucoup de temps, mais nous pourrions peut-être trouver un arrangement.

Excitée par cette idée, elle se leva pour le rejoindre. Son esprit anticipait déjà à toute allure.

— Je ne pourrais pas vous payer autant que ce que vous gagneriez en ville, enchaîna-t-elle. Peut-être cinq dollars de l'heure. Si vous aviez la possibilité de vous libérer dix ou quinze heures par semaine...

Elle se mordilla la lèvre inférieure. C'était un tarif dérisoire, mais en ce moment c'était tout ce qu'elle pouvait se permettre.

Incrédule, Vance ferma le robinet avant de la regarder bien en face.

— Vous me proposez du travail ?

Shane rougit un peu, craignant de l'avoir mis dans l'embarras.

— Eh bien, seulement à temps partiel, si ça vous intéresse. Je sais que vous pourriez gagner davantage ailleurs, et si vous trouviez quelque chose d'autre, je ne m'attendrais pas à ce que vous restiez, mais entre-temps...

Elle n'acheva pas sa phrase, ne sachant trop comment il allait réagir au fait qu'elle était au courant de son chômage.

— Vous parlez sérieusement ? s'enquit Vance au bout d'un moment.

— Eh bien... oui.

— Pourquoi ?

— J'ai besoin d'un menuisier. Vous êtes menuisier. Il y a beaucoup de travaux à faire. Vous pouvez refuser de vous en mêler. Mais pourquoi ne pas y réfléchir et passer chez moi demain pour jeter un coup d'œil au chantier ?

Elle tourna les talons, prête à s'en aller, mais marqua un temps d'arrêt, la main sur la poignée.

— Merci pour le café.

Vance resta quelques minutes le regard fixé sur la porte que Shane avait refermée derrière elle. Tout à coup, il éclata d'un rire sincère et admiratif. Celle-là, songea-t-il, c'était la meilleure de l'année !

Le lendemain matin, Shane se leva de bonne heure. Elle avait des projets pour la journée et comptait bien s'y attaquer de façon systématique. Le sens de l'organisation n'était pas son fort. Encore une raison qui expliquait que l'enseignement ne lui ait pas convenu. Cependant, quand on envisage de monter un commerce, le stock constitue un élément primordial – il lui fallait faire l'inventaire de ce qu'elle possédait, des objets qu'elle pourrait supporter de vendre et de ceux qu'elle devrait réserver au musée.

Ayant décidé de procéder du bas vers le haut, Shane, plantée au milieu du salon, fit le point sur la situation. Il y avait là une jolie chauffeuse Chippendale en acajou, une table à abattants et pieds pivotants qui ne nécessitait aucune restauration, une chaise à dossier en échelle dont le cannage de l'assise était à refaire, une paire de lampes à pétrole Aladin et un sofa en velours capitonné qu'il faudrait regarnir. Sur une table basse Sheridan trônait un pichet en porcelaine des années 1830 qui contenait une gerbe de fleurs que sa grand-mère avait fait sécher elle-même. Shane les effleura brièvement avant de s'emparer de son bloc-notes. Tout cela respirait trop son enfance pour qu'elle puisse s'octroyer le luxe de s'appesantir dessus. Si sa grand-mère avait encore été de ce monde, elle lui aurait demandé de s'assurer qu'elle agissait à bon escient, puis lui aurait dit de se lancer. Shane était sûre d'avoir raison.

Elle lista systématiquement les objets en deux colonnes : une pour ceux qui nécessiteraient des réparations, l'autre pour le stock qu'elle pouvait vendre en l'état. Il lui faudrait fixer le prix de chaque chose, ce qui en soi constituait une tâche énorme. Elle passait déjà ses soirées plongée dans des catalogues, à prendre des notes. Il n'y avait pas un seul magasin d'antiquités qu'elle n'ait visité dans un rayon de cinquante kilomètres. Elle avait soigneusement pris en compte la procédure et l'évaluation des prix. Elle intégrerait ce qui lui plaisait à son stock et écarterait le reste. Quelque forme que prenne sa boutique, Shane était bien décidée à ce qu'elle lui ressemble.

L'un des murs du salon s'ornait d'étagères fourre-tout qui avaient été fabriquées avant sa naissance. Elle s'en approcha et entama sur une autre feuille une nouvelle liste d'objets qu'elle destinait au musée.

Le képi et la boucle de ceinturon, vestiges d'un uniforme de la guerre de Sécession ayant appartenu à un ancêtre, un bocal de verre rempli de douilles usagées, un clairon cabossé, un sabre d'officier de cavalerie, une cantine portant les initiales J.D.A. gravées à la main sur le métal – ce n'étaient là que quelques éléments des reliques dont elle avait hérité. Shane savait qu'au grenier se trouvait une malle chargée d'uniformes et de vieilles robes. Il y avait un journal griffonné par l'un de ses arrière-grands-oncles au cours des trois années pendant lesquelles il avait combattu pour le Sud, ainsi que des lettres écrites à une tante de ses aïeules par le père de celle-ci, qui avait servi sous le drapeau nordiste. Chaque pièce serait répertoriée et datée avant d'être mise sous verre.

De sa grand-mère, Shane avait peut-être hérité la fascination pour les reliques de l'histoire, mais pas sa négligence. Il était temps que les vieilles photos et les objets d'époque descendent de leur étagère. Mais comme toujours lorsqu'elle examinait ou manipulait ces objets, Shane se perdit dans sa rêverie.

À quoi ressemblait l'homme qui le premier avait soufflé dans ce clairon ? Il devait être rutilant en ce temps-là, et intact. Un jeune garçon, songea-t-elle, aux joues recouvertes d'un duvet de pêche. Avait-il connu la peur ? L'euphorie ? Tout droit sorti de sa campagne, imagina-t-elle, et sûr de lutter pour la bonne cause. De quelque côté qu'il ait combattu, il avait donné le signal de la bataille en sonnant ce clairon.

Avec un soupir, elle reposa l'instrument et le mit dans un carton. Avec soin, Shane emballa et empaqueta jusqu'à ce que toutes les étagères soient vides, à part la plus haute. En reculant, elle réfléchit à la façon dont elle pourrait atteindre les objets qui se trouvaient à plus d'un mètre au-dessus de sa tête. Sans prendre la peine de traîner la lourde échelle à travers la pièce, elle tira une chaise à elle. Elle était perchée sur le siège lorsque résonna un coup frappé à la porte de derrière.

— Oui, entrez, cria-t-elle, un bras tendu en l'air et l'autre main posée sur une étagère inférieure afin de garder l'équilibre.

Elle jura et maugréa en voyant que les objets restaient hors de sa portée. Juste comme elle se hissait sur la pointe des pieds, chancelante, quelqu'un la saisit par le bras. Perdant l'équilibre dans une exclamation étouffée, Shane se retrouva fermement agrippée par Vance Banning.

— Vous m'avez fait une peur bleue ! l'accusa-t-elle.

— Vous n'avez rien trouvé de plus intelligent que de monter sur une chaise ?

Il la fit descendre sans ôter les mains de sa taille. Puis, alors qu'il avait bien l'intention de la relâcher, il n'en fit rien. Elle avait les cheveux en bataille et la joue maculée d'une traînée de poussière. Ses mains petites et fines restaient posées sur ses bras tandis qu'elle levait vers lui un visage souriant. Sans réfléchir, Vance inclina la tête et appliqua sa bouche sur la sienne.

Shane ne se débattit pas, mais eut un sursaut de surprise. Ensuite, elle se détendit. Même si elle ne l'attendait pas maintenant, elle avait toujours su que ce baiser viendrait en son temps. Elle se laissa envahir par cette première vague de pur plaisir.

La bouche de Vance se pressait âprement contre la sienne, sans douceur ; cela ne ressemblait en rien à ce qu'un baiser signifiait pour elle : un geste d'affection, d'amour et de réconfort. Pourtant, son instinct lui souffla qu'il était capable de tendresse. Levant une main pour lui caresser la joue, elle chercha à apaiser le chaos d'émotions contraires qu'elle devinait en lui. Il relâcha aussitôt son étreinte. Le contact de sa paume avait été trop intime pour lui.

Shane sentit qu'il lui fallait prendre la chose à la légère, même si tout son corps brûlait du désir d'être dans ses bras. Inclinant la tête sur le côté, elle lui décocha un sourire malicieux.

— Bonjour.

— Bonjour, répondit-il prudemment.

— Je fais l'inventaire, expliqua-t-elle en désignant la pièce d'un geste ample. Je veux répertorier le tout avant de l'entreposer là-haut. Je compte convertir cette pièce en musée et le reste du rez-de-chaussée en magasin. Pourriez-vous m'aider à attraper ces choses sur l'étagère du haut ? lui demanda-t-elle en cherchant des yeux son bloc-notes.

Sans un mot, Vance déplaça l'échelle et s'exécuta, déconcerté par le fait qu'elle n'ait pas fait allusion à leur baiser fougueux.

— Une grande partie des travaux va consister à entièrement vider la cuisine pour en installer une autre à l'étage, poursuivit Shane en jetant un œil à ses listes.

Elle savait que Vance l'observait dans l'attente d'une réaction quelconque. Elle était bien décidée à ne pas lui donner ce plaisir.

— Bien sûr, il faudra abattre certains murs, agrandir les encadrements de porte. Mais je ne veux pas perdre l'âme de cette maison dans le réaménagement.

— Vous semblez avoir réfléchi à tout.

Était-elle vraiment aussi sûre d'elle ? se demanda-t-il.

— Je l'espère.

Elle pressa le bloc-notes contre sa poitrine et embrassa la pièce d'un regard circulaire.

— J'ai demandé toutes les autorisations nécessaires. Quel casse-tête ! Comme je n'ai aucun sens des affaires, j'ai dû bosser deux fois plus dur pour m'initier à tout ça. Je joue gros. Mais, reprit-elle d'un ton ferme et résolu, ça va marcher, je vais tout faire pour ça.

— Quand comptez-vous ouvrir ?

— J'ambitionne la première quinzaine de décembre, mais…

Elle haussa les épaules.

— Ça dépendra de l'avancement des travaux et de ma capacité à étoffer rapidement mon stock. Je vais vous montrer le reste de la maison. Comme ça, vous pourrez vous faire une idée du chantier et décider de l'accepter ou non.

Sans attendre son consentement, Shane se dirigea vers l'arrière de la demeure.

— La cuisine a de beaux volumes, surtout si on y inclut le garde-manger.

Ouvrant une porte, elle révéla un grand placard garni d'étagères.

— En enlevant les plans de travail et le gros électro-ménager, je devrais gagner beaucoup de place. Ensuite, si l'on agrandit cette ouverture, continua-t-elle en poussant une porte battante, en n'en conservant que l'encadrement, cela donnera davantage d'espace à la salle d'exposition principale.

Ils entrèrent dans la salle à manger éclairée par de hautes fenêtres à croisillons. Shane se déplaçait d'un pas vif, remarqua-t-il, et savait exactement ce qu'elle voulait.

— Cette cheminée ne sert plus depuis des années. J'ignore si elle fonctionne encore.

Shane passa devant et alla effleurer d'un doigt la surface de la table à manger.

— Ma grand-mère y tenait comme à la prunelle de ses yeux. Elle a été rapportée d'Angleterre il y a plus d'un siècle.

Le bois de cerisier luisait sous la caresse du soleil.

— Les chaises font partie du lot d'origine. Hepplewhite.

Shane passa la main sur le dossier en forme de cœur des six sièges restants.

— L'idée de vendre cet ensemble de salle à manger me déplaît fortement – elle l'aimait tant, mais…

Sa voix se teinta de nostalgie tandis qu'elle remettait en place une chaise qui n'en avait nul besoin.

— Je n'aurai pas d'endroit où les mettre et je ne peux pas me permettre le luxe de les garder pour moi.

Elle se détourna.

— La vitrine à porcelaines est de la même époque, poursuivit-elle.

— Si vous preniez un poste au lycée du coin, vous pourriez garder tout ça et laisser la maison telle quelle, l'interrompit Vance.

Il y eut quelque chose de courageux et de touchant dans la façon dont elle redressa les épaules pour déclarer d'une voix tremblante :

— Non.

Shane secoua la tête avant de le regarder en face.

— Je n'ai pas la trempe nécessaire pour ce métier. En un rien de temps, je me retrouverais à faire l'école buissonnière comme mes élèves. Ils méritent un meilleur exemple que ça. J'aime l'histoire.

De nouveau, son visage s'éclaira.

— Cette histoire-là, précisa-t-elle en retournant vers la table. Quelle personne s'est assise pour la première fois sur cette chaise ? De quoi a-t-elle discuté pendant le dîner ? Quel genre de tenue portait-elle ? Les convives ont-ils parlé de politique et de l'émergence des colonies ? L'un d'eux connaissait peut-être Ben Franklin et sympathisait en secret avec la révolution.

Elle éclata de rire.

— Ce n'est pas ce genre de choses qu'on est censé enseigner dans le programme de terminale.

— Ça semble plus intéressant que de réciter une litanie de noms et de dates.

— Peut-être. De toute façon, je n'y retournerai pas.

Marquant une pause, elle regarda Vance droit dans les yeux.

— Vous êtes-vous déjà retrouvé piégé dans un domaine où vous réussissiez, quelque chose que vous croyiez fait pour vous, avant de vous réveiller un matin avec l'impression d'être enfermé dans une cage ?

Ses mots firent mouche et Vance hocha la tête affirmativement.

— Alors vous devez comprendre pourquoi il me faut choisir entre un métier que j'aime et mon équilibre psychologique.

Shane caressa de nouveau la surface de la table. Après avoir poussé un profond soupir, elle fit le tour de la salle à manger.

— Je ne veux pas modifier l'architecture de cette pièce, à l'exception des ouvertures. C'est mon arrière-grand-père qui a fabriqué la cimaise.

Elle regarda Vance qui s'avançait pour l'examiner.

— Il était maçon de métier, précisa-t-elle, mais il devait aussi s'y entendre en menuiserie.

— C'est du bel ouvrage, acquiesça Vance en admirant la facture et le détail de la cimaise. J'aurais du mal à reproduire une telle qualité avec un outillage moderne. Il ne faut pas y toucher, pas plus qu'à aucune autre menuiserie de cette pièce.

À son corps défendant, il commençait à s'intéresser au projet. Pour lui, ce serait un défi – d'un genre différent de celui de la maison qu'il avait choisie pour se mettre à l'épreuve. Consciente d'un changement dans son attitude, Shane décida de battre le fer tant qu'il était chaud.

— Par ici, il y a un petit boudoir d'été.

Indiquant une autre porte, elle prit Vance par le bras et l'entraîna à sa suite.

— Vu qu'il est adjacent au salon, j'envisage d'en faire l'entrée du magasin, tandis que la salle à manger ferait office de salle d'exposition principale.

Le boudoir n'était rien d'autre qu'un carré de trois mètres cinquante au papier peint défraîchi et au parquet lacéré de profondes rayures. Vance repéra néanmoins quelques belles pièces de Duncan Phyfe ainsi qu'un fauteuil Morris. Au cours de cette rapide visite, ses yeux ne s'étaient posés que sur des meubles de plus d'un siècle et, à moins qu'il ne s'agisse d'excellentes copies, il avait également vu des porcelaines Wedgwood. *Ces meubles valent une petite fortune*, réfléchit-il, *alors que la porte de derrière tient à peine sur ses gonds*.

— Il y a beaucoup de boulot à abattre, commenta Shane en allant ouvrir une fenêtre pour dissiper la faible odeur de renfermé. Cette pièce s'est complètement dégradée durant toutes ces années. Vous devriez pouvoir vous faire une meilleure idée que moi des travaux nécessaires pour la remettre à neuf.

Elle observa Vance qui examinait avec sérieux les lames de parquet ébréchées et l'habillage des murs fissuré. Rien ou presque n'échappait à son œil de professionnel, c'était évident. Évidente aussi sa contrariété devant l'état de délabrement de la pièce. *Et il n'a encore rien vu*, songea-t-elle, vaguement amusée.

— Je ne devrais peut-être pas tenter le diable en vous faisant voir le haut maintenant, remarqua-t-elle.

Vance se tourna vers elle en haussant un sourcil interrogateur.

— Pourquoi ?

— Parce que l'étage demande deux fois plus de travaux que le rez-de-chaussée, et que je tiens vraiment à ce que vous acceptiez ce job.

— Ce qui est sûr, c'est que vous avez sacrément besoin de quelqu'un, grommela-t-il.

Sa propre maison nécessitait des travaux de rénovation considérables. Ce qui impliquait une grosse somme de temps et d'efforts physiques. Cet endroit, d'un autre côté, exigeait les compétences d'un artisan habile qui saurait tirer parti de la structure déjà existante. De nouveau, il fut titillé par l'attrait du défi.

— Vance…

Après un instant d'hésitation, Shane décida de jouer le tout pour le tout :

— Je serais en mesure de vous proposer six dollars de l'heure, tarif comprenant votre panier-déjeuner et du café à volonté. Les gens qui viendront ici pourront être témoins de la qualité de votre travail. Ça pourrait vous amener des chantiers plus importants.

À sa grande surprise, le visage de Vance s'éclaira d'un grand sourire. Le cœur de Shane bondit dans sa poitrine. Plus que son baiser fougueux, ce bref sourire d'adolescent accentua son attirance pour lui.

— D'accord, Shane, lâcha-t-il sur une impulsion subite. Marché conclu.

3

Contente d'elle-même et de la soudaine bonne humeur de Vance, Shane décida de lui montrer l'étage. Le prenant par la main, elle le conduisit en haut de l'escalier raide et étroit. Qu'est-ce qui avait provoqué chez lui ce sourire inattendu et allumé son regard d'une lueur amusée, mystère, mais tant qu'il était dans de bonnes dispositions, elle avait envie de le garder auprès d'elle.

Par contraste avec sa propre main rendue calleuse par les travaux, Vance trouva à la paume de Shane la douceur d'une peau de bébé. Ce qui le conduisit à s'interroger sur le reste de son corps – la courbe de son épaule, la ligne de sa cuisse, le dessous de son sein. *Cette fille n'est pas mon genre*, se sermonna-t-il, et il jeta un œil à la fine lézarde qui courait sur le mur à sa gauche.

— Il y a trois chambres, l'informa Shane lorsqu'ils eurent atteint le palier. Je veux garder la mienne, transformer la plus grande en salon et la troisième en cuisine. Je peux me charger des travaux de peinture et de tapisserie une fois que le gros œuvre sera accompli.

La main sur le bouton de porte de la chambre principale, elle se tourna vers lui.

— Vous vous y connaissez en cloisons sèches ?

— Un peu.

Impulsivement, Vance parcourut du doigt l'arête du nez de Shane. Leurs regards se croisèrent, exprimant une surprise mutuelle.

— Vous avez de la poussière sur le visage, marmonna-t-il.

— Oh…

En riant, Shane se nettoya du revers de la main.

— Ici.

De son pouce rugueux, Vance lui caressa la pommette. La peau de la jeune femme tenait ses promesses : douce, crémeuse. Et elle aurait cette même saveur, pensa-t-il, autorisant son doigt à s'attarder.

— Et ici, continua-t-il, pris dans son fantasme.

Il effleura le bas de sa joue d'une caresse. Il la sentit frémir tandis que son regard glissait sur sa bouche.

Ses yeux étaient immenses et fixaient les siens sans ciller. Brusquement, Vance laissa retomber sa main, cassant l'ambiance, mais sans faire disparaître la tension entre eux. Shane poussa la porte en s'éclaircissant la voix.

— Voici… hum…

Paniquée, elle tenta de mettre de l'ordre dans ses pensées en émoi.

— Voici la chambre principale, reprit-elle en se passant nerveusement les doigts dans les cheveux. Je sais, le sol est en mauvais état, et je pourrais écorcher vif celui qui a recouvert de peinture cet habillage en chêne.

Elle poussa un long soupir tandis que son cœur reprenait un rythme plus calme :

— Je vais voir si on peut lui rendre son vernis d'origine.

D'un geste distrait, elle effleura un endroit où se décollait le papier peint.

— Ma grand-mère n'aimait pas le changement. Cette pièce n'a pas bougé depuis trente ans. C'est-à-dire depuis la mort de son mari, précisa-t-elle doucement. Les fenêtres se coincent, le toit fuit et la cheminée fume. En fait, toute la maison, hormis la salle à manger, est dans un état de délabrement général. Elle s'est toujours contentée de petites réparations de fortune çà et là.

— Quand est-elle décédée ?

— Il y a trois mois.

Shane souleva un coin du jeté de lit en patchwork avant de le laisser retomber.

— Un matin, elle ne s'est pas réveillée, c'est tout. Je m'étais engagée à assurer un cours d'été, ce qui m'a empêchée de revenir m'installer définitivement avant la semaine dernière.

Ses paroles trahissaient clairement un douloureux sentiment de culpabilité.

— Votre présence aurait-elle pu changer quelque chose ? demanda-t-il.

— Non.

Elle alla vers une fenêtre.

— Mais elle ne serait pas morte seule.

Vance, sur le point de répliquer, préféra s'abstenir. Mieux valait se garder de donner des conseils personnels aux gens qu'on ne connaissait pas. Encadrée par la fenêtre, Shane semblait toute petite et sans défense.

— Et ces murs-ci ? s'enquit-il.

— Quoi ?

L'esprit à des années-lumière, Shane se tourna vers lui.

— Ces murs, insista-t-il. Vous voulez en abattre un ?

Elle fixa un moment sans les voir les roses pâlies du papier peint.

— Non… Non, répéta-t-elle d'un ton plus ferme. J'avais pensé enlever la porte et agrandir le passage.

Vance acquiesça d'un hochement de tête, notant qu'elle avait triomphé du combat qu'elle semblait livrer sans relâche contre ses émotions.

— Si j'arrive à récupérer l'aspect d'origine des boiseries, continua-t-elle, l'encadrement de l'entrée pourrait être réalisé en chêne assorti.

Vance s'avança pour examiner la paroi.

— C'est un mur porteur ?

Shane fit la grimace.

— Je n'en ai pas la moindre idée. Comment…

Elle s'interrompit en entendant frapper à la porte d'entrée.

— Zut ! Vous pouvez peut-être continuer à inspecter l'étage pendant quelques minutes ? Vous n'avez pas besoin de moi pour vous faire une idée de la disposition des lieux.

Sur ce, Shane dévala l'escalier quatre à quatre. Haussant les épaules, Vance tira un mètre de sa poche arrière et se mit à prendre des mesures.

Le sourire spontanément amical affiché par Shane s'évanouit sitôt qu'elle ouvrit la porte.

— Shane.

— Cy.

Son visiteur arbora une expression vaguement sévère.

— Tu ne m'invites pas à entrer ?

— Bien sûr que si.

Avec une réticence qui ne lui était pas naturelle, Shane recula d'un pas. Elle referma la porte très soigneusement derrière lui, mais n'alla pas plus loin dans la pièce.

— Comment vas-tu, Cy ?

— Bien, très bien.

Évidemment, songea Shane, agacée. Cy Trainer Jr. allait toujours très bien – toujours impeccable et tiré à quatre épingles. Et prospère désormais, ajouta-t-elle mentalement en notant son costume élégant mais discret.

— Et toi, Shane, comment vas-tu ?

— Bien, très bien, répliqua-t-elle tout en sachant que sa raillerie, pour être mesquine, n'en tomberait pas moins à plat. Cy était imperméable au sarcasme.

— Désolé de ne pas être passé la semaine dernière. J'étais complètement débordé.

— Les affaires marchent bien ? s'enquit-elle d'un ton dénué du moindre soupçon d'intérêt.

Mais là encore, il passa à côté.

— L'argent rentre bien, acquiesça-t-il en resserrant inutilement le nœud de sa cravate. Les gens achètent des maisons. Les propriétés rurales constituent toujours un bon investissement. Le marché de l'immobilier est solide.

L'argent restait toujours sa priorité, constata Shane avec ironie.

— Et ton père ? demanda-t-elle.

50

— Ça va. Il se retire progressivement des affaires, tu sais.

— Non, répondit-elle avec douceur. Je ne savais pas.

Elle aurait été surprise d'apprendre que Cy Trainer Sr. puisse avoir lâché les rênes de la Trainer Real Estate. Même un pied dans la tombe, le vieil homme serait toujours aux commandes, quoi que son fils s'imagine.

— Il n'aime pas rester inactif, expliqua Cy. Cela dit, il aurait adoré te revoir. Il faudra que tu passes au bureau, un de ces jours.

Shane ne répondit pas.

— Donc…

Comme à son habitude, Cy ménagea une pause avant d'énoncer un fait d'importance.

— Tu t'installes ici.

Shane leva un sourcil méfiant en surprenant son regard faire le tour des caisses d'emballage.

— Petit à petit, acquiesça-t-elle.

Elle ne lui proposa pas de s'asseoir, même si c'était délibérément grossier de sa part. Ils restèrent debout, non loin du seuil de la porte.

— Tu sais, Shane, cette maison n'est pas en très bon état, mais elle bénéficie d'un emplacement de tout premier ordre.

Il lui adressa un petit sourire condescendant qui la fit grincer des dents.

— Je suis sûr que je pourrais t'en obtenir un bon prix.

— Vendre ne m'intéresse pas, Cy. C'est ce qui t'a amené ici ? Tu voulais faire une estimation des lieux ?

Il prit l'air choqué qui s'imposait.

— Shane !

— Il y avait autre chose ? demanda-t-elle d'une voix égale.

— Je suis simplement passé prendre de tes nouvelles.

Devant la détresse qui transparaissait dans sa voix et dans ses yeux, Shane sentit les excuses lui monter aux lèvres.

— J'ai entendu une rumeur complètement folle selon laquelle tu essaierais de monter un magasin d'antiquités.

Toutes les velléités d'excuses de Shane s'envolèrent aussitôt.

— Ce n'est pas une rumeur, Cy. Que ça paraisse fou ou non, c'est bien ce que je m'apprête à faire.

Il poussa un soupir et la considéra d'un air qu'elle qualifia en son for intérieur de paternaliste. Elle prit sur elle pour contenir son agacement.

— Shane, as-tu la moindre idée de la difficulté et des risques qu'il y a à monter une affaire dans la conjoncture économique actuelle ?

— Je compte sur toi pour me le dire, marmonna-t-elle.

— Ma chère, commença-t-il d'un ton calme qui la fit bouillir intérieurement. Tu es professeur certifié, nantie de quatre ans d'expérience. C'est de la folie d'abandonner sur un coup de tête un métier stable pour une lubie.

— Mais j'ai toujours eu un grain de folie, pas vrai, Cy ?

Son regard se fit glacial.

— Tu n'as jamais manqué de me le faire remarquer, même à l'époque où nous étions censés être follement épris l'un de l'autre.

— Voyons, Shane, c'est justement par égard pour toi que j'essayais de freiner tes… impulsions.

— Freiner mes impulsions !

Plus stupéfaite que furieuse, Shane se passa la main dans les cheveux. Plus tard, se dit-elle, plus tard, elle serait capable d'en rire. Mais pour l'instant, elle avait envie de hurler.

— Tu n'as pas changé. Tu n'as pas changé d'un iota. Je parie que tu continues à ranger tes chaussettes en petites boules bien alignées et que tu as toujours sur toi un mouchoir de rechange.

Il se raidit légèrement.

— Si tu avais appris la valeur du sens pratique…, commença-t-il.

— Tu ne m'aurais pas larguée deux mois avant le mariage ? acheva-t-elle avec fureur.

— Franchement, Shane, tu ne peux pas dire ça comme ça. Tu sais bien que je n'ai songé qu'à ton intérêt.

— Mon intérêt, maugréa-t-elle entre ses dents. Eh bien, laisse-moi te dire une bonne chose.

Elle enfonça un doigt poussiéreux dans sa cravate à très fines rayures.

— Ton sens pratique, tu peux te le mettre où je pense, avec tes comptes équilibrés et tes embauchoirs. À l'époque, j'ai pu croire que tu m'avais blessée, mais en fait tu m'as rendu un grand service. Je *hais* le sens pratique, les pièces qui sentent l'odeur du pin et les tubes de dentifrice enroulés depuis le fond.

— Je ne vois vraiment pas ce que tout ça vient faire dans notre discussion.

— C'est pourtant bien de ça qu'il s'agit, tempêta-t-elle. Tu ne vois rien si ce n'est pas répertorié en colonnes nettes et équilibrées. Et je vais te dire autre chose, enchaîna-t-elle sans lui laisser le temps de protester. Je vais avoir mon propre magasin, et même si je ne fais pas fortune, je compte bien m'amuser.

— T'amuser ?

Cy secoua la tête d'un air désespéré.

— Ce n'est pas en s'amusant qu'on lance un commerce.

— En tout cas, c'est ma façon de faire, riposta-t-elle. Je n'ai pas besoin de gagner des mille et des cents pour être heureuse.

Il la considéra avec un petit sourire condescendant.

— Tu n'as pas changé.

Ouvrant la porte à toute volée, Shane le dévisagea d'un regard meurtrier.

— Va-t'en vendre tes baraques, lui suggéra-t-elle.

Avec une dignité qu'elle lui enviait tout en la méprisant, Cy franchit le seuil de la maison. Shane claqua la porte derrière lui, avant de céder à la colère en donnant un coup de poing dans le mur.

Flûte !

Portant ses phalanges meurtries à sa bouche, elle pivota sur elle-même. C'est alors qu'elle aperçut Vance au pied de l'escalier. Leurs yeux se croisèrent, mais il garda son expression de sérieux impassible. Shane sentit ses joues s'enflammer d'un sentiment de gêne et de colère.

— Le spectacle vous a plu ? s'enquit-elle avant de filer en trombe vers la cuisine.

Laissant libre cours à sa frustration, elle fit claquer les portes des placards et n'entendit pas que Vance l'avait rejointe. Lorsqu'il lui toucha l'épaule, elle fit volte-face, prête à exploser de rage.

— Laissez-moi examiner votre main, suggéra-t-il d'un ton calme.

Ignorant son sursaut de protestation, il prit celle-ci entre les siennes.

— Ce n'est rien.

Avec douceur, il lui fit fléchir les doigts, puis appuya sur les phalanges. Une violente douleur arracha à Shane une exclamation étouffée.

— Vous avez réussi à ne pas vous la casser, murmura-t-il, en revanche vous allez avoir des ecchymoses.

Il prit sur lui pour maîtriser une soudaine montée de rage : elle avait abîmé cette main douce et menue !

— Surtout ne dites rien, lui ordonna-t-elle d'une voix sifflante. Je ne suis pas une idiote. Quand je me rends ridicule, je n'ai besoin de personne pour me le faire remarquer.

De nouveau, il prit le temps de vérifier l'état de sa main en manipulant délicatement ses doigts.

— Je vous présente mes excuses, lâcha-t-il. J'aurais dû vous faire savoir que j'étais là.

Il desserra l'étau de sa main et Shane retira la sienne en relâchant sa respiration. Elle éprouva un plaisir pervers à sentir la douleur vaguement lancinante.

— Ce n'est pas grave, marmonna-t-elle en se tournant pour faire du thé.

Il fronça les sourcils dans son dos.

— Je n'aime pas vous mettre dans l'embarras.

— Quel que soit le temps que vous resterez ici, vous auriez de toute façon fini par entendre parler de Cy et moi.

Elle tenta de hausser les épaules avec désinvolture, mais la brusquerie de son geste ne fit que souligner davantage son agitation.

— Ça vous aura fait gagner du temps, maintenant vous savez tout.

— Tout, non.

Et Vance prit conscience, non sans un certain malaise, qu'il avait envie de savoir. Avant qu'il ait pu dire un mot, Shane claqua le couvercle sur la bouilloire.

— Il me donne toujours l'impression d'être une imbécile !

— Pourquoi ?

— Avec toutes ses petites manies…

Elle ouvrit un placard d'un geste coléreux.

— Il garde toujours un parapluie dans le coffre de sa voiture, fulmina-t-elle.

— Ça devrait aller pour votre main, murmura Vance en la voyant effectuer des mouvements rapides et nerveux.

— Il ne commet jamais, *jamais*, d'erreurs. Il est toujours raisonnable, ajouta-t-elle avec mépris en posant brutalement deux tasses sur le plan de travail. Est-ce qu'il m'a crié dessus tout à l'heure ? l'interrogea-t-elle en faisant volte-face vers lui. Est-ce qu'il a proféré le moindre juron, est-ce qu'il s'est mis en colère ? Mais il est *incapable* de la moindre émotion ! cria-t-elle, frustrée. Sans blague, ce type-là ne transpire même pas.

— Vous étiez amoureuse de lui ?

Pendant un instant, Shane se contenta de le dévisager ; puis elle laissa échapper un bref soupir inachevé.

— Oui. Oui, je l'aimais vraiment. J'avais seize ans quand on a commencé à sortir ensemble.

Tandis qu'elle allait au réfrigérateur, Vance alluma le gaz sous la bouilloire, ce qu'elle avait omis de faire.

— Il était tellement parfait, tellement intelligent et… qu'est-ce qu'il s'exprimait bien !

Sortant le lait, Shane eut un petit sourire.

— Cy est un vendeur-né. Il peut parler de tout et de n'importe quoi.

Vance éprouva un bref sentiment d'aversion pour cet homme. Alors que Shane posait un gros sucrier en céramique sur la table, le soleil darda un rayon sur sa chevelure, faisant chatoyer de reflets les boucles et ondulations de ses cheveux avant qu'elle ne s'éloigne. Agacé par un étrange picotement à la base de sa colonne vertébrale, Vance s'aperçut qu'il était fasciné par cette femme.

— J'étais folle de lui, poursuivait Shane, et il dut se secouer mentalement pour se concentrer sur ce qu'elle disait.

Les subtils mouvements de son corps qu'il devinait sous le T-shirt confortable avaient commencé à détourner son attention.

— Quand j'ai eu dix-huit ans, il m'a demandée en mariage. Nous étions tous les deux en fac et Cy estimait qu'un an était un délai convenable pour des fiançailles. Cy est quelqu'un de très convenable, précisa-t-elle d'un air penaud.

Ou un imbécile à sang froid, rectifia Vance en son for intérieur, jetant un œil aux seins de Shane qui pointaient imperceptiblement sous la fine cotonnade. Contrarié, il reporta son regard sur le visage de la jeune femme. Mais son propre sang continuait à bouillonner dans ses veines.

— Je voulais qu'on se marie tout de suite mais, comme toujours, il m'a reproché d'être trop impulsive. Le mariage est une chose importante. Tout devait être parfaitement organisé. Quand j'ai suggéré qu'on vive ensemble pendant quelque temps, il a été choqué.

Shane posa le lait un peu bruyamment sur la table.

— J'étais jeune et amoureuse, et j'avais envie de lui. Il pensait qu'il était de son devoir de contrôler mes instincts les plus… primaires.

— Quel crétin, marmonna Vance dans le sifflement de la bouilloire.

— Il a passé toute cette année-là à me façonner à sa guise et je me suis efforcée d'être conforme à ses désirs : une femme respectable, sensée. Échec sur toute la ligne.

Shane secoua la tête au souvenir de cette longue année de frustration.

— Quand je voulais sortir manger une pizza avec une bande d'étudiants, il me rappelait qu'il nous fallait être attentifs à la dépense. Il guignait déjà cette petite maison à la sortie de Boonsboro. Son père lui avait dit que c'était un bon investissement.

— Mais vous, vous l'aviez en horreur, commenta Vance.

Surprise, Shane se retourna vers lui.

— Je la méprisais. C'était le petit ranch de rêve avec sa haie et son bardage en aluminium blanc. Quand j'ai dit à Cy que j'étoufferais là-dedans, il a ri et m'a tapoté la tête.

— Pourquoi ne l'avez-vous pas envoyé se faire voir ? s'enquit Vance.

Shane lui décocha un bref regard.

— Vous avez déjà été amoureux ? murmura-t-elle.

C'était sa réponse, pas une question, et Vance demeura silencieux.

— On a passé cette année-là à se chamailler sur tout, poursuivit-elle. Je persistais à imputer nos désaccords à la nervosité causée par la longueur des fiançailles, mais au fur et à mesure les querelles ont révélé des conflits de personnalité plus radicaux. Cy me serinait sans cesse que je verrais les choses différemment une fois que nous serions installés. D'une manière générale, je le croyais.

— Il me fait l'effet d'un abruti mortellement rasoir.

Quoique surprise par le mépris glacial du ton de Vance, Shane sourit.

— Peut-être, mais il pouvait se montrer tendre et gentil.

Vance émit un grognement sarcastique, mais elle se contenta de hausser les épaules.

— J'en oubliais son côté rigide. Puis il est devenu de plus en plus critique à mon égard. Je me mettais en colère, mais je ne remportais jamais la bataille puisqu'il ne se départait jamais de son calme. La cassure finale est venue de nos projets de lune de miel. Je voulais aller aux Fidji.

— Aux Fidji ? répéta Vance.

— Oui, lança-t-elle d'un ton de défi. C'est différent, exotique, romantique. J'avais à peine dix-neuf ans.

Prise d'un nouvel accès de rage, elle fit claquer sa petite cuillère sur la table.

— Il avait tout prévu : un petit complexe hôtelier en Pennsylvanie. Le genre d'endroit sans âme où vos activités sont planifiées, où on organise des compétitions, le truc avec piscine intérieure. Jeu de palets.

Elle prit un air horrifié et but une gorgée de son thé.

— C'était un forfait – trois jours et deux nuits en pension complète. Cy avait hérité de sa mère une somme substantielle, et moi-même j'avais quelques économies, mais il ne voulait pas jeter l'argent par les fenêtres. Il avait déjà plus ou moins établi son plan retraite. Je n'ai pas pu le supporter !

Toujours debout, Vance but une gorgée de son thé et la dévisagea avec attention :

— Et donc vous avez annulé le mariage.

Allait-elle saisir la perche qu'il lui tendait et prétendre que la rupture était venue d'elle ?

— Non.

Shane posa sa tasse sur le côté.

— Nous avons eu une dispute épouvantable et il est parti furieux à son petit club tout près de la fac où il a fini la soirée en compagnie de ses amis. J'avais prévenu

Cy que je ne passerais pas ma première nuit de femme mariée devant un spectacle minable ou un carton de bingo.

Vance réprima à grand-peine un sourire.

— Tout ça me paraît frappé au coin du bon sens, murmura-t-il.

Shane secoua la tête dans un faible rire.

— Quand je me suis calmée, j'ai décidé que l'essentiel c'était que nous soyons enfin ensemble, peu importe l'endroit. Je me suis dit que Cy avait raison. Que j'étais immature et irresponsable. Il nous fallait mettre de l'argent de côté. Il me restait encore deux années de fac à faire et lui venait à peine de débuter dans la boîte de son père. Mon attitude était frivole. Frivole, c'était l'un de ses adjectifs préférés à mon endroit.

Shane regarda sa tasse en fronçant les sourcils, mais sans boire.

— Je suis passée chez ses parents, prête à lui présenter mes excuses. C'est là que très raisonnablement, très calmement, il m'a larguée.

Un long moment de silence s'écoula avant que Vance ne vienne la rejoindre à la table.

— Vous n'aviez pas dit qu'il ne commettait jamais d'erreurs ?

Shane le fixa un instant avant d'éclater de rire. Un rire bref et franchement appréciateur.

— J'avais besoin d'entendre ça.

Dans un élan soudain, elle appuya la tête contre son épaule. Sa colère s'était évaporée en lui parlant, et rire l'avait empêchée de continuer à s'apitoyer sur son sort.

Vance se sentit envahi d'une tendresse qui l'incita à la prudence. Toutefois, il ne put résister à l'envie de passer la main dans sa coupe courte et désordonnée. Elle avait des cheveux épais et indisciplinés. Et incroyablement soyeux. Sans même s'en apercevoir, il enroula une de ses boucles autour de son doigt.

— Vous l'aimez toujours ? s'entendit-il lui demander.

— Non, répondit Shane avant qu'il ait pu retirer sa question. Mais aujourd'hui encore, il me donne l'impression d'être une romantique irresponsable.

— C'est ce que vous êtes ?

Elle haussa les épaules.

— La plupart du temps.

— Ce que vous lui avez dit était juste, vous savez.

Pris d'un désir intense qui lui fit oublier toute prudence, Vance l'attira à lui.

— J'ai dit beaucoup de choses.

— Qu'il vous avait rendu service, murmura Vance pendant que ses doigts s'aventuraient sur sa nuque.

Shane soupira, mais était-ce de plaisir ou d'approbation, il n'aurait su le dire.

— Vous seriez devenue cinglée à lui enrouler ses chaussettes en petites boules.

Rieuse, Shane releva la tête pour voir son visage. Elle l'embrassa une première fois, très légèrement, en signe de gratitude, puis recommença, cette fois pour son propre plaisir.

Sa petite bouche était extrêmement tentante. Bien décidé à assouvir son envie, Vance la saisit fermement par la nuque pour la maintenir dans cette position. Lorsqu'il se fit plus pressant, Shane réagit sans hésitation ni timidité. Elle entrouvrit les lèvres et l'invita à l'embrasser.

Dans un infime gémissement de plaisir, sa langue rencontra celle de Vance. La bouche de ce dernier, soudain brûlante, soudain impatiente, épousa la sienne. Il avait besoin de sa douceur, de sa franche générosité. Il avait envie de se rassasier de cette passion fraîche et pure qu'elle lui offrait de si bon gré. Lorsqu'il plaqua sa bouche plus brutalement contre la sienne, elle s'abandonna à lui, simplement ; quand il lui mordilla douloureusement la lèvre, elle l'attira encore plus près.

— Vance, murmura-t-elle en se nichant contre lui.

Il se leva d'un bond, la laissant tout étourdie de surprise.

— J'ai du travail, lâcha-t-il d'un ton sec. Je vais dresser une liste des matériaux dont j'aurai besoin pour commencer. Je vous ferai signe.

Avant que Shane ait pu esquisser une quelconque réaction, il était déjà sorti par la porte de derrière.

Elle resta un long moment à fixer la porte grillagée. Qu'avait-elle fait pour allumer une telle colère dans son regard ? Comment était-il possible que, après l'avoir embrassée avec tant de passion, il ait tourné les talons dans la seconde ? Elle baissa tristement les yeux sur ses poings serrés. Elle s'emballait toujours trop vite. Romantique ? Oui, et rêveuse aussi, c'est ce que lui disait sa grand-mère. Il y avait trop longtemps qu'elle attendait de rencontrer le prince charmant qui achèverait de donner un sens à sa vie. Elle avait envie d'être chérie, respectée, adorée.

Peut-être, réfléchit-elle, demandait-elle la lune : conserver son indépendance tout en partageant ses rêves, être autonome tout en marchant main dans la main avec un homme solide. Ce n'était pourtant pas faute d'avoir rabâché sa leçon : il lui fallait abandonner sa quête du grand amour. Mais son cœur défiait sa raison.

Dès le premier instant, elle avait senti quelque chose de différent chez Vance. Le temps d'une fraction de seconde, lorsque leurs yeux s'étaient croisés, son cœur avait bondi et crié : *C'est lui !* Mais c'était absurde, se sermonna-t-elle. L'amour, c'était la compréhension, la connaissance de l'autre. Elle ne connaissait pas Vance Banning et ne le comprenait pas davantage.

Dans un sursaut, elle prit conscience qu'elle l'avait peut-être offensé. Elle allait devenir son employeur, et à la façon dont elle l'avait embrassé... il avait pu penser que, en lui donnant de l'argent, elle escomptait autre chose en plus de ses talents de menuisier. Peut-être s'était-il imaginé qu'elle projetait de le séduire en lui agitant sous le nez quelques dollars dont il avait bien besoin.

Brusquement, elle éclata de rire. Gagnée par l'hilarité, elle renversa la tête en arrière et se mit à marteler la table de ses poings. Shane Abbott, une séductrice ! Oh, mon Dieu ! songea-t-elle en essuyant des larmes de rire. Quelle rigolade ! Après tout, comment un homme normalement constitué pourrait-il résister à une femme au visage maculé de crasse qui essayait de trouer les murs à coups de poing ?

Shane soupira, épuisée de rire. Son imagination avait besoin d'une petite pause. Elle retourna à l'inventaire de son stock.

4

Vance n'arrivait pas à dormir. Il avait travaillé jusque tard dans la soirée, suant sang et eau dans le but d'apaiser sa colère et son désir inassouvi. Ce n'était pas la colère qui l'inquiétait. Il connaissait trop bien cette émotion pour qu'elle lui fasse perdre le sommeil. Le désir non plus ne lui était pas inconnu, mais devoir admettre qu'il avait envie de cette petite pimbêche férue d'histoire le mettait en rage... et ne le laissait pas en repos.

Il n'aurait jamais dû accepter ce boulot, se reprocha-t-il pour la énième fois. Qu'est-ce qu'il lui avait pris de dire oui ! Fâché contre lui-même, Vance sortit sous le porche.

L'air s'était considérablement rafraîchi avec la tombée de la nuit. Dans le ciel, les étoiles formaient un vaste motif scintillant autour d'une demi-lune blanche. Jamais il n'avait observé Vénus avec autant de netteté. Une armée de grillons lançaient leur signal monotone tandis que, à sa droite, les lucioles, minuscules lumières jaunes, dansaient au-dessus du champ en jachère. En regardant droit devant lui, il pouvait voir jusqu'à la lisière des arbres mais pas au-delà. Les bois étaient sombres, secrets, mystérieux. De l'autre côté, dans une chambre au papier peint fané, dormait Shane au creux d'un lit Jenny Lind.

Il l'imagina, pelotonnée sous la couette aux motifs d'anneaux entrecroisés qu'il avait remarquée lors de sa visite. Elle devait avoir gardé sa fenêtre ouverte afin de laisser entrer les bruits et senteurs de la nuit. Dormait-elle dans l'une de ces chemises de nuit en coton à fanfreluches d'où n'émergeait que la tête, ou se glissait-elle seule et nue sous sa couette ?

Vance se maudit, furieux de l'orientation qu'avaient prise ses pensées. Non, il n'aurait jamais dû accepter ce fichu boulot. La proposition avait flatté son amour-propre et son humour. Six dollars de l'heure. Il laissa échapper un rire bref qui effraya un hibou perché dans un arbre voisin. Appuyé contre un pilier, il essaya encore de percer l'obscurité des bois, sans rien distinguer d'autre que des ombres et des silhouettes.

Depuis quand n'avait-il pas travaillé pour un salaire horaire ? Pour répondre à sa propre question, Vance fit un effort de mémoire et se replongea en arrière. Quinze ans ? Bonté divine, songea-t-il avec incrédulité. Tant de temps s'était-il écoulé ?

À l'époque, il n'était qu'un ado débutant à l'échelon le plus bas de la prospère entreprise de construction que possédait sa mère. « Commence par apprendre les ficelles du métier », lui avait-elle conseillé, ce qu'il avait accepté avec ardeur. Tout ce qu'il voulait, c'était travailler de ses mains, et dans le bois. Il débordait de l'assurance – et de l'arrogance – de la jeunesse. L'administration, c'était bon pour les vieilles barbes en complet veston, incapables de faire une coupe à l'onglet. Pas question de se mêler à leurs réunions de travail étouffantes ou à leurs négociations contractuelles alambiquées. Vivre le nez dans la paperasse, lui ? Non, il était trop malin pour tomber dans ce piège.

Combien de temps lui avait-il fallu pour se retrouver coincé, enchaîné à un bureau ? Cinq ans ? Six ? Sans importance, décida-t-il dans un haussement d'épaules. Au point où il en était, un an de plus ou de moins…

En soupirant, Vance parcourut le porche sur toute sa longueur. Sous sa main, la balustrade qu'il avait choisie lui-même était rugueuse et solide. Quel choix s'était offert à lui ? Il y avait eu l'attaque brutale de sa mère, suivie de son long et pénible rétablissement. Elle l'avait supplié de la remplacer, d'accepter le poste de président de Riverton. Étant veuve et mère d'un fils unique, elle craignait plus que tout que son entreprise soit gérée par des inconnus. Ce qui comptait pour elle, trop peut-être, c'était que la société dont elle avait hérité et qu'elle avait réussi à conserver durant les périodes de vaches maigres reste dans la famille. Vance savait qu'elle avait dû combattre les préjugés, prendre des risques et travailler la moitié de sa vie à transformer une entreprise médiocre en réussite exemplaire. Et puis un jour, elle s'était retrouvée quasiment impotente, et s'était alors tournée vers lui.

S'il s'était avéré incapable, il aurait pu sans l'ombre d'un scrupule déléguer ses responsabilités et se contenter d'un rôle de figure symbolique. Il aurait pu retourner à ses outils. Mais incapable, il ne l'était pas – il ressemblait trop à sa mère pour ça.

Sous sa direction, Riverton Construction avait prospéré et pris de l'ampleur. De prestigieuse entreprise de Washington, l'affaire était passée au statut de conglomérat national. Pour son malheur, il maniait aussi bien le stylo que le marteau. Il s'était enfermé à clé dans sa propre cage.

Et puis il y avait eu Amelia. Sa bouche se crispa en un sourire cynique. Amelia – douce, sexy, avec sa chevelure semblable à un coucher de soleil et son calme accent traînant de Virginie. Pendant des mois, elle lui avait tenu la dragée haute, l'allumant et le repoussant tour à tour, jusqu'à ce qu'il ne vive plus que dans l'obsession de la posséder. *Obsession*, pensa-t-il de nouveau. Un terme tout à fait approprié. Sain d'esprit, il aurait vu ce qui se cachait derrière ce masque de beauté et de culture, et percé à jour la froide manipulatrice qu'elle était – avant de lui avoir passé la bague au doigt.

Pour la énième fois, il se demanda combien d'hommes lui avaient envié sa ravissante et respectable épouse.

Mais ceux-là ne connaissaient pas son véritable visage : parfaite en apparence mais, à l'intérieur, pourrie jusqu'à la moelle. Froide. Même avec son expérience, il n'avait jamais rencontré personne d'aussi froid qu'Amelia Ryce Banning.

Dans le chêne à sa gauche, le hibou entonna un ululement régulier : deux appels brefs suivis d'un long – deux courts, un long. Vance écouta ce cri monotone en songeant à ses années de mariage.

Durant les premiers mois, Amelia avait dépensé son argent sans compter – vêtements, fourrures, voitures. Cela ne l'affectait guère puisqu'il estimait que sa beauté irréelle ne pouvait se contenter que du nec plus ultra. Et il l'aimait – ou du moins il aimait la femme qu'il croyait qu'elle était. Il la voyait comme une princesse faite pour les diamants, les fourrures douces et exotiques, les soieries… Il avait pris plaisir à la combler de tout ce luxe, à voir resplendir sa beauté torride. La plupart du temps, il fermait les yeux sur les factures excessives, les réglant sans un murmure de protestation. Une ou deux fois, il avait commenté son extravagance et recueilli sa douce détresse accompagnée d'excuses. C'est à peine s'il avait remarqué que les factures continuaient d'affluer.

Ensuite, il avait découvert qu'elle lui vidait son compte en banque dans le but d'alimenter l'entreprise de construction défaillante de son frère, à Richmond. Confrontée aux faits, Amelia lui avait fait le coup des larmes et de l'impuissance. Elle avait joliment plaidé la cause de son frère. Prétendu qu'elle ne pouvait supporter de le voir au bord de la faillite alors qu'elle-même vivait dans l'opulence.

Convaincu qu'elle n'avait agi que par solidarité familiale, Vance avait accepté d'accorder un prêt personnel à son frère, mais refusé de siphonner les capitaux de Riverton pour les injecter dans une entreprise peu fiable et mal gérée. Amelia, loin d'être satisfaite, était passée de la bouderie aux cajoleries. Puis, voyant qu'il n'en démordrait pas, elle s'était jetée sur lui comme une tigresse en folie, lui griffant le visage de ses ongles impeccablement manucurés et crachant des obscénités de sa bouche fardée à la moue méprisante. Dans sa rage, elle s'en était prise à lui sans faire plus longtemps mystère des raisons qui l'avaient poussée à l'épouser : son argent, sa position sociale et tout ce que cela pourrait lui rapporter à elle ainsi qu'à l'entreprise de sa famille. Vance avait alors découvert la véritable personnalité qui se cachait derrière sa beauté et son charme apprêté. Cela n'avait été que le premier choc d'une longue série de désillusions.

La brûlante passion d'Amelia s'était muée en frigidité ; ses adorables sourires en rictus de dédain. Elle avait refusé tout net l'idée d'avoir des enfants. Cela aurait nui à sa silhouette et mis un frein à sa liberté. Pendant plus de deux ans, Vance s'était efforcé de sauver son couple battant de l'aile, de récupérer quelques bribes de la vie qu'il projetait d'avoir avec Amelia. Mais il avait fini par comprendre que la femme qu'il croyait avoir épousée n'était qu'une illusion.

En fin de compte, il avait demandé le divorce, ce qu'Amelia avait accepté en riant. C'est avec joie qu'elle lui rendrait sa liberté en échange de la moitié de tout ce qu'il possédait – y compris sa part de Riverton. Elle lui avait promis une sordide bataille juridique et un battage médiatique à l'avenant. Après lui avoir indiqué qu'elle serait la partie lésée, Amelia avait promis de jouer jusqu'au bout son rôle d'épouse répudiée.

Pris au piège, Vance avait encore vécu un an avec elle, maintenant en public l'illusion du bonheur conjugal, évitant son épouse en privé. Quand il avait découvert l'existence de ses amants, il avait entrevu une première lueur d'espoir.

La trahison d'Amelia ne l'avait pas fait souffrir car il n'éprouvait plus aucun sentiment pour elle. Petit à petit, discrètement, Vance avait entrepris d'accumuler les preuves qui lui rendraient sa liberté. Il était prêt à affronter l'humiliation et la publicité d'une odieuse bataille juridique pour se sortir de ce piège, lui, et sa société également. Puis, tout cela était devenu inutile. L'un des amants éconduits d'Amelia avait mis un terme à toute l'histoire en lui tirant une balle dans le cœur.

Si le retentissement médiatique n'avait pas été pire, Vance ne le devait qu'à sa fortune et à son influence. Cela n'avait quand même pas empêché les messes basses et les spéculations sordides. Pourtant, il avait réagi par un soulagement timoré qui l'avait emporté sur son chagrin. Le sentiment de culpabilité suscité par toute cette affaire l'avait conduit à s'immerger encore plus dans le travail. Il y avait des appartements à construire en Floride, un grand complexe médical dans le Minnesota, l'extension d'une université du Texas. Mais cela n'avait pas suffi à lui rendre la paix de l'esprit.

Bien décidé à retrouver Vance Banning, il avait acheté dans les montagnes cette maison complètement délabrée et s'était mis en congé de longue durée. Du temps, de la solitude et le travail qu'il aimait, voilà le traitement qu'il s'était prescrit à lui-même. Et juste au moment où il croyait avoir trouvé la solution à ses problèmes, il avait rencontré Shane Abbott.

Celle-ci n'avait rien de la sirène lascive qu'avait été Amelia et ne possédait pas non plus la tranquille sophistication des femmes qu'il avait mises dans son lit ces deux dernières années. Elle était fraîche et pleine de vie. Il avait spontanément été attiré par sa générosité bienveillante. Mais son épouse ne lui avait légué que du cynisme et de la méfiance. Seul un imbécile se serait fait avoir une seconde fois par la comédie de l'innocence. Et il était tout sauf un imbécile.

Maintenant que, sur un coup de tête, il avait accepté le chantier de Shane, il irait jusqu'au bout. C'était un défi : serait-il encore capable de produire le bel ouvrage de précision qu'elle exigeait ? Sans compter que désormais il avait appris à se méfier des femmes. Certes, son allure pleine de fraîcheur et son charme naturel ne le laissaient pas insensible. Il admirait la façon dont elle avait affronté Cy, son ancien fiancé. Bien que blessée, elle lui avait tenu tête et l'avait flanqué à la porte.

Il pourrait s'avérer intéressant de passer ses vacances à réaménager la maison de Shane : ce serait l'occasion de découvrir ce qui se cachait sous son masque. *Tout le monde porte un masque*, songea-t-il avec amertume. *La vie n'est qu'une longue mascarade*. Il ne lui faudrait pas longtemps pour déceler ce qui se tramait derrière ses immenses yeux bruns et son rire pétillant.

Poussant une exclamation de dégoût, Vance s'engouffra dans la maison. Ce n'était pas une femme qui allait lui faire perdre le sommeil. Toutefois, il passa une grande partie de la nuit à se tourner et se retourner dans son lit.

C'était une matinée idéale. À l'ouest, les montagnes se dressaient sur fond de ciel uniformément bleu. Shane ouvrit ses fenêtres sur les oiseaux qui piaillaient entre eux dans un raffut jubilatoire. Dans la chambre s'engouffra un air chaud, imprégné du parfum des zinnias. Pour une nature telle que la sienne, rester confinée entre poussière et bloc-notes par une journée pareille était tout bonnement inconcevable. Mais, estima Shane en s'appuyant sur le rebord de la fenêtre, il y avait moyen de joindre l'utile à l'agréable.

Après avoir passé un vieux T-shirt sur un short rouge délavé, elle alla farfouiller dans le cagibi du sous-sol pour en extraire un rouleau et un pot de peinture. Certes, le porche d'entrée nécessitait des réparations excédant de loin ses maigres compétences, mais la terrasse couverte à l'arrière de la maison était encore assez solide. Tout ce qu'il lui fallait, c'était une couche de peinture ou deux pour lui rendre son aspect gai et lumineux.

Se munissant au passage d'une radio portative, Shane se dirigea vers l'extérieur. Elle trafiqua le bouton de réglage jusqu'à ce qu'elle ait trouvé une station en accord avec son humeur ; puis, après avoir monté le volume, elle se mit au travail.

En une demi-heure, la terrasse de derrière fut balayée et lavée au jet. Elle sécha rapidement sous le soleil étincelant tandis que Shane ouvrait le pot en faisant levier sur le couvercle. Elle remua la peinture en se réjouissant de cette journée et du travail à venir. Une ou deux fois, elle lança un coup d'œil en direction de l'ancienne piste forestière : quand Vance allait-il lui « faire signe » ? Si seulement il pouvait apparaître au bout du sentier... Elle admirait sa longue foulée décontractée et son regard qui semblait refléter une maîtrise intérieure s'étendant à tout ce qui pouvait se trouver sur son chemin. Shane aimait ça : cette assurance, cette sensation de puissance contrôlée.

Elle avait toujours eu de l'admiration pour les gens de caractère. Sa grand-mère, en dépit des épreuves et des déceptions que la vie lui avait infligées, était restée une forte femme jusqu'au bout. Et, malgré tous leurs désaccords, Shane devait reconnaître que Cy aussi était un homme de tempérament. Ce qui lui manquait, c'était cette bonté sous-jacente qui équilibrait la force et l'empêchait de se transformer en dureté. Elle devinait chez Vance une certaine gentillesse, même s'il en faisait rarement démonstration. Mais le fait que ce trait de caractère soit présent en lui faisait pour elle toute la différence.

Détournant son regard du sentier, Shane emporta le seau, le rouleau et le bac à l'extrémité de la terrasse. Elle versa la peinture, s'agenouilla, inspira un bon coup et se mit à l'œuvre.

Arrivé au bout du sentier, Vance fit halte pour la regarder. Elle avait presque peint un tiers de la terrasse. Ses bras étaient constellés de minuscules taches blanches. La radio chantait à plein volume et Shane l'accompagnait avec exubérance. Ses hanches se balançaient en mesure. Le tissu fin et délavé de son short se tendait sur ses fesses au rythme de ses mouvements. Elle s'éclatait comme une folle à accomplir cette tâche simple, cela sautait aux yeux, tout comme son incompétence. Vance ne put réprimer un sourire lorsque Shane, en s'étirant pour attraper le seau, posa la main sur la peinture fraîche. Elle jura gaiement avant de s'essuyer sans façons sur l'arrière de son short.

— Je croyais que vous saviez peindre, commenta Vance.

Surprise, Shane faillit renverser le contenu du seau en se tournant brusquement vers lui. Toujours à quatre pattes, elle lui sourit.

— J'ai dit que j'étais capable de peindre. Pas que j'étais douée.

Mettant sa main en visière pour se protéger du soleil, elle le regarda s'avancer.

— Vous êtes venu superviser mon travail ?

Il baissa le regard vers elle en secouant la tête.

— Non, je pense que, hélas, il est trop tard.

Shane haussa un sourcil de défi.

— Quand j'aurai terminé, ce sera superbe.

Vance émit un son évasif.

— Je vous ai fait une liste de matériaux, mais je dois encore prendre quelques mesures.

— Vous n'avez pas perdu de temps.

Shane s'assit par terre. Vance haussa les épaules : il n'allait quand même pas lui avouer qu'il avait tout rédigé cette nuit, alors que le sommeil le fuyait…

— Il y a autre chose, enchaîna-t-elle en étirant les muscles de son dos.

Elle tendit la main pour réduire le volume de la radio à un doux murmure.

— La terrasse du porche d'entrée.

Vance baissa les yeux sur son œuvre.

— Celle-là aussi, vous l'avez repeinte ?

Manifestement, Vance n'avait que peu d'estime pour ses talents… Lucide, Shane fit la grimace.

— Non, pas celle-là.

— Encore heureux ! Qu'est-ce qui vous a arrêtée ?

— Elle tombe en morceaux. Vous pourriez peut-être me conseiller sur ce que je dois faire. Oh, regardez !

Shane lui saisit la main, oubliant la peinture au profit de la famille de cailles qui, en file indienne, traversait d'un pas sautillant le sentier derrière eux.

— Ce sont les premières que je vois depuis mon retour.

Fascinée, elle les suivit des yeux jusqu'à ce qu'elles aient disparu de leur vue.

— Il y a aussi des cerfs. J'ai repéré quelques traces, mais jusqu'ici je n'ai pas pu en apercevoir.

Elle poussa un soupir de satisfaction tandis que les cailles s'enfonçaient dans les bois, accompagnées d'un froissement de feuilles mortes. Brusquement, Shane se rappela sa main tachée de peinture.

— Oh, Vance, je suis désolée !

Le lâchant brusquement, elle bondit sur ses pieds.

— Je vous en ai mis dessus ?

Pour toute réponse, il ouvrit la paume et examina d'un air ironique la tache blanche qui la maculait.

— Je suis vraiment navrée, articula-t-elle, prise d'un fou rire.

Il lui décocha un drôle de regard tandis qu'elle s'efforçait de contenir son rire irrépressible.

— Non, sans blague. Attendez.

Shane frotta la paume de Vance avec le bas de son T-shirt, sans succès. Dans sa tentative d'aide, elle révéla la peau claire et veloutée de son ventre.

— Vous l'incrustez encore plus, lui fit remarquer Vance avec douceur, essayant de rester de marbre devant cette peau entraperçue et la taille fine de la jeune femme.

72

— Ça partira, lui assura-t-elle, luttant en vain contre l'hilarité. Je dois avoir de la térébenthine ou un truc dans ce genre.

Elle pressa sa main sur sa bouche, mais un gloussement s'en échappa.

— Je suis *vraiment* désolée, affirma-t-elle avant de laisser tomber le front sur la poitrine de Vance. Et je ne rirais pas comme ça si vous arrêtiez de me fixer avec ce regard.

— Quel regard ?

— Patient.

— La patience vous plonge toujours dans de telles crises de fou rire ? s'enquit-il.

De ses cheveux émanait une odeur de shampoing, un faible parfum citronné. Étrange que cela lui rappelle à ce moment précis la douceur de miel de sa bouche.

— S'il n'y avait que ça ! se lamenta-t-elle d'une voix étranglée. C'est une malédiction.

Elle inspira profondément, mais laissa la main posée sur la poitrine de Vance tandis qu'elle essayait de retrouver son calme.

— Un de mes élèves avait dessiné une caricature absolument tordante de son prof de biologie. Quand je suis tombée dessus, j'ai dû sortir un quart d'heure de la classe avant de pouvoir feindre la désapprobation.

Vance la repoussa, agacé par la réaction intempestive et déraisonnable qu'elle éveillait en lui.

— Parce que vous ne désapprouviez pas ?

— Moi ?

Shane secoua la tête en souriant :

— J'aurais bien voulu, mais la caricature était tellement réussie ! Je l'ai ramenée chez moi et je l'ai encadrée.

Soudain, elle se rendit compte qu'il lui tenait les bras, et que ses pouces en caressaient la peau nue tandis que ses yeux la scrutaient de son fameux regard, profond et réservé. Il ne semblait pas avoir conscience de son geste tendre et intime. Rien dans ses yeux ne trahissait la moindre tendresse. Si Shane avait suivi son instinct premier, elle se serait mise sur la pointe des pieds et l'aurait embrassé. Elle en avait envie – et lui aussi, elle le sentait. Quelque chose la retint d'agir. Elle resta immobile. Ses yeux croisèrent les siens avec calme, reflétant une franchise totale. Si quelqu'un cachait des secrets, c'était lui, et à cet instant, ils le surent tous les deux.

Vance aurait été plus à l'aise face à la dissimulation qu'à la candeur. Quand il s'aperçut qu'il tenait Shane dans ses bras et qu'il n'avait pas envie que cela cesse, il desserra son étreinte.

— Vous feriez mieux de retourner à votre peinture, suggéra-t-il. Je vais aller prendre quelques mesures.

— Très bien.

Shane le regarda se diriger vers la porte.

— Il y a de l'eau bouillante dans la cuisine si vous voulez du thé.

Quel homme étrange, songea-t-elle en le suivant des yeux, perplexe. D'un geste inconscient, elle effleura du doigt l'endroit tiède de son bras où sa chair était entrée en contact avec la sienne. Qu'avait-il cherché en scrutant ses yeux d'un regard si profond ? Que s'attendait-il à y trouver ? Tout serait tellement plus simple si seulement il lui posait les questions qui le tourmentaient ! Haussant les épaules, Shane se remit à la tâche.

Au pied de l'escalier, Vance marqua une pause et jeta un coup d'œil en direction du salon. Surpris, il entra pour examiner la pièce de plus près. Celle-ci avait été entièrement vidée ; vases, lampes et bibelots avaient été emballés dans des cartons étiquetés.

Elle avait abattu un sacré boulot, songea-t-il. Ce petit corps tonique renfermait une énergie de boxeur poids lourd. Elle avait de l'ambition, estima-t-il, et le cran nécessaire pour accomplir ses projets. Quoi qu'en dise son ex-fiancé, Shane Abbott était tout sauf frivole. Du moins, pas d'après ce qu'il lui avait été donné de voir jusqu'ici. Et, gravissant les marches de l'escalier, il fut de nouveau envahi d'une bouffée d'admiration pour elle.

En haut non plus, elle n'avait pas chômé, découvrit Vance. Une vraie tornade, conclut-il en avisant les cartons étiquetés dans la chambre principale. Et une fois prises ses mesures et ses notes, il passa dans la chambre de Shane.

C'était un véritable capharnaüm qui tranchait avec l'organisation méticuleuse qu'il avait trouvée dans les autres pièces. Papiers, listes, notes, tablettes et factures griffonnées s'entassaient sur l'abattant ouvert d'un secrétaire Governor Winthrop. La brise qui entrait par les fenêtres ouvertes fit frémir les documents. Par terre, près du meuble, s'éparpillaient des dizaines de catalogues d'antiquités. Une chemise de nuit sur l'envers – un long T-shirt arrivant à mi-cuisse et non celle dont il l'avait affublée en pensée – avait été jetée sur une chaise. Une paire de baskets fatiguées gisaient contre la penderie, comme si elles avaient été lancées là puis oubliées par leur propriétaire.

Au centre de la pièce se trouvait un grand carton de livres qu'il se souvenait avoir vus la veille. Les ouvrages étaient alors dans la troisième chambre. Manifestement, Shane les avait transportés la nuit dernière dans sa propre chambre afin d'en faire le tri. Plusieurs d'entre eux s'empilaient en équilibre précaire sur le sol ; d'autres jonchaient sa table de chevet. À l'évidence, le mode de travail de Shane était aux antipodes de son mode de vie.

Bizarrement, Vance repensa à Amelia et à l'élégance de l'ordre qui régnait dans ses appartements privés. Déclinés dans des tons de rose et d'ivoire, ceux-ci n'offraient pas la moindre trace de poussière ou de fouillis. Même le bataillon de pots de crème et de flacons de parfum encombrant sa coiffeuse était aligné avec soin. Shane ne possédait pas de coiffeuse, et l'abattant du secrétaire ne supportait qu'une petite boîte émaillée, une photographie encadrée et un unique flacon de parfum. La photo était un instantané couleur montrant Shane adolescente auprès d'une femme très droite, aux cheveux blancs.

Voilà donc la grand-mère, songea Vance. Elle arborait un sourire guindé de circonstance, mais assurément ses yeux pétillaient de rire parmi les rides. Son visage tanné n'affichait rien de la douceur du grand âge, observa-t-il, mais plutôt une rudesse contrastant avec la jeune fille qui se tenait près d'elle.

Elles posaient debout sur l'herbe d'été, dos au ruisseau. La grand-mère portait une robe-tablier à fleurs, sa petite-fille un T-shirt jaune et un jean taillé en short. Cette Shane-là n'était guère différente de la femme en train de peindre à l'extérieur. Elle avait les cheveux plus longs, un corps plus frêle, mais débordait déjà de cette même gaieté. Même si son bras était passé sous celui de la vieille dame, il se dégageait de ce geste une impression de camaraderie, pas de soutien.

Elle était plus séduisante avec les cheveux courts, estima Vance en étudiant le cliché. La façon dont ses boucles lui encadraient le visage rehaussait l'aspect si doux de sa peau et le triangle de son petit minois…

Cette photo avait-elle été prise par Cy ? Cette idée le contraria aussitôt. Cy lui déplaisait par principe, même si pendant toutes ces années il avait certainement employé bon nombre de ses clones. Ces gens-là combinaient leur vie comme une déclaration d'impôts.

Qu'est-ce qu'elle avait bien pu trouver à ce type ? se demanda-t-il avec dégoût tout en s'éloignant pour aller prendre d'autres mesures. Si elle l'avait épousé, elle vivrait maintenant en banlieue dans une maison étouffante, aurait deux, trois enfants, apporterait tous les mercredis son soutien aux soldats dans le cadre des Ladies Auxiliary, et prendrait chaque année quinze jours de vacances dans un cottage loué en bord de mer. Le bonheur pour certains, songea-t-il, mais pas pour une femme qui aimait peindre des terrasses et rêvait des îles Fidji.

Cette espèce de crétin complètement coincé l'aurait harcelée de reproches jusqu'à la fin de sa vie, conclut Vance avant de redescendre. Elle l'avait échappé belle. Dommage qu'il n'ait pas pu en faire autant ! Au lieu de quoi il avait passé quatre années insupportables à rêver que sa femme disparaisse de son existence et deux autres à culpabiliser que son vœu se soit réalisé.

Chassant ses idées sombres, Vance sortit jeter un coup d'œil à la terrasse de devant.

Un peu plus tard, alors qu'il était en train de prendre des mesures en marmonnant, Shane le rejoignit, un mug de thé dans chaque main.

— Pas génial, hein ?

Vance leva vers elle un regard dégoûté.

— C'est un miracle que personne ne se soit jamais cassé une jambe sur ce truc.

— On ne l'utilise guère.

Shane haussa les épaules en zigzaguant d'un pas expert entre les lames douteuses.

— Gran passait toujours par la porte de derrière. Comme tous les gens qui viennent à la maison.

— Pas votre petit ami.

Shane lui lança un regard dur.

— Cy ne passe jamais par la porte de derrière, et ce n'est pas mon petit ami. D'après vous, qu'est-ce que je devrais faire ?

— Il me semblait que vous aviez déjà réglé le problème, rétorqua-t-il en rempochant son mètre. Et fort bien, même.

Shane le fixa un instant avant de se mettre à rire.

— Non, je ne parlais pas de Cy, mais du porche.

— Arrachez cette espèce de ruine une bonne fois pour toutes.

— Oh…

Shane s'assit avec précaution sur la marche du haut.

— En entier ? J'espérais remplacer les lames les plus abîmées et…

— Il suffirait du poids de trois personnes pour que tout s'effondre complètement, la coupa Vance en regardant les planches branlantes avec mécontentement. Je ne comprends pas qu'on puisse laisser les choses se dégrader à ce point.

— Très bien, ne vous énervez pas, réplique-t-elle en lui tendant un mug de thé. Combien diriez-vous que ça va me coûter ?

Vance calcula un petit moment avant de lui donner un prix. Il vit la consternation se peindre sur le visage de Shane, puis elle lâcha un soupir.

— OK.

Voilà qui anéantissait son dernier espoir de conserver l'ensemble de salle à manger de sa grand-mère…

— S'il le faut. C'est une priorité, je suppose. Le temps risque de se mettre au froid d'un jour à l'autre.

Elle parvint à sourire à Vance sans enthousiasme.

— Je n'aimerais pas que mon premier client me fasse un procès après être passé à travers le plancher de la terrasse.

— Shane.

Vance se tenait face à elle. Comme elle était assise sur la marche du haut, leurs visages étaient presque au même niveau. Malgré le regard de Shane, ouvert et franc, il hésita avant de parler.

— Combien avez-vous ?… D'argent, précisa-t-il sans détour en voyant qu'elle le fixait sans comprendre.

Cette question la contraria.

— Assez pour m'en sortir, affirma-t-elle, avant de laisser échapper un soupir d'agacement face au regard insistant de Vance. Tout juste, avoua-t-elle. Mais je pourrai tenir le temps que mon affaire me rapporte quelques dollars. J'ai réparti tout mon budget entre la maison et l'achat du stock. Gran m'a laissé un petit pécule et j'avais mes propres économies.

De nouveau, Vance hésita. Il s'était promis de ne pas s'investir dans la vie de cette fille, mais chaque fois qu'il la voyait, c'était plus fort que lui.

— Croyez bien que je regrette de vous tenir le même discours que votre petit ami, commença-t-il.

Shane l'interrompit d'emblée :

— Alors ne dites rien. Et ce n'est pas mon petit ami.

— Très bien.

Vance contempla son mug, les sourcils froncés. Il y avait une différence entre accepter un boulot pour s'amuser et prendre l'argent d'une femme qui de toute évidence ne roulait pas sur l'or. Il but une gorgée de son thé en se creusant les méninges à la recherche d'un prétexte crédible pour refuser le tarif horaire qu'elle lui avait proposé.

— Shane, en ce qui concerne mon salaire…

— Oh… Pour l'instant, je ne suis pas en mesure de vous faire une meilleure offre, Vance.

Une lueur de détresse traversa son regard.

— Plus tard, quand l'affaire sera lancée…

— Non.

Gêné et contrarié, il posa la main sur la sienne pour l'arrêter.

— Non, il n'était pas question de vous demander un tarif plus élevé.

— Mais…

Shane s'interrompit. Soudain elle comprit, et ses yeux s'emplirent de larmes. D'un geste vif, elle posa son mug et se leva. Elle descendit les marches en secouant la tête.

— Non, non, c'est très gentil à vous, articula-t-elle avec peine en s'éloignant de lui. Je… J'apprécie vraiment, mais c'est inutile. Je ne voulais pas avoir l'air de…

Laissant sa phrase inachevée, elle contempla les montagnes environnantes. L'espace d'un instant, il n'y eut plus que le glouglou du ruisseau qui s'écoulait derrière eux.

Se maudissant intérieurement, Vance alla vers elle. Après une brève hésitation, il la prit par les épaules.

— Shane, écoutez…

— Non, je vous en prie.

Elle se retourna vivement vers lui, les yeux noyés de chagrin même si jusque-là elle avait réussi à endiguer ses larmes. Elle posa les mains sur ses avant-bras et Vance fut surpris par la force inattendue de ses doigts.

— C'était très gentil à vous de me le proposer.

— Non, pas du tout, répliqua Vance d'un ton cassant.

Il était parcouru par un sentiment de frustration, de culpabilité et d'autre chose encore. Et détestait tout cela en bloc.

— Zut, Shane ! Vous ne comprenez rien. L'argent ne…

— Je comprends que vous êtes un homme adorable, le coupa-t-elle.

Elle l'entoura de ses bras en appuyant sa joue contre sa poitrine et Vance sentit le piège se refermer sur lui.

— Non, c'est faux, marmonna-t-il.

En voulant la repousser et se tirer du pétrin dans lequel il s'était fourré, Vance reprit Shane par les épaules. En aucun cas il n'accepterait sa gratitude indue. Mais ses mains remontèrent toutes seules vers ses cheveux.

Il ne voulait pas la repousser, comprit-il. Loin de là, même ! Pas au moment où elle pressait contre lui ses seins fermes et menus. Pas quand ses cheveux s'enroulaient avec exubérance autour de ses doigts. Ils étaient si doux, soyeux, et couleur de miel. Sa bouche aussi était douce, se rappela-t-il avec convoitise. Et, s'abandonnant au désir, Vance enfouit son visage dans la chevelure de Shane en murmurant son nom.

Quelque chose dans le ton de sa voix, un soupçon de désespoir, éveilla chez Shane l'envie de le réconforter. Elle n'était pourtant pas encore consciente qu'il la désirait, elle ne percevait que son malaise. Elle se serra plus fort contre lui, impatiente de le calmer, tout en parcourant son dos de ses mains apaisantes. Sous sa caresse, le sang de

Vance ne fit qu'un tour. D'un geste vif, presque brutal, il lui inclina la tête en arrière et plaqua sauvagement sa bouche sur la sienne.

Bâillonnant le cri instinctif que poussa Shane, il ne remarqua pas les efforts de la jeune femme pour se débattre. La flamme qui le consumait était si forte, si intolérablement brûlante, qu'il ne songeait qu'à l'éteindre. Shane en éprouva tout d'abord de la peur, mais la passion, plus puissante, l'emporta sur le reste. Le feu se propagea en elle, la submergea jusqu'à ce que sa bouche réponde fougueusement à son baiser.

Jamais rien ni personne ne l'avait mise dans un tel état – cette folle volupté, ce désir terrifiant. Dans sa frénétique excitation, elle poussa un gémissement lorsque Vance lui mordilla la lèvre inférieure. Elle sentait courir sur sa peau de rapides frissons qui la troublaient et l'incendiaient. Pas un instant elle ne songea à le repousser. Elle était déjà sienne, elle le savait.

Vance se dit qu'il allait devenir fou s'il ne la touchait pas, s'il n'apprenait pas au moins l'un des secrets de son petit corps mince. La nuit dernière, ses fantasmes s'étaient acharnés à le tourmenter, ne lui laissant pas une seconde de répit. À présent, il lui fallait les satisfaire. Sans mettre fin à l'assaut de sa bouche, il passa la main sous le T-shirt de Shane, à la recherche d'un sein. Il sentit son cœur cogner sous sa paume. Elle avait un corps ferme et menu. Cela ne fit qu'accroître son appétit et lui arracha un gémissement tandis que, du pouce et de l'index, il excitait la pointe de son sein déjà dressé.

Shane sentit sa tête exploser de couleurs, comme un arc-en-ciel aveuglant de brillance. Elle se cramponna à lui, effrayée, envoûtée, pendant que ses lèvres et sa langue continuaient à répondre à son désir avec une exigence égale à la sienne. Contre sa peau veloutée, elle sentait sa main rugueuse et couverte de cals. Son pouce la frottait douloureusement, l'amenant à un degré d'excitation proche du délire. Il n'y avait chez lui aucune douceur, aucune tendresse. Sa bouche était dure et brûlait du goût violent de la colère. Plaqué contre le sien, le corps de Vance était raide et tendu. Une passion brute et dévastatrice semblait jaillir de lui, la défiant d'y répondre avec une ardeur équivalente.

Shane sentit ses bras se resserrer convulsivement autour d'elle ; puis il la libéra si soudainement de son étreinte qu'elle chancela et dut se rattraper à son bras pour ne pas perdre l'équilibre.

Dans ses yeux, Vance vit défiler les nuages de la passion, les éclairs de la peur. Elle avait la bouche meurtrie et gonflée par la férocité de la sienne. Il la contempla, dérouté. Jamais il ne s'était montré aussi brutal envers une femme. En général, il passait pour un amant attentionné, parfois indifférent peut-être, mais jamais violent. Il recula d'un pas.

— Je suis désolé, lâcha-t-il d'un ton sec.

D'un geste nerveux, Shane porta brièvement la main à ses lèvres encore sensibles. Sa propre réaction, bien plus que les façons de Vance, l'avait profondément ébranlée. Où ce feu et cette passion étaient-ils restés enfouis durant tout ce temps ?

— Je ne…

Shane dut s'éclaircir la voix avant de pouvoir articuler autre chose qu'un murmure.

— Ne soyez pas désolé. Moi, je ne regrette rien.

Vance la considéra fixement pendant quelques instants.

— Ça vaudrait pourtant mieux pour tout le monde.

Il tira un papier de la poche arrière de son jean.

— Voilà la liste des matériaux dont vous allez avoir besoin. Dès qu'ils vous auront été livrés, faites-le-moi savoir.

— Très bien.

Shane saisit le document qu'il lui tendait. Comme il s'éloignait, elle prit son courage à deux mains :

— Vance…

82

Il marqua une pause et se retourna.
— Je ne regrette rien, répéta-t-elle avec calme.
Il ne répondit pas, contourna la maison et disparut.

5

Shane n'avait jamais travaillé aussi dur que ces trois derniers jours. La chambre d'amis et la salle à manger étaient bourrées à craquer de cartons étiquetés, répertoriés et scellés. La maison avait été récurée, balayée et époussetée de fond en comble. Shane avait potassé des catalogues d'antiquités jusqu'à ce que les mots se brouillent devant ses yeux fatigués. Chaque objet en sa possession avait été listé de façon systématique. En fixer l'époque et le prix était plus éreintant que le travail manuel, et cela la faisait souvent veiller jusqu'après minuit. Tirée de son lit par les rayons du soleil, elle se remettait aussitôt à la tâche. Cependant, à aucun moment son énergie ne fléchit. Chaque étape réalisée accroissait son excitation, la poussant à en faire davantage.

Le temps qui passait la renforçait dans sa conviction et sa confiance : elle avait pris la bonne décision. Elle le *sentait*. Il lui fallait trouver sa voie : les sacrifices et les risques financiers étaient un passage obligé. Elle n'avait pas l'intention d'échouer.

Pour elle, le magasin ne serait pas qu'un commerce, mais une aventure. Une aventure qu'elle avait certes hâte d'entreprendre, mais la planification et l'anticipation étaient des étapes tout aussi stimulantes. Elle avait passé contrat avec un couvreur et un plombier, et choisi ses peintures et vernis. Cet après-midi, sous un déluge de pluie, les matériaux qu'elle avait commandés d'après la liste de Vance lui avaient été livrés. Ces événements pourtant banals et terre à terre lui avaient donné le frisson de l'accomplissement. En un sens, tout ce bois, ces clous et autres boulons représentaient la preuve tangible de la mise en œuvre de son projet. Antietam Musée et Antiquités deviendrait une réalité sitôt la première planche fixée.

Tout excitée, elle avait appelé Vance qui, s'il se montrait fidèle à sa parole, s'attaquerait au chantier dès le lendemain matin.

Au-dessus d'une tasse de chocolat, Shane, dans la solitude de sa cuisine, écoutait le martèlement incessant de la pluie en pensant en lui. Au téléphone, il avait été bref et très professionnel. Elle ne s'en était pas offusquée. Elle était arrivée à la conclusion que la propension de Vance aux sautes d'humeur faisait partie de son caractère. Cela ne l'en rendait que plus attirant.

Elle regarda au-dehors : les fenêtres étaient sombres et la lumière de la cuisine se reflétait avec une lueur spectrale sur les carreaux mouillés. Il faudrait allumer un feu pour chasser ce froid humide, songea-t-elle paresseusement, mais elle n'avait pas vraiment envie de bouger. Au lieu de quoi, elle frotta ses pieds nus l'un contre l'autre : tant pis pour les chaussettes, il aurait fallu qu'elle monte à l'étage…

Une goutte se détacha lentement du plafond pour tomber dans une casserole posée par terre. De temps à autre, ce tintement métallique la faisait sursauter. Partout dans la maison étaient disposées d'autres casseroles à des endroits stratégiques. Shane se moquait de la pluie autant que d'être seule. La véritable solitude lui était un sentiment pour ainsi dire étranger. Comblée par sa propre compagnie, par l'activité de son esprit, elle ne rêvait à cet instant d'aucune autre présence, même si elle ne l'aurait pas non plus évitée. Pourtant, elle pensait à Vance : était-il assis à sa fenêtre, en train de regarder la pluie tomber par une vitre obscurcie ?

Oui, s'avoua-t-elle, elle était terriblement attirée par cet homme. Et ce qu'elle ressentait dans ses bras dépassait de loin la simple réaction physique quand il l'embrassait avec cette violence qui la terrifiait tout en l'excitant. Sa seule présence était stimulante – on sentait l'orage couver sous son calme apparent. Il y avait chez lui un dynamisme étonnant. Le dynamisme d'un homme que l'oisiveté rendait mal à l'aise, voire impatient. L'absence de travail, songea-t-elle dans un soupir de compassion, devait le frustrer terriblement.

Shane comprenait son besoin de produire, d'être actif, même si ses propres accès d'énergie frénétique alternaient souvent avec des périodes de paresse assumée. Elle allait vite, mais sans se bousculer. Elle pouvait soit travailler des heures sans se fatiguer, soit dormir jusqu'à midi sans le moindre remords. Quoi qu'elle fasse, elle y mettait tout son cœur. Il était vital pour elle de trouver un moyen de prendre plaisir à la moindre besogne, si modeste ou exténuante soit-elle. Elle en conclut que Vance, lui, était capable de travailler inlassablement sans pour autant devoir y trouver de l'agrément.

Le fait que leurs tempéraments respectifs soient aussi diamétralement opposés ne la dérangeait pas. Son intérêt pour l'histoire, allié à son expérience d'enseignante, lui avait donné un aperçu de la diversité de la nature humaine. À ses yeux, il n'était pas nécessaire que les pensées et les humeurs de Vance aillent dans la même direction que les siennes. Le confort d'une telle compatibilité ne serait guère excitant et ne laisserait place à aucune surprise. La totale harmonie, réfléchit-elle, pouvait être charmante, assez douce et très insipide. Il y avait quand même dans la vie des choses plus... intéressantes.

Elle avait perçu chez Vance une étincelle d'humour, peut-être un sens du ridicule, presque oublié. Et il était loin d'être froid. Consciente de ses défauts comme de leurs différences, elle reconnaissait néanmoins à cet homme des qualités justifiant son attirance pour lui.

Le sentiment qu'elle avait éprouvé dès leur première rencontre n'avait fait que s'intensifier. Cela défiait toute logique, toute raison, mais son cœur avait su instantanément qu'il était l'homme qu'elle attendait depuis toujours. Shane avait beau se dire que c'était impossible, elle savait que l'impossible avait la mystérieuse manie de se produire contre toute attente. Le coup de foudre ? Ridicule. Et pourtant…

Impossible ou pas, ridicule ou pas, son cœur, lui, avait fait son choix. C'est vrai qu'elle tombait facilement amoureuse, mais sans pour autant donner son affection à la légère. Son amour pour Cy avait été une passion de jeunesse, influençable, mais tout à fait réelle. Il lui avait fallu longtemps pour s'en remettre.

Shane ne se faisait aucune illusion sur Vance Banning. C'était un homme difficile. Même ses brusques accès de gentillesse ou d'humour n'enlevaient rien au fait qu'on ne le changerait pas. Il y avait en lui trop de colère, trop de volonté. Et si elle admettait avoir été victime d'un coup de foudre, elle avait assez de bon sens pour voir que le phénomène n'était pas réciproque.

Il la désirait. Elle était obligée de le reconnaître, même si cela la déconcertait, ne s'étant jamais considérée comme une femme désirable. Pourtant, son désir n'empêchait pas Vance de garder ses distances. C'était cette réserve, décida-t-elle, cette méfiance étudiée qui bataillait contre sa passion.

Elle but paresseusement une gorgée de son chocolat et regarda la pluie par la fenêtre. Le problème, pour elle, c'était de forcer ses barrières. Ce n'était pas la première fois qu'elle était amoureuse, ni qu'elle affrontait la souffrance et cette sensation de vide. La souffrance, elle était prête à l'accepter de nouveau, mais ce vide intérieur, pas question de l'éprouver une seconde fois ! Elle voulait Vance Banning. Tout ce qu'il lui restait à faire était de se rendre désirable à ses yeux. Shane reposa son mug avec un petit sourire. Elle avait été élevée pour réussir.

La lumière éblouissante des phares sur la fenêtre la fit sursauter. Elle se leva et alla à la porte de derrière voir qui avait bravé la pluie pour lui rendre visite. Les mains en œillère de part et d'autre du visage, elle scruta la vitre mouillée. Elle reconnut la voiture et ouvrit immédiatement la porte en grand. Elle fut agressée par une pluie glaciale, mais rit en voyant Donna, tête baissée, zigzaguer péniblement entre les flaques.

— Salut !

Sans cesser de rire, Shane s'effaça pour laisser son amie se précipiter à l'intérieur.

— Tu t'es un peu mouillée, observa-t-elle.

— Très drôle.

Donna se débarrassa de son imperméable, qu'elle suspendit à une patère près de la porte. Avec la désinvolture qu'autorise une amitié de longue date, elle ôta ses mocassins trempés.

— Je me suis dit que tu devais hiberner. Tiens.

Elle tendit à Shane la boîte de café d'une livre.

— Un cadeau de bienvenue pour mon retour ? s'enquit cette dernière en retournant la boîte avec curiosité. Ou serait-ce une allusion au fait que tu en prendrais bien une tasse ?

— Ni l'un ni l'autre.

Secouant la tête, Donna passa la main dans ses cheveux mouillés.

— Tu l'as achetée l'autre jour, mais tu l'as laissée au magasin.

— Ah bon ?

Shane médita là-dessus quelques secondes avant d'éclater de rire.

— Ah, c'est vrai ! Merci. Qui s'occupe du magasin pendant que tu fais les livraisons ?

Et, se tournant, elle fourra la boîte dans un placard.

— Dave.

Donna se laissa choir sur une chaise de la cuisine avec un soupir.

— Sa sœur est venue jouer les baby-sitters, alors il m'a mise à la porte.

— Dur, en plein orage…

— Il voyait bien que je n'arrivais pas à tenir en place.

Elle jeta un œil par la fenêtre.

— Cette pluie ne semble pas vouloir s'arrêter.

Elle frissonna en regardant d'un œil réprobateur les pieds nus de son amie.

— Tu n'as pas froid ?

— Je songeais à allumer un feu, répondit celle-ci d'un air absent, avant de sourire. Mais ça m'a paru terriblement casse-pieds.

— Un gros rhume aussi, c'est terriblement casse-pieds.

— Le chocolat est encore chaud, lui signala Shane en s'emparant machinalement d'une autre tasse. Tu en veux ?

— Oui, merci.

Donna ramena de nouveau ses cheveux en arrière avant de joindre les deux mains ; mais elle ne pouvait pas rester tranquille. Tout à coup, elle lança à Shane un sourire radieux.

— Il faut que je te dise quelque chose, sinon je vais exploser.

Vaguement intriguée, Shane la regarda par-dessus son épaule.

— Vas-y.

— J'attends un autre enfant.

— Oh, Donna, c'est merveilleux !

Shane éprouva un pincement d'envie envers son amie. Repoussant très vite ce sentiment mesquin, elle alla la serrer dans ses bras.

— C'est pour quand ?

— Pas avant sept mois.

Donna essuya la pluie sur son visage en riant.

— Je suis aussi excitée que la première fois. Dave aussi, même s'il joue les nonchalants.

Elle lança un regard épanoui à Shane.

— L'air de rien, il s'est débrouillé pour lâcher l'info à tous les gens qui sont entrés dans le magasin cet après-midi.

Shane étreignit de nouveau son amie.

— Tu te rends compte de la chance que tu as ?

— Oui.

Donna eut un sourire penaud.

— J'ai passé la journée à chercher des prénoms. Que penses-tu de Charlotte et Samuel ?

— Très distingués.

Shane retourna à la cuisinière. Après avoir versé le chocolat, elle apporta les deux tasses à table.

— À la santé de la petite Charlotte ou du petit Samuel !

— Ou bien Andrew et Justine, hasarda Donna en trinquant.

— Tu comptes en avoir combien, au juste ? ironisa Shane.

— Un seul à la fois, répondit Donna en tapotant fièrement son ventre.

Ce geste fit sourire Shane.

— Tu m'as bien dit que la sœur de Dave s'occupait de Benji ? Elle n'est plus au lycée ?

— Non, elle a eu son examen cet été. Pour l'instant, elle cherche un autre job.

Donna se laissa aller contre le dossier de sa chaise avec un soupir de satisfaction.

— Elle compte aller en fac à temps partiel, mais elle ne roule pas sur l'or, et pour le moment ses horaires de travail sont pratiquement incompatibles avec des études.

Son front se plissa de compassion.

— Ce trimestre, elle n'arrive pas à assister à plus de deux cours du soir par semaine. À ce rythme-là, il lui faudra des siècles avant de décrocher un diplôme.

— Hmm…

Le regard de Shane s'abîma au fond de sa tasse.

— Pat était très brillante, si mes souvenirs sont bons ?

— Brillante et jolie comme un cœur.

Shane hocha la tête.

— Dis-lui de passer me voir.

— Toi ?

— Quand j'aurai démarré mon affaire, j'aurai besoin d'une aide à temps partiel.

Son regard se perdit dans le vague tandis que le vent projetait des rafales de pluie contre les fenêtres.

— Les deux premiers mois, je ne pourrai rien faire pour elle, mais après, si elle est toujours intéressée, on pourrait trouver un arrangement.

— Shane, elle va être folle de joie ! Mais tu es sûre que tu peux te permettre d'embaucher quelqu'un ?

Shane leva sa tasse d'un air de défi.

— Dans six mois, je serai fixée sur mon sort.

Considérant cette idée, elle enroula une boucle de cheveux autour de son index, signe chez elle de nervosité, comme ne l'ignorait pas Donna. Cette dernière fronça les sourcils mais ne dit rien.

— Je veux que le magasin reste ouvert sept jours sur sept, enchaîna Shane. C'est le week-end qu'il y aura forcément le plus d'activité si j'arrive à attirer quelques touristes. Entre la vente et la comptabilité, le stock et les achats qu'il me faudra faire, je ne m'en sortirai jamais seule. Si je coule, murmura-t-elle, ce sera corps et biens.

— Je ne t'ai jamais vue faire les choses à moitié, remarqua Donna avec un brin d'admiration mêlée d'inquiétude. À ta place, je serais morte de peur.

— J'ai un peu peur, avoua Shane. Parfois je m'imagine cet endroit quand tout sera fini, et je vois les clients entrer pour examiner la marchandise. Je vois toutes les salles et les comptes que je vais devoir tenir…

Elle roula des yeux au plafond.

— Qu'est-ce qui me fait croire que je vais y arriver ?

— Du plus loin que je m'en souvienne, tu as toujours su négocier ce qui s'est trouvé sur ton chemin.

Donna s'interrompit, le temps de considérer Shane avec attention.

— Tu vas tenter le coup malgré toutes les chausse-trapes que je te pointerais du doigt ?

Un sourire creusa les fossettes de Shane.

— Oui.

— Alors, je ne t'en indiquerai aucune, répliqua Donna avec un sourire railleur. Ce que je vais te dire, c'est que tu es aussi capable qu'une autre d'y arriver.

Après avoir contemplé son chocolat d'un air soucieux, Shane leva la tête et planta son regard dans celui de son amie.

— Pourquoi ?

— Parce que tu vas te donner à fond.

La simplicité de sa réponse provoqua le rire de Shane.

— Tu es sûre que ça suffira ?

— Oui, répondit Donna avec un tel sérieux que Shane se rembrunit.

— J'espère que tu as raison, murmura-t-elle avant de chasser ses doutes. De toute façon, il est un peu tard pour se faire du souci maintenant. Alors, poursuivit-elle d'un ton plus léger, quoi de neuf à part Justine et Samuel ?

Après un instant d'hésitation, Donna se jeta à l'eau :

— Shane, j'ai vu Cy l'autre jour.

— Ah oui ? répliqua Shane, étonnée, tout en buvant une gorgée de chocolat. Moi aussi.

Donna s'humecta les lèvres.

— Il avait l'air très… euh… préoccupé par tes projets.

— *Critique* et *préoccupé* sont deux adjectifs tout à fait différents, objecta Shane avant de sourire en voyant les joues de Donna s'empourprer. Oh, ne t'en fais pas, Donna ! Cy n'a jamais approuvé une seule de mes idées. Ça ne me dérange plus. En fait, moins il approuve, poursuivit-elle lentement, et plus ça me renforce dans la conviction que j'ai raison. Je ne pense pas qu'il ait jamais pris un risque de toute sa vie.

Notant que Donna mâchonnait nerveusement sa lèvre inférieure, Shane la fixa d'un regard droit.

— Bon, quoi d'autre ?

— Shane.

Donna marqua une pause, puis se mit à suivre du doigt le bord de la tasse sans s'arrêter. Shane reconnut ce geste d'hésitation et garda le silence.

— Je crois que je ferais mieux de te le dire avant que… Eh bien, avant que quelqu'un d'autre ne te l'apprenne. Cy…

Shane laissa patiemment passer quelques secondes.

— Cy quoi ? demanda-t-elle d'un ton ferme.

Donna leva la tête, l'air penaud.

— Il a beaucoup vu Laurie MacAfee ces derniers temps.

Devant les yeux écarquillés de surprise de Shane, elle embraya à toute vitesse :

— Je suis désolée, Shane, vraiment désolée, mais franchement je pensais que tu devais le savoir. Et je me suis dit que ça te serait peut-être plus facile de l'apprendre de moi. Je crois que… Enfin, je crains que ça ne soit sérieux.

— Laurie…

Shane s'interrompit et parut s'abîmer dans la contemplation fascinée de l'eau qui gouttait dans la casserole.

— *Laurie MacAfee* ? articula-t-elle au bout d'un silence stupéfait.

— Oui, acquiesça Donna d'une voix douce, les yeux rivés sur la table. D'après la rumeur, ils seront mariés l'été prochain.

L'air malheureux, elle attendit la réaction de Shane. Lorsqu'elle l'entendit éclater d'un rire inextinguible, elle releva la tête, craignant une crise de nerfs.

— Laurie MacAfee !

Shane martelait la table de ses poings et riait à s'en rendre malade.

— Oh, c'est merveilleux, c'est parfait ! Oh ! là, là ! Oh, mon Dieu, quel couple *admirable* !

— Shane…

Préoccupée par ses yeux humides et son rire hystérique, Donna cherchait les mots justes.

— Oh, je regrette de ne pas l'avoir su plus tôt, je l'aurais félicité !

Vaincue par l'hilarité, Shane appuya son front sur la table. Prenant cela pour le signe d'un cœur brisé, Donna posa une main consolatrice sur la tête de son amie.

— Shane, il ne faut pas le prendre comme ça…

Elle lui caressa doucement les cheveux, et ses propres yeux s'emplirent de larmes.

— Cy n'est pas pour toi. Tu mérites quelqu'un de mieux.

Sa déclaration fit partir Shane d'un nouvel éclat de rire.

— Oh, *Donna* ! Oh, Donna, tu te souviens des si mignons petits ensembles qu'elle portait toujours au lycée ? Et elle était toujours première en cours d'économie domestique !

Shane dut s'astreindre à plusieurs longues inspirations avant de pouvoir poursuivre :

— Elle avait fait un mémoire sur la façon de planifier le budget d'un ménage.

— Je t'en prie, ma chérie, n'y pense plus.

Donna balaya la cuisine du regard : y avait-il du brandy à usage médicinal quelque part dans la maison ?

— Elle aura ses embauchoirs personnels, fit Shane d'une voix faible. J'en suis persuadée. Et elle leur collera une étiquette pour ne pas les mélanger. Oh, Cy !

Prise d'une nouvelle crise de fou rire, elle cogna du poing sur la table.

— Laurie. Laurie MacAfee !

Bourrelée d'inquiétude, Donna lui souleva doucement la tête.

— Shane, je…

Dans un sursaut, elle se rendit compte que son amie, loin d'être accablée de chagrin, était tout simplement submergée par l'hilarité. Durant quelques secondes,

Donna fixa les grands yeux de Shane où dansaient des lueurs amusées.

— Eh bien, constata-t-elle sèchement. Je savais que ça te mettrait dans tous tes états.

Shane hurla de rire.

— Je vais leur offrir un truc victorien en cadeau de mariage. Donna, reprit-elle dans un immense sourire de gratitude, tu as illuminé ma journée. Oui, illuminé, vraiment.

— Je me doutais que tu le prendrais mal, répliqua Donna avec un sourire perplexe. Essaie simplement de retenir tes larmes en public.

— Je saurai rester digne, promit Shane avant de sourire. Tu es adorable. Tu croyais vraiment que j'en pinçais encore pour Cy ?

— Je n'étais pas sûre, avoua Donna. C'est que tous les deux… Eh bien, vous êtes restés si longtemps ensemble, et puis je me souvenais combien tu avais été anéantie à la suite de votre rupture. Après, tu n'en as plus jamais reparlé.

— J'avais besoin d'un peu de temps pour panser mes blessures, expliqua Shane. Mais ça fait belle lurette qu'elles sont guéries. J'étais amoureuse de lui, mais je m'en suis remise. Il a bien amoché mon amour-propre. Cela dit, j'ai survécu.

— Je l'aurais tué à l'époque, marmonna Donna, la mine sombre. Deux mois avant le mariage !

— Ça valait mieux que deux mois après, lui fit remarquer Shane avec logique. Ça n'aurait jamais marché entre nous. Aujourd'hui, en revanche, Cy et Laurie MacAfee…

Cette fois, toutes les deux éclatèrent de rire.

— Shane, reprit Donna en lui lançant un regard soudain plus calme. Des tas de gens vont s'imaginer que tu tiens encore à Cy.

Shane balaya cette perspective d'un haussement d'épaules.

— On ne peut pas empêcher les gens de s'imaginer des choses.

— Ni les empêcher de jaser, murmura Donna.

— Ils se trouveront très vite une cible de commérages plus intéressante, rétorqua Shane avec désinvolture. En plus, j'ai suffisamment de pain sur la planche pour ne pas perdre mon temps à m'inquiéter à ce sujet.

— C'est ce que j'ai vu d'après tout ce qui s'entasse sous le porche. Qu'est-ce qu'il y a sous cette bâche ?

— Du bois et des matériaux.

— Mais que vas-tu en faire exactement ?

— Moi, rien. C'est Vance Banning qui va s'en charger. Un peu plus de chocolat ?

— Vance Banning !

Stupéfaite, puis fascinée, Donna se pencha en avant.

— Raconte !

— Il n'y a pas grand-chose à raconter. Tu ne m'as pas répondu pour le chocolat.

Donna repoussa son offre d'un geste impatient.

— Shane, qu'est-ce que Vance Banning va faire de tout ce bois et de ces matériaux ?

— De la menuiserie.

— Pourquoi ?

— Parce que je l'ai embauché pour ça.

Donna serra les dents, exaspérée :

— Pourquoi ?

— Parce qu'il est menuisier.

— Shane !

Shane maîtrisa vaillamment son sourire.

— Écoute, il n'a pas de boulot, il est doué, et j'ai besoin de quelqu'un prêt à travailler en dessous du minimum syndical, alors…

Elle écarta les mains en signe d'évidence.

— Qu'as-tu découvert sur lui ?

Donna exigeait d'avoir la primeur des tout derniers scoops.

— Pas grand-chose, avoua Shane, dépitée. Rien, en fait. Il n'est pas très bavard.

Donna eut un petit sourire entendu.

— Ça, je le savais déjà.

Pour toute réponse, Shane lui décocha un bref sourire.

— Disons qu'il peut se montrer carrément impoli quand ça lui prend. Il a un orgueil démesuré ainsi qu'un merveilleux sourire dont il use trop peu. Des mains puissantes…, murmura-t-elle avant de se reprendre. Et une gentillesse qu'il dispense au compte-gouttes. Je pense qu'il a le sens de l'autodérision mais qu'il a perdu le mode d'emploi. Je sais que c'est un bourreau de travail parce que, quand le vent souffle vers ici, je l'entends manier la scie et le marteau à toute heure.

Elle lança un regard par la fenêtre en direction du sentier.

— Je suis amoureuse de lui.

— Oui, mais qu'est-ce que…

Le souffle coupé, Donna s'étrangla :

— *Quoi !*

— Je suis amoureuse de lui, répéta Shane avec un sourire amusé. Tu veux un peu d'eau ?

Donna resta presque une minute à la dévisager fixement, sidérée. *Elle plaisante*, se dit-elle. Mais à l'expression de Shane, elle comprit que son amie était tout à fait sérieuse. En tant que femme mariée enceinte de son deuxième enfant, il était de son devoir, décida-t-elle, de lui montrer les dangers de ce genre de pensée.

— Shane, commença-t-elle d'un ton patient, maternel, tu viens à peine de rencontrer cet homme. Alors…

— Je l'ai su à la minute où j'ai posé les yeux sur lui, la coupa Shane calmement. Je vais l'épouser.

— L'épouser !

À court de mots, Donna se perdit dans un bredouillis confus. Pleine d'indulgence, Shane se leva pour aller lui chercher un verre d'eau.

— Il… Il t'a demandée en mariage ?

— Non, bien sûr que non.

Shane pouffa à cette seule idée tout en tendant le verre à Donna.

— Il vient à peine de me rencontrer.

Tentant de suivre la logique de son amie, Donna ferma les yeux et se concentra.

— Je suis complètement paumée, finit-elle par avouer.

— J'ai dit que j'allais me marier avec lui, expliqua Shane en se rasseyant. Mais il ne le sait pas encore. D'abord, je dois attendre qu'il tombe amoureux de moi.

Après avoir reposé son verre d'eau sans l'avoir touché, Donna la considéra d'un air sévère.

— Shane, je crois que tu subis une pression bien plus grande que ce que tu imagines.

— J'ai beaucoup réfléchi à tout ça, répliqua Shane, ignorant le commentaire de son amie. Primo, pourquoi serais-je tombée amoureuse de lui au premier regard si ça n'était pas écrit ? Réponse : c'est que ça doit être écrit, et donc, deuzio, tôt ou tard il va tomber amoureux de moi.

Donna suivit le schéma de pensée de son amie et le jugea criblé d'imperfections.

— Et comment vas-tu t'y prendre pour le rendre amoureux ?

— Oh, je ne peux pas le forcer, reconnut Shane avec bon sens.

Elle s'exprimait d'une voix à la fois confiante et sereine.

— Il va devoir tomber amoureux de moi telle que je suis et au moment qui lui sera propice – de la même façon que je suis tombée amoureuse de lui.

— Eh bien ! Ce n'est pas la première fois que tu nous sors des idées complètement dingues, Shane Abbott, mais là, c'est vraiment le pompon !

Donna croisa les bras sur sa poitrine.

— Tu projettes d'épouser un homme que tu connais depuis à peine une semaine – et qui ignore qu'il va se marier avec toi –, et tu vas rester là à patienter bien gentiment jusqu'à ce que l'idée lui vienne de t'épouser.

Shane réfléchit un petit moment avant d'acquiescer d'un hochement de tête.

— C'est à peu près ça.

— C'est la chose la plus ridicule que j'aie jamais entendue, affirma Donna avant de lâcher un petit rire surpris. Et te connaissant, ça va probablement marcher.

— J'y compte bien.

Se penchant vers elle, Donna lui prit les mains.

— Qu'est-ce qui te plaît chez lui, Shane ?

— Je l'ignore, répondit-elle du tac au tac. Encore une raison qui me conforte dans ma certitude que c'est le bon. Je ne sais presque rien de lui, sauf que ce n'est pas un homme de tout repos. Il va me faire souffrir et me faire pleurer.

— Alors pourquoi…

— Me faire rire, aussi, l'interrompit Shane. Et me rendre folle de rage.

Elle sourit légèrement, mais ses yeux reflétaient le plus grand sérieux.

— Je ne pense pas qu'avec lui j'aurai jamais cette impression d'être… inadéquate. Et quand je suis près de lui, je *sais*. Ça me suffit.

— Oui.

Donna hocha la tête en serrant brièvement les mains de Shane.

— Ça ne m'étonne pas. Tu es la personne la plus aimante que je connaisse. Et la plus confiante. Ce sont des qualités merveilleuses, Shane, mais aussi… dangereuses, disons. Si seulement nous en savions plus sur lui…, ajouta-t-elle à mi-voix.

— Il a des secrets, murmura Shane, et le regard de Donna s'aiguisa. Et ces secrets lui appartiennent tant qu'il n'est pas prêt à les partager avec moi.

— Shane…

Les doigts de Donna se crispèrent sur les siens.

— Je t'en prie, sois prudente.

Un peu surprise par ce ton, Shane sourit.

— Je le serai. Ne t'en fais pas. Je suis peut-être plus confiante que la plupart des gens, mais je sais me défendre. Je ne tiens pas à me ridiculiser.

Inconsciemment, elle jeta de nouveau un regard par la fenêtre, visualisant en pensée le sentier qui menait à la maison de Vance.

— Il n'a rien d'un homme simple, Donna, mais c'est quelqu'un de bien. Ça au moins, je le sais.

— Très bien, acquiesça Donna.

En son for intérieur, elle se promit de garder Vance Banning à l'œil.

Longtemps après le départ de Donna, Shane demeura assise dans la cuisine. La pluie continuait de tambouriner sur le toit. Le goutte-à-goutte régulier du plafond résonnait d'un tintement musical au fond de la casserole. Bien que consciente de la témérité du discours qu'elle avait tenu à son amie, elle éprouvait du soulagement à avoir formulé ses pensées à voix haute.

Non, elle n'était pas aussi aveuglément confiante qu'elle pouvait le paraître au premier abord. Secrètement, elle était terrifiée de voir qu'elle aimait de façon si irrationnelle. Elle était sûre d'elle, oui, mais pas naïve. Elle n'ignorait pas que la confiance avait un prix, et que souvent celle-ci se payait très cher. Néanmoins, sa décision était déjà prise, elle le savait – mais avait-elle eu seulement le choix ?

Shane se leva, éteignit la lumière et se mit à déambuler dans la maison plongée dans l'obscurité. Elle la connaissait dans ses moindres recoins, savait quelle lame du parquet craquait. Tout dans cette demeure lui était familier et réconfortant. Elle l'aimait. Elle ne connaissait rien des méandres intérieurs de Vance, rien des replis secrets de son âme. Tout chez cet homme lui était inconnu et déstabilisant. Elle l'aimait.

S'il s'était agi d'un amour doux et tranquille, elle aurait pu l'accepter facilement. Mais il n'y avait rien de tranquille dans la tempête qui enflait en elle. Sa belle énergie et son goût pour l'aventure n'empêchaient pas qu'elle avait grandi dans un monde paisible, au rythme lent, et où la grande excitation se résumait à une course à travers bois ou à une balade à l'arrière d'un tracteur en période de fenaison. Tomber subitement amoureuse d'un inconnu pouvait paraître d'un merveilleux romantisme dans une fiction, mais quand ce genre de chose arrivait dans la réalité, c'était tout bonnement terrifiant.

Shane monta à l'étage en évitant par habitude les marches qui craquaient ou gémissaient. Tout autour d'elle, la pluie résonnait d'un bruit creux de roulement de tambour, projetée de temps à autre sur les fenêtres par une rafale de vent. Ses pieds nus effleuraient le bois du parquet d'un pas feutré. Au milieu du couloir, un petit seau recueillait l'eau qui gouttait du plafond. Elle le contourna avec adresse.

Qui était-elle pour croire qu'elle n'avait qu'à attendre patiemment que Vance tombe amoureux d'elle ? Elle alluma la lumière dans sa chambre et alla se contempler dans le miroir. *Suis-je belle ?* demanda-t-elle à son reflet. *Séduisante ?* Riant à moitié, elle posa les coudes sur la coiffeuse afin de se détailler de plus près.

Une pincée de taches de rousseur, de grands yeux sombres et un casque de cheveux courts. Elle ne vit pas son incroyable vitalité, ni l'appétissant velouté de sa peau ou l'étonnante sensualité de sa bouche.

Ce visage-là était-il capable de ravir le cœur d'un homme ? s'interrogea-t-elle. Cette idée l'amusa tellement qu'aussitôt son reflet lui sourit avec bonne humeur. Pas vraiment, estima Shane, mais elle ne voulait pas d'un homme que seul intéresse un physique parfait. Non, même avec la meilleure volonté du monde, elle n'avait ni le visage ni la silhouette pour faire succomber un homme. Elle ne pouvait compter que sur elle-même et sur l'amour qu'elle portait dans son cœur.

Shane lança un bref sourire au miroir avant de se préparer à aller au lit. L'amour était la seule véritable aventure, elle en avait toujours été intimement convaincue.

6

Un faible soleil filtrait à travers les nuages menaçants. Le ruisseau était si gonflé de pluie qu'il courait avec vacarme, chuintant et se lamentant à l'endroit où il décrivait une courbe, non loin de la maison de Shane. Elle aussi se lamentait sur son sort.

La veille, elle avait sorti sa voiture de l'allée étroite pour permettre au camion de livraison d'accéder facilement au porche de derrière. Ne voulant pas ravager la pelouse, elle s'était garée sur le petit carré de terre qui servait autrefois de potager à sa grand-mère. Une fois le déplacement effectué, elle avait été si absorbée par le déchargement du bois que sa voiture lui était très vite sortie de l'esprit. À présent, le véhicule était profondément embourbé dans le sol détrempé et résistait à tout effort pour le tirer de là.

Elle appuya légèrement sur l'accélérateur, d'abord en marche avant, puis en marche arrière. Elle fit rugir le moteur et poussa un juron. Shane s'extirpa de la voiture par le côté passager et alla vers la roue arrière en pataugeant dans la gadoue qui lui arrivait jusqu'aux chevilles. Elle fixa le pneu d'un œil accusateur avant d'y lancer un coup de pied.

— Ça ne va pas vous avancer à grand-chose, lui fit remarquer Vance.

Cela faisait quelques minutes qu'il l'observait, partagé entre l'amusement et l'exaspération. Le plaisir aussi. Il éprouvait un plaisir simple ne serait-ce qu'à la voir. Depuis quelques jours, cette femme occupait toutes ses pensées.

À bout de patience, Shane se tourna vers lui, les mains sur les hanches. C'était déjà bien assez contrariant de se retrouver dans une situation embarrassante sans devoir en prime subir les commentaires d'un public.

— Vous auriez pu me faire savoir que vous étiez là.

— Vous étiez… occupée, expliqua-t-il en lançant un regard appuyé en direction de sa voiture embourbée.

Elle le considéra avec froideur.

— Vous avez une meilleure idée, je suppose ?

— Quelques-unes, oui, acquiesça-t-il en traversant la pelouse pour la rejoindre.

Les yeux de Shane étincelaient de colère et sa bouche arborait une moue boudeuse. Ses chaussures étaient crottées jusqu'aux chevilles. Son jean, retroussé au mollet, n'était guère en meilleur état. Elle semblait prête à exploser au premier mot de travers. Un homme prudent se serait gardé du moindre commentaire.

— Qui diable a garé cette voiture dans ce bourbier ? demanda Vance.

— C'est moi qui l'ai garée dans ce bourbier, rétorqua Shane en balançant au pneu un second coup de pied rageur. Et ça n'avait rien d'un bourbier quand je l'ai fait.

Vance haussa un sourcil ironique :

— Il ne vous a sans doute pas échappé qu'il avait plu toute la nuit ?

— Oh, ôtez-vous de mon chemin !

Outrée, Shane l'écarta sans ménagement et repartit en pataugeant vers le siège conducteur. Elle mit le contact, passa la première et appuya à fond sur l'accélérateur. Projetant une gerbe de boue dans les airs, la voiture gémit et s'enfonça encore plus profondément.

Enragée par sa propre impuissance, Shane en fut momentanément réduite à marteler le volant du poing. Elle aurait tellement aimé pouvoir dire à Vance qu'elle n'avait pas besoin de son aide ! Quoi de plus exaspérant qu'un mâle amusé affichant un air supérieur ? Surtout quand on en a besoin. S'obligeant à prendre une profonde inspiration, elle sortit de la voiture et opposa au sourire de Vance un calme glacial.

— Quelle est donc la première de vos meilleures idées ? lui demanda-t-elle froidement.

— Vous avez une paire de planches ?

Encore plus agacée de ne pas y avoir pensé elle-même, Shane se rendit jusqu'à la remise et en ramena deux longues et fines planches. Sans geste ni discours superflus, Vance s'en empara et les plaça juste sous les roues avant. Shane croisa les bras et le regarda faire en tapant nerveusement du pied dans la boue.

— C'est ce que j'allais faire, marmonna-t-elle.

— Peut-être.

Vance se releva pour aller à l'arrière du véhicule.

— Mais vous ne seriez allée nulle part vu la façon dont vos roues arrière sont embourbées.

Shane attendit qu'il lâche une remarque sur la stupidité féminine. Ce qui lui donnerait un prétexte pour lui montrer toute la mesure de sa colère. Mais il se borna à détailler son visage empourpré et ses yeux furibonds.

— Et alors ? s'enquit-elle enfin.

Quelque chose ressemblant fort à un sourire releva les commissures de la bouche de Vance. Shane lui lança un regard mauvais.

— Alors remontez dans la voiture et, moi, je vais pousser, répliqua-t-il avant de l'arrêter d'une main posée sur son bras. Mais cette fois, allez-y mollo sur la pédale, on n'est pas sur un circuit. Repassez en mode de conduite, et en douceur.

— C'est une quatre vitesses, précisa-t-elle avec dignité.

— Toutes mes excuses.

Vance attendit qu'elle eut regagné l'avant de la voiture en pataugeant. Pour la première fois depuis des mois, des années peut-être, il dut faire un effort de concentration pour maîtriser son envie de rire.

— Relâchez lentement l'embrayage, ordonna-t-il après s'être éclairci la voix.

— Je sais conduire, rétorqua-t-elle d'un ton sec en claquant vivement la portière.

Jetant un regard irrité dans le rétroviseur, Shane attendit que Vance lui fasse signe de la tête d'y aller. Avec une application méticuleuse, elle appuya sur la pédale d'embrayage tout en accélérant doucement. Lentement, les roues avant grimpèrent sur les planches. Les pneus arrière patinèrent, puis se bloquèrent avant de repartir avec effort. Shane maintenait une vitesse lente et sans à-coups. Humiliant, pensa-t-elle en regardant droit devant elle avec rage, absolument humiliant qu'il la fasse sortir de là comme une fleur !

— Encore un peu, lui cria-t-il en changeant de pied d'appui. Toujours lentement.

— Quoi ?

Shane baissa la vitre et passa la tête par l'ouverture pour entendre sa réponse. Ce faisant, son pied glissa et appuya lourdement sur la pédale de l'accélérateur. La voiture jaillit de la boue comme une banane hors de sa peau. Poussant une exclamation d'horreur, Shane écrasa le frein et le véhicule s'immobilisa dans une dernière secousse.

Fermant les yeux, elle resta un moment assise sans bouger. Et si elle prenait la fuite ? À présent, elle n'osait même plus jeter un coup d'œil dans le rétroviseur. Elle réfléchit : ça ne serait pas bien sorcier de faire demi-tour et de foncer tout droit… Sauf que la lâcheté n'était pas dans ses habitudes. Elle déglutit, se mordit la lèvre inférieure et descendit de voiture, prête à assumer les conséquences de son acte.

Vance était à genoux dans la terre détrempée. Recouvert d'éclaboussures de boue et écumant de rage.

— Espèce d'idiote ! hurla-t-il avant qu'elle ait pu dire un mot.

Elle eut beau esquisser un début d'acquiescement, il continua à tempêter :

— Mais bon sang, qu'est-ce qui vous a pris ? Pauvre bécasse, vous avez un petit pois dans la tête ou quoi ? Je vous avais dit d'y aller *lentement* !

Il ne s'arrêta pas là. Il jura longuement, et en abondance, mais Shane perdit le fil du contenu de ses insultes. Comme si cela n'était pas assez de voir qu'il était dans une colère noire et tout à fait justifiée, elle devait en plus lutter désespérément contre le fou rire. Elle fit de son mieux et, de toutes ses forces, tenta de conserver un visage calme et repentant. Sentant qu'il serait aussi imprudent qu'inutile de l'interrompre avec des excuses, elle garda la bouche pincée, se mordit la lèvre inférieure et déglutit à plusieurs reprises.

Au début, elle s'obligea à soutenir le regard de Vance sans ciller, dans l'espoir que sa fureur lui ferait passer son envie de rire. Mais à la vue de son visage constellé de boue, une hilarité irrépressible lui comprima douloureusement les côtes. Elle pencha la tête en avant, simulant la honte.

— Je me demande bien où vous avez eu votre permis ! continuait Vance, furieux. Et d'abord, même le dernier des crétins n'aurait pas eu idée de garer sa voiture dans un marécage !

— C'était le potager de ma grand-mère, parvint à articuler Shane d'une voix étranglée. Mais vous avez raison. Vous avez tout à fait raison. Je suis navrée, vraiment...

Elle s'interrompit tandis qu'un gargouillis de rire montait dangereusement du fond de sa gorge. S'éclaircissant la voix, elle enchaîna à toute vitesse :

— Pardon, Vance. C'était très...

Elle dut fixer un point derrière lui pour se donner une contenance.

— ... imprudent de ma part.

— Imprudent !

— Stupide, s'empressa-t-elle de corriger dans l'espoir que cela pourrait l'apaiser. Absolument stupide.

Vaincue par le fou rire, elle porta les deux mains à sa bouche sans pouvoir réprimer un gloussement.

— Je suis *vraiment* désolée, insista-t-elle, succombant à l'hilarité sous son regard meurtrier. Je n'ai pas envie de rigoler. C'est terrible.

Étourdie par l'effort de se retenir, Shane se plia en deux.

— Vraiment affreux, ajouta-t-elle dans un hurlement de rire.

— Puisque vous semblez trouver ça drôle…, marmonna-t-il d'un ton amer, et il la tira violemment par la main.

Toujours en riant, Shane atterrit sur les fesses dans un faible jaillissement d'éclaboussures.

— Je ne vous ai pas… Je ne vous ai pas remercié, lâcha-t-elle entre deux éclats de rire, d'avoir désembourbé ma voiture.

— Laissez tomber.

La plupart des femmes, songea-t-il, auraient été furieuses de se retrouver le derrière dans la boue. Shane, elle, riait à gorge déployée d'elle comme de lui. De façon tout à fait inattendue et spontanée, il sourit.

— Espèce de chipie ! fit-il d'un ton accusateur tandis que Shane secouait la tête en signe de dénégation.

— Oh non, pas du tout, je vous assure !

Elle pressa le dos de sa main contre sa bouche.

— J'ai simplement la terrible habitude de rire au mauvais moment. Parce qu'en fait je suis vraiment désolée.

Son dernier mot fut noyé sous un déluge de rire.

— C'est ce que je vois.

— Enfin, je ne vous en ai quand même pas mis *partout*.

Ramassant une poignée de boue, elle la lui écrasa sur la joue.

— J'avais loupé cet endroit, ici.

Elle émit un bruit de gorge étranglé.

— Ah, c'est beaucoup mieux, approuva-t-elle.

— Vous en revanche, vous n'en avez pas assez, riposta Vance.

Et il lui barbouilla le visage des deux mains. En tentant de l'esquiver, Shane glissa et s'étala sur le dos. Son cri fut couvert par un éclat de rire homérique de Vance.

— Bien mieux, acquiesça-t-il, avant d'aviser la poignée de boue qu'elle s'apprêtait à lui lancer, et il tenta de retenir son bras. Ah, non, pas question !

Vance riait toujours quand elle s'écarta. Il atterrit moitié sur la poitrine, moitié sur le flanc. Jurant entre ses dents, il se redressa et la fusilla du regard.

— Rat des villes ! se moqua-t-elle avec une exclamation appréciatrice. Je parie que c'est votre première bagarre de boue.

Trop contente de sa manœuvre, elle ne vit pas venir le coup suivant.

Vif comme l'éclair, Vance l'attrapa par les épaules. Il la retourna sur le ventre et s'assit à califourchon sur elle tout en lui maintenant une main fermement bloquée derrière la nuque. Étendue de tout son long, Shane fixa la boue à quelques centimètres de son visage, les yeux écarquillés d'horreur.

— Oh, Vance, *vous n'oseriez tout de même pas !*

Son rire irrépressible continuait à fuser pendant qu'elle se débattait.

— Je vais me gêner !

Il lui rapprocha le visage d'un centimètre du sol.

— Vance !

Elle avait beau être désormais aussi glissante qu'une anguille, Vance la tenait fermement, l'immobilisant de ses genoux serrés de part et d'autre de son corps tandis que, de la main, il la forçait à baisser la tête. Alors que diminuait la distance séparant sa vengeance de son nez, Shane ferma les yeux et retint sa respiration.

— Vous vous rendez ? demanda-t-il.

Shane ouvrit un œil prudent. Elle hésita un instant, tiraillée entre le désir de gagner et la vision de sa propre figure enfoncée dans la boue.

— Je me rends, lâcha-t-elle à regret.

Vance la retourna d'un geste brusque, de sorte qu'elle se retrouva assise sur ses genoux.

— Rat des villes, hein ?

— Vous ne devez votre victoire qu'à mon manque d'entraînement, répliqua-t-elle. C'est la chance du débutant.

Elle le regardait d'un air moqueur. Elle avait le visage strié des traces de boue qu'avaient laissées ses doigts sur ses joues. Ses mains pressées contre son torse étaient toutes glissantes. Vance desserra sa prise sur sa nuque jusqu'à ce qu'elle se transforme en caresse. Sa main s'égara nonchalamment de sa hanche vers sa cuisse tandis qu'il baissait les yeux sur sa bouche. Lentement, sans réfléchir, il attira la jeune femme à lui.

Shane lut dans ses yeux son changement d'attitude et fut soudain prise d'angoisse. Avait-elle vraiment les moyens de se défendre comme elle s'en était vantée auprès de Donna ? Maintenant qu'elle était sûre de l'aimer, pouvait-elle encore se protéger ? *C'est trop rapide*, songea-t-elle, paniquée. Tout allait trop vite. Essoufflée par le rythme effréné de son cœur, elle se remit debout tant bien que mal.

— Je serai la première au ruisseau, le défia-t-elle avant de filer comme l'éclair.

Vance la regarda faire le tour de la maison en méditant sur sa fuite soudaine. En temps normal, il aurait considéré cela comme un stratagème, mais cette fois sa théorie ne collait pas. De toute façon, rien ne collait avec cette fille, conclut-il en se relevant. Bizarrement, il s'aperçut que sa propre attitude non plus ne collait pas. Jusqu'alors il ignorait qu'il pouvait prendre du plaisir et ressentir de l'amusement à se bagarrer dans la boue. Tout comme il ignorait qu'il pouvait trouver une femme comme Shane Abbott à la fois fascinante et désirable. Tâchant de remettre de l'ordre dans ses pensées, Vance contourna la maison et partit à sa recherche.

Elle avait ôté ses chaussures et pataugeait jusqu'aux genoux dans l'eau tumultueuse du ruisseau.

— Elle est glacée ! lui cria-t-elle avant de se baisser jusqu'à la taille.

Le froid lui bloqua la respiration.

— Si elle avait été plus chaude, on aurait pu descendre jusqu'au Molly's Hole et faire quelques brasses.

— Molly's Hole ?

Les yeux rivés sur elle, Vance s'assit dans l'herbe pour enlever ses chaussures lui aussi.

— Juste après le virage, précisa Shane en indiquant d'un geste vague la direction de la grand-route. C'est un super trou d'eau. Et un bon coin pour la pêche.

Frissonnant un peu, elle frotta le devant de son chemisier pour aider l'eau à faire partir le plus gros de la boue.

— On a de la chance qu'il ait plu, sinon le ruisseau ne serait pas assez haut pour qu'on puisse s'y laver.

— S'il n'avait pas plu, votre voiture ne se serait pas retrouvée embourbée.

Shane lui décocha un grand sourire.

— Remarque hors sujet.

Elle l'observa qui entrait dans l'eau.

— Froid ? demanda-t-elle gentiment en le voyant tressaillir.

— J'aurais dû vous enfoncer la tête dans la boue, décida-t-il.

Ôtant sa chemise, Vance la lança sur la rive herbeuse, et entreprit de se nettoyer vigoureusement les mains et les bras.

— Vous auriez eu des tas de remords si vous l'aviez fait.

Shane se frictionna le visage avec l'eau du ruisseau.

— Ça, sûrement pas, affirma-t-il.

Levant la tête, Shane éclata de rire.

— Je vous aime bien, Vance. Gran vous aurait traité de canaille.

Il haussa un sourcil méfiant.

— C'est un compliment ?

— Pour elle, c'était le plus élogieux, acquiesça Shane en se relevant pour frotter son jean au niveau des cuisses.

Plaqué à elle, le pantalon lui moulait les jambes tandis que sa chemise trempée collait à ses seins. Le froid avait durci ses mamelons qui tendaient le fin tissu de coton. Absorbée par le nettoyage de ses vêtements, elle bavardait, superbement inconsciente qu'elle était comme nue.

— Elle adorait les canailles, poursuivit-elle. C'est sûrement pour ça qu'elle me supportait. Je me fourrais toujours dans toutes sortes d'ennuis.

— Quel genre ?

Bien que débarrassé de toute boue à présent, Vance restait dans l'eau, torse mouillé. Shane avait une silhouette exquise. Comment n'avait-il pas remarqué plus tôt ses proportions parfaites ? Des petits seins ronds, une taille de guêpe, des hanches étroites et des cuisses fuselées.

— Ce n'est pas pour me vanter...

Shane tâchait d'ôter la boue des manches glissantes de son chemisier.

— ... mais je peux vous montrer le meilleur moyen de s'introduire dans le verger du vieux Trippet si vous voulez chaparder quelques pommes vertes. Et à l'époque, je m'amusais beaucoup à monter sur les vaches laitières de M. Poffenburger.

Elle pataugea jusqu'à lui.

— Attendez, vous en avez encore sur le visage.

Prenant un peu d'eau au creux de sa paume, elle se mit en devoir de lui nettoyer elle-même la figure.

— J'ai déchiré mes fonds de culotte sur les clôtures de toutes les fermes dans un rayon de cinq kilomètres, continua-t-elle. Gran me les rapiéçait en disant qu'elle désespérait de me voir changer mes manières de voyou.

De sa main petite et douce, elle nettoyait méthodiquement le visage de Vance. De l'autre, elle gardait l'équilibre en s'appuyant contre sa poitrine nue. Il ne protesta pas et resta immobile à la regarder.

— La petite Abbott, c'est comme ça qu'on m'appelait, conclut Shane en lui frottant un point précis de la mâchoire. Aujourd'hui, je dois convaincre tous ces gens que je suis une honnête citoyenne si je veux qu'ils m'achètent des antiquités et qu'ils oublient que j'ai maraudé leurs pommes. Un voyou, ça ne fait pas très sérieux. Voilà, c'est mieux.

Satisfaite, Shane allait baisser la main, mais Vance la lui saisit au vol. Elle le regarda sans ciller, mais se figea brusquement.

Sans un mot, il se mit à son tour à ôter les quelques traces de boue qui restaient sur son visage. Il travaillait en cercles très lents, très délibérés, les yeux rivés aux siens. Sa main était rugueuse, mais sa caresse était douce. Les lèvres de Shane s'écartèrent dans un frémissement. Avec une sorte de curiosité, Vance dessina leur contour d'un doigt humide. Elle frissonna brièvement, convulsivement. Toujours avec la même lenteur, la même curiosité, il effleura l'intérieur de sa lèvre inférieure. Sous son pouce, il sentit le pouls à son poignet se mettre à battre la chamade. Le soleil fit une brève percée à travers les nuages ; la lumière changea et les illumina avant de faiblir de nouveau. Il regarda les reflets jouer sur le visage de la jeune femme.

— Cette fois, Shane, vous ne vous enfuirez pas, murmura-t-il comme pour lui-même.

Elle ne répondit rien, craignant de parler alors que l'index de Vance s'attardait sur ses lèvres. Lentement, il descendit le long de son menton, le long du pouls qui palpitait à sa gorge. Il s'y arrêta un moment, comme pour jauger la réaction de Shane à ce contact et s'en réjouir. Puis il laissa son doigt glisser sur le galbe de son sein et se poser légèrement sur sa pointe dressée que seul recouvrait le fin chemisier mouillé.

Shane était traversée par des sensations de chaud et de froid : l'eau lui glaçait la peau, et en même temps son sang s'était embrasé sous la caresse de Vance. Il vit la couleur se retirer de son visage tandis que ses yeux agrandis d'émoi s'assombrissaient de façon incroyable. Pourtant, elle ne s'écarta pas de lui ni ne protesta contre cette soudaine intimité. Il l'entendit retenir sa respiration puis la relâcher dans un souffle lent et saccadé.

— Vous avez peur de moi ? demanda-t-il en lui enserrant la nuque.

— Non, chuchota-t-elle. De moi.

Perplexe, Vance fronça les sourcils. Il la dévisagea un moment d'un regard féroce et dur. Sans être froids, ses yeux étaient perçants – remplis de questions, remplis de soupçons. Néanmoins, Shane n'éprouvait pas la moindre peur à son égard, elle n'avait conscience que de ses envies et du désir qui la consumait tout entière.

— Étrange réponse, Shane, murmura-t-il d'un air songeur. Mais vous êtes une femme étrange.

Il lui pétrissait la nuque tout en scrutant son visage à la recherche de réponses.

— Est-ce pour ça que vous m'excitez ?

— Je ne sais pas, répondit-elle, le souffle court. Je ne veux pas savoir. Embrassez-moi, c'est tout.

Il inclina la tête mais ne fit qu'effleurer ses lèvres des siennes avec la même légèreté que son doigt un peu plus tôt.

— Je me demande, chuchota-t-il contre sa bouche, ce qu'il y a chez vous que je n'arrive pas à cerner. Votre goût ?

Il enfonça ses dents de manière presque expérimentale dans sa lèvre inférieure, lui arrachant un faible gémissement de plaisir.

— Fraîche comme la pluie, et puis tout à coup cette saveur de miel mouillé.

Avec légèreté, langueur, il promena sa langue sur sa bouche.

— C'est ce qu'on ressent quand on vous touche ? Cette peau… comme le dessous d'un pétale de rose.

Il fit courir ses mains le long de ses bras avant de remonter de nouveau, l'attirant petit à petit jusqu'à ce qu'elle soit trop proche pour lui échapper. Shane entendait son propre cœur cogner à ses oreilles.

— Pourquoi cette question ? murmura-t-elle d'une voix tremblante. Pour savoir, vous n'avez qu'à me toucher.

Plaqués l'un contre l'autre, ils auraient aussi bien pu être nus – leurs deux corps n'étaient séparés que par les vêtements mouillés qui leur collaient à la peau.

— Embrassez-moi, Vance, embrassez-moi. Ça suffit.

— Vous avez un goût de pluie, maintenant, souffla-t-il en s'exhortant intérieurement à lui résister, tout en sachant qu'il en serait incapable. Pur et franc. Quand je vous regarde dans les yeux, je serais prêt à parier que vous ne connaissez pas le mensonge. J'ai raison ? l'interrogea-t-il.

Mais il la bâillonna d'un baiser fougueux avant qu'elle ait pu répondre.

Sous le choc, Shane chancela. Même lorsqu'elle tentait de reprendre son souffle, elle sentait la langue de Vance continuer à la sonder, à l'explorer. La colère qu'elle avait perçue en lui s'était transformée en passion pure. Le désir, la brutalité du désir de cet homme, l'excitait. L'eau filait à toute allure dans un grondement impatient, pressée d'arriver à la rivière, mais Shane n'entendait que les battements de son cœur. Elle ne sentait plus le froid piquant, seulement la chaleur de cette main qui allait et venait le long de sa colonne vertébrale.

Les lèvres de Shane ne suffisant plus à le satisfaire, Vance entreprit l'exploration effrénée de son visage. Son visage encore mouillé, au goût de fraîcheur pure du ruisseau. Mais dès que ses baisers s'égaraient, il était immanquablement ramené à la saveur douce et sucrée de sa bouche. Celle-ci semblait toujours l'attendre, prête à s'ouvrir, à l'accueillir, à exiger un autre baiser. Sous la docilité de Shane, sous son consentement, brûlait une passion aussi forte que la sienne, doublée d'une force dont il commençait à peine à prendre la mesure.

Il avait besoin d'une femme. C'est pour cela qu'il la désirait à ce point. Il avait besoin de la douceur et du parfum d'une femme, et Shane était là. Ce n'était pas lié à elle en particulier. Comment aurait-il pu en être autrement ? Néanmoins, il y avait quelque chose dans son corps mince et son goût différent, quelque chose qui le fascinait, qui reléguait toutes les autres femmes dans quelque sombre recoin de son esprit, laissant Shane seule dans la lumière.

Il pouvait la prendre tout de suite, sur la rive de ce ruisseau, dans cette clarté incertaine, sur l'herbe gorgée de pluie. La bouche de Shane se déplaça, chaude et humide sous la sienne, et Vance imagina la sensation qu'il aurait à prendre entièrement possession de son corps. Sa faim et son énergie s'accorderaient aux siennes. Débarrassée du ridicule prétexte de la séduction, leur union serait la rencontre honnête de deux désirs.

Shane pressa ses petits seins ronds contre son torse nu. Il avait l'impression de sentir la douloureuse urgence en elle – ou bien était-ce la sienne ? Le désir faisait rage en lui, le harcelait jusqu'à l'obsession. La bouche de Shane, petite elle aussi mais avide, ne reculait jamais devant l'ardeur sauvage de la sienne. Au contraire, elle l'égalait, le poussant à aller de plus en plus loin, l'attirant de plus en plus près. Symbolisait-elle toutes les femmes en une seule, il n'en était plus aussi sûr, mais en tout cas, elle avait pris le dessus sur lui.

D'une certaine façon, il savait que, s'il couchait avec elle, il ne pourrait pas s'en détacher facilement. Pour des raisons encore un peu obscures, elle était différente des autres femmes qu'il avait connues et possédées. Il craignait que Shane ne l'enchaîne de sa bouche et de ses mains impatientes – or il n'était pas encore prêt à prendre ce risque.

Il la repoussa, mais elle laissa tomber la tête sur sa poitrine. Il y avait dans ce geste quelque chose de vulnérable, même si ses bras passés autour de sa taille l'étreignaient avec vigueur. Ce contraste excita son désir, tout comme le cœur de Shane qu'il sentait battre la chamade. Il la garda un moment enlacée tandis que l'eau froide courait rapidement entre leurs jambes, sous la lumière voilée que laissaient passer les arbres.

Un jour, lui avait-elle confié, une forte chute de neige lui avait donné l'impression d'un isolement total. C'est exactement ce qu'il ressentait à cet instant. Ils auraient pu être seuls au monde, sans que rien n'existe au-delà du ruisseau bouillonnant et de cette frange d'arbres. Et, troublé, il se rendit compte qu'il n'avait besoin de rien d'autre. Il ne voulait qu'elle. Peut-être étaient-ils seuls… ? Cette idée l'excitait et le dérangeait tout à la fois. Peut-être n'y avait-il rien au-delà de ce petit coin perdu, et alors, il n'avait aucune raison de ne pas s'emparer de ce qu'il désirait.

Shane frissonna et il comprit qu'elle devait être glacée jusqu'aux os. Cela le ramena brutalement à la réalité. Il mit fin à leur étreinte.

— Venez, marmonna-t-il. Vous devriez rentrer chez vous.

Et il l'aida à regagner la rive glissante.

Shane se pencha pour ramasser ses chaussures. Quand elle fut assurée de pouvoir le faire calmement, elle croisa le regard de Vance.

— Vous ne venez pas avec moi.

Ce n'était pas une question. Elle n'avait que trop bien perçu son brusque revirement.

— Non, lâcha-t-il d'un ton redevenu indifférent alors que son sang bouillait encore de désir pour elle. Je vais me changer et ensuite je reviens m'attaquer au porche.

Shane avait tout de suite su qu'il la ferait souffrir, mais elle n'aurait pas cru que cela se produirait aussi vite. Ce rejet rouvrit ses anciennes blessures.

— Très bien. Si je ne suis pas là, faites ce que vous avez à faire.

Vance sentit qu'il l'avait blessée, mais elle soutenait son regard et parlait d'une voix calme. Il aurait pu affronter des récriminations sans problème. Sa colère aurait été bienvenue. Pour la première fois depuis des années, il était totalement dérouté par une femme.

— Vous savez ce qui se passerait si j'entrais chez vous maintenant.

Il prononça ces mots avec la rudesse de l'impatience – il avait envie de la secouer.

— Oui.

— C'est ce que vous voulez ?

Shane resta un moment silencieuse. Puis elle sourit, mais ses yeux étaient mornes.

— Ce n'est pas ce que *vous* vous voulez, répondit-elle doucement.

Elle commença à rebrousser chemin vers la maison, mais Vance, la saisissant par le bras, lui fit faire volte-face. Il était furieux à présent, d'autant plus furieux qu'il voyait l'effort que lui coûtait le masque flegmatique qu'elle s'efforçait de composer.

— Bon sang, Shane, il faut être idiote pour ne pas comprendre que j'ai envie de vous !

— Vous ne voulez pas avoir envie de moi, répliqua-t-elle d'une voix égale. Pour moi, c'est tout ce qui compte.

— Quelle différence cela fait-il ? gronda-t-il avec impatience.

Frustré par le calme de sa réponse, il la secoua littéralement. Comment pouvait-elle le regarder de ses grands yeux sereins alors qu'elle l'avait mis au pied du mur quelques instants plus tôt ?

— Vous savez très bien que j'ai failli vous prendre là, par terre. Ça ne vous suffit pas de savoir que vous pouvez me pousser jusque-là ? Que vous faut-il de plus ?

Elle le scruta longuement.

— Vous « pousser jusque-là », répéta-t-elle avec calme. C'est vraiment comme ça que vous le voyez ?

Le conflit faisait rage en son cœur. Il ne souhaitait qu'une chose : s'éloigner d'elle.

— Oui, déclara-t-il amèrement. Comment pourrais-je le voir autrement ?

— Comment, en effet, acquiesça-t-elle dans un rire mal assuré qui déclencha en Vance une nouvelle montée de désir. Je suppose que certaines femmes doivent prendre ça comme une sorte de compliment.

— Si vous voulez, répliqua-t-il d'un ton sec en ramassant sa chemise.

— Non, murmura-t-elle. Mais souvenez-vous, vous m'avez dit que j'étais étrange.

Avec un soupir, elle planta son regard dans le sien.

— Vous vous êtes coupé de vos propres sentiments, Vance, et ça vous ronge.

— Qu'est-ce que vous en savez, bon sang ! riposta-t-il, encore plus furieux de l'entendre énoncer la vérité.

Tandis qu'il la fixait d'un regard meurtrier, Shane entendit un oiseau entonner un chant strident dans les bois derrière elle. Ces notes haut perchées, perçantes, s'accordaient à l'atmosphère de tension et de colère qui régnait à présent entre eux.

— Vous êtes loin d'être aussi dur et froid que vous le pensez, affirma-t-elle tranquillement.

— Vous ne savez rien de moi, rétorqua-t-il rageusement en lui saisissant de nouveau les bras.

— Et ça vous rend fou de voir que vous baissez la garde, poursuivit Shane comme si de rien n'était. Ça vous rend d'autant plus fou que vous éprouvez peut-être quelque chose pour moi.

Il desserra l'étau de ses mains et Shane s'écarta de lui.

— Moi, je ne vous pousse à rien, mais quelque chose d'autre le fait certainement à ma place. J'ignore ce que c'est, c'est vrai, mais vous non.

Elle le dévisagea attentivement et se calma par une longue inspiration avant de conclure :

— Vous devez résoudre votre propre conflit intérieur, Vance.

Et, tournant les talons, elle repartit vers la maison, suivie par son regard sidéré.

7

Il ne pouvait cesser de penser à elle. Au cours des semaines suivantes, les montagnes se parèrent d'une profusion de couleurs. L'air se chargea de la fraîcheur de l'automne. Par deux fois, Vance aperçut des cerfs par la fenêtre de sa cuisine. Et il ne pouvait cesser de penser à elle.

Il partageait son temps entre les deux maisons. La sienne prenait forme lentement. Il avait calculé que d'ici l'hiver il pourrait entreprendre des travaux plus minutieux à l'intérieur.

Le chantier de Shane progressait plus vite. Entre les couvreurs et les plombiers, sa maison avait connu la panique pendant plus d'une semaine. La vieille cuisine, qui avait été entièrement vidée, était prête à recevoir une nouvelle couche de peinture ainsi qu'un nouvel habillage. Shane avait patiemment attendu la pluie après que le toit eut été réparé. Ensuite, elle avait vérifié qu'aucun des endroits habituels ne présentait de signes de fuite. Fait étrange, elle s'était retrouvée un tantinet attristée de ne plus avoir à installer un seul seau ou casserole.

La partie musée était totalement achevée. Tandis que Vance travaillait ailleurs, Shane s'activait à agencer et remplir les vitrines qui lui avaient été livrées.

Parfois, elle partait des heures à la recherche de trésors, courant les ventes aux enchères et les vide-greniers. Il savait toujours qu'elle était rentrée car la maison se ranimait dès son retour. Au sous-sol, elle avait installé un atelier où elle restaurait certaines pièces et en entre-posait d'autres. Il la voyait s'y engouffrer ou en sortir précipitamment. Il la voyait trimballer des tables, traîner des cartons d'emballage, grimper sur des échelles. Il ne la voyait jamais inactive.

Son attitude envers lui n'avait pas varié depuis leur première rencontre : amicale et ouverte. Pas une seule fois elle n'avait fait allusion à ce qui s'était passé entre eux. Il devait faire appel à toute sa volonté pour ne pas la toucher. Elle riait, lui apportait du café et lui faisait le compte rendu amusant de ses aventures dans les ventes aux enchères. Chaque fois que ses yeux se posaient sur elle, il la désirait davantage.

En ce moment, tandis qu'il terminait l'habillage de ce qui avait été le boudoir d'été, Shane se trouvait en bas, au sous-sol. Vance examina son travail d'un œil critique, traquant le moindre défaut, alors que le simple fait de savoir qu'elle était là ruinait sa concentration. Peut-être serait-il plus sage, songea-t-il, d'aller faire un petit tour à Washington. Jusqu'ici, il avait géré tout ce qui concernait sa société par e-mail ou par téléphone. Il n'y avait rien là-bas d'urgent qui exigeât son attention, mais ne serait-il pas raisonnable de prendre une semaine de recul ? Shane l'obsédait. Le hantait, rectifia-t-il. Envahi par une bouffée de frustration, il rangea ses outils. Cette femme ne lui apporterait que des ennuis. Des ennuis et rien d'autre.

Pourtant, alors qu'il s'apprêtait à partir, Vance fit un détour par l'escalier menant au sous-sol. Il hésita, se maudit intérieurement, puis entreprit de descendre les marches.

Vêtue d'un baggy resserré par des liens aux chevilles et d'un pull qui lui tombait sur les hanches, elle restau-rait une table à plateau escamotable. Vance avait vu ce meuble quand Shane l'avait rapporté chez elle. Il était abîmé, rayé et terne. Rouge d'excitation, elle avait prétendu l'avoir eu pour une bouchée de pain et l'avait transbahuté jusqu'en bas. À présent, le grain de l'acajou rutilait sous les fines couches de laque claire qu'elle lui avait appliquées. Elle était en train de lustrer consciencieusement la table à l'aide de cire en pâte. Le sous-sol sentait le citron et l'huile d'abrasin.

Vance allait remonter l'escalier quand Shane leva la tête et l'aperçut.

— Salut !

Son sourire l'accueillit avant qu'elle lui ait fait signe d'approcher.

— Venez voir, vous qui êtes expert en bois.

Tandis qu'il traversait la pièce, Shane se recula pour jauger son travail.

— Le plus dur maintenant, marmonna-t-elle en entortillant une boucle de cheveux autour de son doigt, ce sera de m'en séparer. J'en tirerai un joli bénéfice. Je ne l'ai payée qu'une fraction de sa valeur.

Vance effleura du bout du doigt la surface de la table. Elle était lisse comme une peau de bébé et ne présentait pas le moindre défaut. Sa mère avait une pièce similaire dans le salon de leur propriété à Washington. Comme il la lui avait offerte, il en connaissait le prix. Il savait aussi faire la différence entre un travail d'amateur et celui d'un spécialiste. Ceci n'avait pas été fait n'importe comment.

— Vous n'avez pas compté votre temps, commenta-t-il. Ni votre talent. Si vous l'aviez donnée à restaurer, on vous l'aurait fait payer très cher.

— Oui, mais ça me plaît de le faire, c'est l'essentiel.

Vance leva les yeux au ciel.

— Vous montez une affaire pour gagner de l'argent, non ?

— Oui, bien sûr.

Shane referma le couvercle de la boîte de cire en pâte.

— J'adore l'odeur de ce truc.

— Vous ne gagnerez pas beaucoup d'argent si vous ne tenez pas compte de votre temps et de votre travail.

— Je n'ai pas besoin de gagner beaucoup d'argent.

Elle posa la boîte sur une étagère, puis alla examiner la chaise à dossier en échelle qui avait besoin d'un nouveau cannage.

— Il me faut payer des factures, acquérir le stock de ma boutique et mettre quelques sous de côté pour mes loisirs.

Retournant la chaise à l'envers, elle contempla d'un air soucieux le trou effiloché au milieu de l'assise.

— Je ne saurais quoi faire de beaucoup d'argent.

— Vous finiriez bien par trouver, affirma Vance d'un ton sec. Vêtements, fourrures…

Shane releva la tête, vit qu'il était sérieux et éclata de rire.

— Des fourrures ? Oh, oui ! Je me vois bien aller acheter du lait au magasin général en faisant virevolter mon vison. Vous me faites rigoler, Vance.

— Je ne connais aucune femme qui sache résister à un vison, riposta-t-il.

— C'est que vous n'avez pas fréquenté celles qu'il fallait, répliqua-t-elle d'un ton léger tout en remettant la chaise à l'endroit. Il y a quelqu'un à Boonsboro qui est spécialisé dans le cannage et le rempaillage. Je vais l'appeler. Même si j'avais le temps de m'en charger, je ne saurais pas comment m'y prendre.

— Quel genre de femme êtes-vous donc ?

L'attention de Shane passa de la chaise à Vance. Reportant son regard sur lui, elle nota son expression cynique. Elle soupira.

— Vance, pourquoi cherchez-vous toujours des complications ?

— Parce qu'il y en a toujours, rétorqua-t-il.

Elle secoua la tête, les mains toujours posées sur le barreau supérieur de la chaise.

— Je suis exactement le genre de femme que j'ai l'air d'être. C'est peut-être trop simple pour vous, mais c'est la vérité.

— Le genre qui travaille douze heures par jour pour la seule satisfaction de gagner juste assez d'argent pour s'en sortir ? l'interrogea Vance. Le genre qui accepte de trimer sans relâche...

— Je ne trime pas, le coupa Shane avec irritation.

— Oh que si ! Je vous ai regardée. Traîner des meubles, coltiner des cartons, récurer à quatre pattes...

Ces souvenirs ne firent qu'attiser la colère de Vance. Cette femme était trop menue pour s'échiner à la tâche comme il l'avait vue faire durant ces dernières semaines. Sa rage monta encore d'un cran en s'entendant insister pour qu'elle arrête de s'épuiser ainsi.

— Bon sang, Shane ! C'est trop pour vous seule.

— Je sais de quoi je suis capable, riposta-t-elle en montant au créneau. Je ne suis pas une enfant.

— Non, vous êtes une femme qui ne rêve ni de fourrures ni de toutes les belles choses que peut décrocher une fille séduisante si elle sait bien calculer son coup.

Ses mots étaient empreints d'un sarcasme glacial.

Les yeux de Shane étincelèrent de colère. Luttant pour ne pas exploser, elle se détourna de lui.

— D'après vous, tout le monde fait des calculs, Vance ?

— Et certains sont plus doués que d'autres, fut sa réponse.

— Alors, je vous plains beaucoup, lâcha-t-elle d'un ton crispé. Vraiment beaucoup.

— Pourquoi ? Parce que je sais que c'est l'appât du gain qui motive les gens ? Seul un imbécile se contenterait de moins !

— Je me demande si vous le croyez vraiment, murmura-t-elle. Si vous en êtes réellement capable.

— Et moi, je me demande pourquoi vous faites semblant de croire autre chose, rétorqua-t-il.

— Je vais vous raconter une petite histoire.

Elle se tourna vers lui, le regard noir de colère.

— Un homme comme vous va sans doute la trouver mélo et un peu rasoir, mais je vous demande seulement de m'écouter.

Fourrant les mains dans ses poches, elle se mit à arpenter la pièce basse de plafond le temps d'être certaine de pouvoir continuer.

— Vous voyez ça ? demanda-t-elle en lui indiquant une rangée d'étagères sur lesquelles s'alignaient des bocaux pleins. C'est ma grand-mère – mon arrière-grand-mère, techniquement – qui les a préparés. Mis en réserve, comme elle disait. Non contente de creuser, biner, planter et désherber, elle passait encore des heures à faire des conserves dans une cuisine chaude et embuée. Elle faisait des réserves, répéta Shane d'une voix plus douce en examinant les bocaux colorés. À seize ans, elle vivait dans une splendide demeure du sud du Maryland. Sa famille était très fortunée. Elle l'est toujours, d'ailleurs, précisa Shane dans un haussement d'épaules. Ce sont les Bristol. Les Bristol de Leonardtown. Vous en avez peut-être entendu parler.

Effectivement, mais même si son regard refléta l'étonnement, Vance ne pipa mot. Les grands magasins Bristol s'éparpillaient dans tous les endroits stratégiques du pays. C'était une entreprise très ancienne, très prestigieuse, chez qui se fournissaient les gens riches et en vue. À ce jour encore, sa propre société s'était engagée par contrat à construire leur nouvelle succursale de Chicago.

— Bref, reprit Shane, c'était une jeune fille belle et choyée qui aurait pu avoir tout ce qu'elle voulait. Elle avait poursuivi ses études en Europe, et il était prévu qu'elle parachève son éducation à Paris avant de faire ses débuts dans le monde à Londres. Si elle s'en était tenue aux projets de ses parents, elle aurait fait un beau mariage, aurait eu sa propre splendide demeure et sa propre armée de domestiques. Son plus proche rapport à la terre aurait été de regarder son jardinier tailler un rosier.

Shane émit un petit rire comme si cette idée lui paraissait à la fois comique et déroutante.

— Elle ne suivit pas le parcours programmé, cependant. Elle tomba amoureuse de William Abbott, un apprenti maçon qui avait été embauché pour bâtir un ouvrage sur le domaine. Bien sûr, la famille de ma grand-mère ne voulut rien entendre. Ses parents étaient déjà en train d'arranger un mariage entre Gran et l'héritier d'une quelconque aciérie. Dès qu'ils eurent vent de ce qui se passait, ils flanquèrent le maçon à la porte. Pour faire court, disons que Gran fit son choix et l'épousa. Sa famille la renia. De façon très théâtrale et victorienne. Du style : « Je n'ai plus de fille », le genre de truc qu'on lit dans les classiques du roman gothique.

Elle dévisagea Vance qui gardait le silence, le défiant presque de faire un commentaire.

— Ils s'installèrent ici, dans la famille de mon grand-père, continua Shane. Ils durent vivre sous le même toit que ses parents car ils n'avaient pas assez d'argent pour avoir leur propre maison. À la mort du père, ils s'occupèrent de la mère. Gran n'a jamais regretté d'avoir renoncé à toutes ces *belles choses*. Elle avait de si petites mains, murmura-t-elle en baissant les yeux sur les siennes. Qui aurait cru qu'elles soient si fortes ?

Elle chassa sa tristesse et détourna la tête.

— Ils étaient pauvres selon les critères du monde dans lequel elle avait grandi. Les chevaux qu'ils possédaient leur servaient à tirer une charrue. Une partie de votre terrain appartenait à ma grand-mère à une époque, mais entre les impôts et le fait qu'elle n'avait personne pour le travailler…

Elle laissa sa phrase en suspens et s'empara d'un bocal pour le remettre en place aussitôt.

— À sa mort, sa mère lui a laissé l'ensemble de salle à manger et quelques pièces de porcelaine, c'est le seul geste que ses parents aient jamais fait envers elle. Même à cette occasion, tout s'est passé par le biais de notaires.

Shane ramassa son chiffon à cire et se mit à le triturer nerveusement.

— Gran a eu cinq enfants, en a perdu deux en bas âge et un autre à la guerre. L'une de ses filles est partie vivre dans l'Oklahoma et s'est éteinte sans descendance il y a environ quarante ans. Son plus jeune fils s'est installé ici, s'est marié et a eu une fille. Lui et sa femme se sont tués quand leur fille avait cinq ans.

Elle marqua une pause, ressassant les faits les yeux levés vers le soupirail percé près du plafond. Le soleil y entrait à flots, formant une petite flaque de lumière sur le sol en béton.

— Je me demande si vous pouvez imaginer ce que ressent une mère qui a survécu à chacun de ses enfants.

Vance ne répondit rien et continua d'observer Shane qui déambulait nerveusement dans la pièce.

— Elle a élevé sa petite-fille, Anne. Gran l'adorait. Peut-être cet amour était-il en partie du chagrin, je ne sais pas. Ma mère était une très jolie fillette – il y a des photos d'elle en haut – mais elle était perpétuellement insatisfaite. Les récits qu'on m'en a faits proviennent pour la plupart des habitants d'ici, même si Gran m'a parlé d'elle une ou deux fois. Anne détestait vivre ici, détestait se contenter de si peu. Elle voulait être actrice. À dix-sept ans, elle s'est retrouvée enceinte.

La voix de Shane s'altéra de façon subtile, mais ce changement n'échappa pas à Vance. Elle s'exprimait désormais d'une voix plate, dénuée de toute émotion. C'était la première fois qu'il l'entendait parler ainsi.

— Elle ignorait – ou refusait d'avouer – qui était le père de son enfant, dit-elle simplement. À ma naissance, elle a fichu le camp en me laissant ici avec Gran. De temps en temps, elle revenait, passait quelques jours à la maison et persuadait Gran de lui donner encore plus d'argent. Aux dernières nouvelles, elle s'est mariée trois fois. Je l'ai vue couverte de fourrures. Elle ne semblait pas heureuse pour autant. Elle est encore belle, toujours aussi égoïste, toujours aussi insatisfaite.

Shane se tourna vers Vance pour la première fois depuis le début de son récit.

— Ma grand-mère n'a jamais cherché qu'une chose dans la vie : l'amour. Elle parlait remarquablement français, lisait Shakespeare et cultivait son jardin. Et elle était heureuse. Tout ce que j'ai appris de ma mère, c'est que les *choses* comptent pour rien. Une fois qu'on possède une *chose*, on est trop occupé à convoiter la prochaine pour que cela puisse suffire au bonheur. On s'inquiète trop que quelqu'un puisse en avoir une plus belle pour être en mesure d'en profiter. Toutes les manigances de ma mère n'ont jamais causé que de la souffrance aux gens qui l'aimaient. Je n'ai ni le temps ni l'habileté pour me prêter à ce genre de calculs.

Comme elle commençait à remonter les marches, Vance passa devant elle de manière à lui barrer le passage. Elle leva le menton d'un air de défi, et le dévisagea d'un regard où brillaient la colère et les larmes.

— Vous auriez dû me dire d'aller au diable, énonça-t-il d'une voix calme.

Shane ravala son chagrin.

— Alors allez au diable, marmonna-t-elle, et elle tenta de repasser devant lui.

Vance la saisit par les épaules, la tenant fermement à bout de bras.

— Êtes-vous en colère contre moi, Shane, ou contre vous-même pour m'avoir confié quelque chose qui ne me regardait pas ? la questionna-t-il.

Shane inspira profondément et le fixa, l'œil sec.

— Je suis en colère parce que vous êtes cynique et que le cynisme est une chose que je n'ai jamais pu comprendre.

— Pas plus que je ne comprends l'idéalisme.

— Je ne suis pas idéaliste, riposta-t-elle. Simplement, je ne pars pas automatiquement du principe que les gens attendent de profiter de moi.

Elle se sentit soudain plus calme, plus triste aussi.

— Je pense que, en refusant de faire confiance aux gens, vous passez à côté de beaucoup plus de choses qu'en prenant le risque de leur faire confiance.

— Et qu'est-ce qui se passe si cette confiance est bafouée ?

— On s'en remet et on passe à autre chose, répondit-elle avec simplicité. N'est victime que la personne qui choisit de l'être.

Vance fronça les sourcils, décontenancé. Était-ce ainsi qu'il se considérait ? Comme une victime ? Allait-il encore longtemps laisser Amelia lui gâcher la vie, deux ans après sa mort ? Et combien de temps encore continuerait-il à vivre dans l'angoisse de la prochaine trahison ?

Shane sentit ses doigts se détendre, suivit le cheminement de ses pensées sur son visage perplexe.

— Vous avez beaucoup souffert ? lui demanda-t-elle.

Vance reporta son attention sur Shane avant de lâcher ses épaules.

— J'ai été… déçu.

— C'est la pire des blessures, je pense.

Elle posa une main sur son bras en signe de compassion.

— Quand la personne qu'on aime d'amour ou d'amitié s'avère être malhonnête, ou quand un idéal se brise en mille morceaux, c'est difficile à accepter. Je place toujours mes idéaux très haut. S'ils doivent s'effriter, ma chute en sera d'autant plus dure.

Elle lui sourit et glissa la main dans la sienne.

— Allons faire un tour en voiture.

Les mots de la jeune femme reflétaient tellement ses pensées qu'il fallut un moment à Vance pour comprendre sa proposition.

— Un tour en voiture ? répéta-t-il.

— Voilà des mois que nous vivons claquemurés, déclara Shane en l'entraînant vers l'escalier. Vous, je ne sais pas, mais, moi, je passe tout mon temps à travailler jusqu'au moment où je m'écroule sur mon lit. C'est une journée magnifique, peut-être la dernière de l'été indien.

Elle referma la porte du sous-sol derrière eux.

— Et je parie que vous n'avez pas encore visité le champ de bataille. Sûrement pas accompagné d'un guide expert en la matière.

— Êtes-vous un guide expert en la matière ? s'enquit-il en esquissant un sourire.

— Le meilleur, affirma-t-elle en toute modestie.

Comme elle l'espérait, la tension quitta les doigts de Vance qui étaient entrelacés aux siens.

— Il n'y a rien que je ne puisse vous raconter sur cette bataille ou, comme le prétendent certains de mes critiques, rien que je me refuse à vous dire.

— Tant qu'il n'y a pas d'interro à la sortie…, accepta Vance tandis qu'elle l'entraînait vers la porte de derrière.

— Je suis à la retraite, lui rappela-t-elle d'un ton guindé.

— La bataille d'Antietam, commença Shane en suivant une route étroite et sinueuse bordée de monuments, bien qu'elle ne soit pas considérée comme une victoire nette pour aucun des deux camps, s'est soldée par la retraite de Lee lors de sa première tentative d'incursion dans le Nord.

Son ton vaguement professoral amena un bref sourire sur les lèvres de Vance, qui ne l'interrompit cependant pas.

— C'est ici, poursuivit-elle, près du ruisseau Antietam à Sharpsburg, que le 17 septembre 1862 Lee et McClellan s'engagèrent dans la journée la plus sanglante de la guerre de Sécession. Voilà la Dunker Church.

Shane lui désigna une minuscule église de l'autre côté de la route.

— Certains des combats les plus meurtriers s'y sont déroulés. J'en possède quelques assez belles gravures que je destine au musée.

Vance se retourna pour jeter un coup d'œil au petit endroit paisible tandis que Shane poursuivait sa route.

— Un coin plutôt tranquille aujourd'hui, commenta-t-il, s'attirant un doux regard.

Ignorant son interruption, elle continua :

— Lee avait divisé ses forces en deux colonnes et envoyé la première, dirigée par Jackson, s'emparer de Harper's Ferry. Un soldat de l'Union découvrit une copie des plans de Lee, donnant ainsi l'avantage à McClellan ; toutefois l'avance de ce dernier pécha par manque de rapidité. Même lorsqu'il attira l'armée beaucoup plus réduite de Lee dans Sharpsburg, il n'eut pas le temps d'enfoncer la ligne de front que Jackson arrivait déjà avec des renforts. Lee perdit un quart de ses hommes et battit en retraite. McClellan ne tira pourtant pas parti de son avantage. Même ainsi, on dénombra vingt-six mille pertes humaines.

— Pour un prof à la retraite, vous avez encore les faits bien en tête, constata Vance.

Shane rit en négociant adroitement un virage.

— Mes ancêtres se sont battus ici. Avec Gran, je ne risquais pas de l'oublier.

— De quel côté ?

— Des deux.

Elle eut un petit haussement d'épaules.

— Finalement n'était-ce pas le pire dans tout ça ? Devoir choisir son camp, la désintégration des familles… Nous sommes un État frontalier. Même si le Maryland tenait pour le Nord, tout au sud, les sympathies penchaient aussi lourdement vers les Confédérés. On imagine sans mal que bon nombre des habitants de cette région soutenaient secrètement ou ouvertement le « Stars and Bars » – le drapeau sudiste.

— Et avec toute cette partie du Maryland prise entre la Virginie et la Virginie-Occidentale…

— Exactement, acquiesça-t-elle, ressemblant fort à un professeur approuvant un élève brillant.

Vance gloussa de rire, mais Shane ne parut pas s'en apercevoir. Elle s'engagea sur une petite aire de parking en bord de route.

— Venez, allons marcher. C'est très beau ici.

Les montagnes les encerclaient dans toute la gloire de l'automne. Quelques feuilles claquèrent sur leur passage – orange, écarlates, couleur d'ambre – avant d'être arrachées et emportées par le vent. Autour d'eux s'étendait un paysage de collines onduleuses, dorées par la lumière oblique du soleil, et de champs où se dressaient des pieds de maïs desséchés et flétris. L'air était plus froid maintenant que le soleil s'enfonçait du côté des pics montagneux situés à l'ouest. Sans réfléchir, Vance prit la main de Shane dans la sienne.

— Le Chemin sanglant, signala Shane en attirant son attention sur une espèce de sentier creux, long et étroit. Horrible comme nom, mais tout à fait approprié. Les deux armées sont venues l'une vers l'autre en coupant à travers champs. Les Confédérés arrivaient du nord. Les Yankees du sud. Les bataillons d'artillerie s'installèrent ici – elle désigna l'endroit du doigt – et là. C'est dans cette tranchée que gisaient la plupart des tués quand tout fut fini. Bien sûr, il y avait eu des affrontements tout autour – au Burnside Bridge, à la Dunker Church – mais ici…

Vance lui lança un regard intrigué.

— Vous êtes vraiment fascinée par la guerre, n'est-ce pas ?

Shane survola le champ du regard.

— C'est la seule véritable infamie. La seule circonstance où l'on glorifie l'acte de tuer au lieu de le condamner. Les hommes deviennent des statistiques. Je me demande s'il existe quelque chose de plus barbare.

Elle poursuivit d'une voix plus songeuse :

— Vous n'avez jamais trouvé ça bizarre ? Le meurtre d'une personne par une autre est considéré comme le pire des crimes que puisse commettre l'être humain, alors qu'à la guerre plus un homme tue de ses semblables et plus il reçoit d'honneurs. Il y en avait tant parmi eux qui n'étaient que de jeunes campagnards, enchaîna-t-elle avant que Vance ait pu formuler une réponse. Des enfants qui n'avaient jamais tiré sur autre chose qu'une fouine dans un poulailler. Ils ont enfilé un uniforme, bleu ou gris, et ont marché au pas vers la bataille. Je doute qu'une fraction d'entre eux ait eu la moindre idée de ce qui les attendait vraiment. Je vais vous dire ce qui me fascine.

Shane jeta un regard en arrière vers Vance, trop absorbée par ses pensées pour remarquer avec quelle intensité il la fixait.

— Qui étaient-ils vraiment ? Le garçon de seize ans tout droit sorti de sa ferme de Pennsylvanie qui s'est élancé à travers champs pour aller tuer un gamin de seize ans venu d'une plantation de Géorgie – sont-ils partis en quête d'aventure ? Cherchaient-ils quelque chose ? Combien d'entre eux se sont imaginés assis comme de vrais soldats autour d'un feu de camp et devenant des hommes loin des jupes de leur mère ?

— Beaucoup, je suppose, murmura Vance.

Ému par la vision qu'elle projetait, il glissa un bras autour de ses épaules tout en contemplant le champ.

— Trop.

— Même ceux qui sont rentrés sains et saufs n'ont jamais retrouvé l'innocence de leur jeunesse.

— Alors pourquoi l'histoire, Shane, si elle est émaillée de tant de guerres ?

— Pour les gens.

Elle le regarda par-dessus son épaule. Le soleil déclinant qui brillait dans ses yeux semblait accentuer ces paillettes d'or qui parfois lui étaient invisibles.

— Pour l'adolescent que j'imagine traversant ce champ au mois de septembre, il y a plus de cent vingt ans. Il avait dix-sept ans.

Elle se retourna vers le champ comme si elle voyait vraiment le jeune homme qu'elle évoquait.

— Il avait pris son premier whisky, mais pas sa première femme. Il s'est élancé dans ce champ, empli de terreur et de gloire. Les clairons retentissaient, les cartouches explosaient, le tout dans un tel vacarme qu'il n'entendait pas sa propre peur. Il a tué un ennemi qui lui était si obscur qu'il n'avait pas de visage. Et une fois la bataille terminée, une fois la guerre finie, il est rentré chez lui en homme, fatigué et se languissant de sa propre terre.

— Que lui est-il arrivé ? murmura Vance.

— Il a épousé son amour d'enfance, il a eu dix enfants et a raconté à ses petits-enfants la charge du Chemin sanglant de 1862.

Vance l'attira à lui, geste non pas de passion mais de camaraderie.

— Vous deviez être un sacré bon prof, déclara-t-il d'une voix douce.

Ce qui fit rire Shane.

— J'étais une sacrée bonne conteuse, rectifia-t-elle.

— Pourquoi dites-vous ça ? l'interrogea-t-il. Pourquoi vous sous-estimez-vous ?

Elle secoua la tête.

— Non, je connais mes capacités et mes limites. Et, ajouta-t-elle, j'ai envie de les repousser un peu pour obtenir ce que je désire. C'est plus intelligent que de se prendre pour quelqu'un qu'on n'est pas.

Avant qu'il ait pu placer un mot, elle rit et lui serra le bras amicalement.

— Non, arrêtons de philosopher. J'ai eu ma dose pour aujourd'hui. Allez, montons jusqu'à la tour. De là-haut, la vue est magnifique.

Elle s'élança en courant, entraînant Vance à sa suite.

— On y voit à des kilomètres, précisa-t-elle tandis qu'ils gravissaient les étroites marches en fer.

La luminosité était faible en dépit des quelques rayons qui passaient par les étroites fentes percées dans les flancs de la tour en pierre. Le soleil se fit plus fort au fur et mesure qu'ils montaient, puis se répandit à flots par l'ouverture du sommet.

— C'est l'endroit que je préfère, lui confia-t-elle au moment où quelques pigeons courroucés s'envolaient de leur perchoir sous le toit. Shane se pencha par-dessus le large rebord en pierre, ravie de sentir le vent lui fouetter le visage.

— Oh, que c'est beau ! C'est vraiment la journée idéale pour venir ici. Regardez toutes ces couleurs !

Elle attira Vance près d'elle dans son désir de partager cette beauté avec lui.

— Vous voyez ? C'est notre montagne.

« Notre montagne ». Vance sourit en suivant la direction que lui indiquait la main de Shane. À sa façon de le dire, on aurait pu croire que la montagne leur appartenait exclusivement à tous les deux. Au-delà des collines densément plantées d'arbres, les sommets les plus distants étaient figés dans la lumière bleue d'un soleil déclinant. Autour des bourgs environnants reconnaissables à leurs constructions plus rapprochées, fermes et granges étaient disséminées çà et là dans la paix du début de soirée. À peine Vance entendait-il le bruit d'une voiture filant sur l'autoroute. Alors qu'il contemplait un champ de maïs, il vit s'envoler trois énormes corbeaux. Ils se chamaillèrent, se défiant mutuellement tout en planant dans le ciel. Après leur passage, l'air retrouva son calme, tellement silencieux que Vance entendit le murmure de la brise dans les pieds de maïs desséchés.

C'est alors qu'il vit le cerf. Il se tenait plein d'assurance à moins de dix mètres de l'endroit où Shane avait garé sa voiture. Immobile comme une statue, la tête haute, les oreilles dressées. Vance se tourna pour le désigner à la jeune femme.

Main dans la main, ils l'observèrent sans mot dire. Vance se sentit remué par quelque chose, un sentiment d'appartenance. À cet instant, il n'aurait pas ri si Shane avait dit « notre montagne ». Il se lava de ses dernières traces d'amertume en prenant conscience qu'il avait la réponse devant les yeux. Il s'était maintenu dans son statut de victime, exactement comme le lui avait démontré Shane, car c'était plus facile de rester dans la colère que d'accepter de tourner la page.

Le cerf se déplaça en sauts rapides sur la colline herbeuse, franchissant d'un bond gracieux un mur de clôture en pierre avant de s'élancer hors de leur vue. Vance sentit plutôt qu'il n'entendit le long soupir silencieux de Shane.

— Je ne m'y ferai jamais, murmura-t-elle. Chaque fois que j'en vois un, j'en ai le souffle coupé.

Elle leva le visage vers lui. Il trouva naturel de l'embrasser, ici, dans cet environnement de montagnes et de champs, avec en eux ce sentiment encore présent d'avoir partagé quelque chose. Au-dessus de leurs têtes, un pigeon émit un doux roucoulement, satisfait de voir que les intrus se tenaient cois.

C'était cette tendresse que Shane avait perçue en Vance mais dont elle doutait encore. Sa bouche était ferme sans être exigeante, ses mains puissantes sans être brutales. Elle avait l'impression de sentir son propre cœur palpiter dans sa gorge. Une sensation de chaleur et de douceur l'inonda tout entière, la laissant malléable et sans force entre ses bras. C'était ce qu'elle attendait – avoir enfin la confirmation de ce qu'il gardait verrouillé en lui : une douce bonté qu'elle respecterait autant que sa force et son assurance. Elle poussa un soupir non pas d'abandon mais de joie, sachant qu'elle pourrait désormais admirer l'homme qu'elle aimait déjà.

Vance serra Shane contre lui en modifiant l'angle de leur baiser, refusant de briser le charme de l'instant. Les émotions s'immiscèrent en lui par les fissures du rempart qu'il s'était construit depuis si longtemps. Il sentit le doux abandon de la bouche de la jeune femme, goûta sa générosité humide. Avec application, il laissa le bout de ses doigts se réaccoutumer au velouté de sa peau.

Était-il possible qu'elle ait toujours été là pour lui, à attendre qu'il tombe sur elle à travers le rideau de son amertume et de sa suspicion ?

Vance la plaqua contre lui en l'enlaçant fermement des deux bras comme si elle risquait de se volatiliser. Était-il trop tard pour tomber amoureux ? Ou pour conquérir une femme qui connaissait déjà ses pires côtés et n'avait aucune idée de ses avantages matériels ? Fermant les yeux, il appuya sa joue sur les cheveux de Shane. S'il n'était pas trop tard, devait-il prendre le risque de lui dévoiler son identité et sa position ? S'il lui révélait tout maintenant, il ne pourrait jamais être tout à fait sûr, si jamais elle lui cédait, qu'elle ne l'aimait que pour lui-même. Or il avait besoin de cette certitude – être accepté pour lui-même, au-delà de la fortune Riverton Banning et de sa puissance. Il hésita, en proie aux affres de l'indécision. Ce dilemme même l'ébranlait en soi. Vance était un homme qui dirigeait une société de plusieurs millions de dollars grâce à son pouvoir de décision. Et voilà que ce petit bout de femme dont il sentait les cheveux en désordre boucler sous sa joue était en train de chambouler l'ordre de sa vie.

— Shane, commença-t-il en l'écartant pour lui embrasser le front.

— Vance.

En riant, elle lui donna un baiser sonore, plus comme une amie que comme une amante.

— Vous avez l'air bien sérieux.

— Dînez avec moi, ce soir.

Il se maudit intérieurement : les mots lui avaient échappé. Où était donc passée sa finesse avec les femmes ?

Shane repoussa ses cheveux décoiffés par le vent.

— D'accord. Je peux nous préparer quelque chose à la maison.

— Non, je veux vous emmener manger quelque part.

— Au restaurant ? s'enquit Shane, soucieuse à l'idée de la dépense que cela représentait.

— Rien de bien extraordinaire, affirma-t-il, croyant qu'elle s'inquiétait pour sa tenue – baggy et pull informe. Comme vous l'avez dit vous-même, ces dernières semaines nous n'avons pas fait grand-chose à part travailler.

Il lui effleura la joue du dos de son poing fermé.

— Accompagnez-moi.

Elle sourit pour lui faire plaisir.

— Je connais un petit endroit sympa en Virginie-Occidentale, juste de l'autre côté de la frontière.

Shane avait choisi ce minuscule restaurant isolé en raison de ses prix très abordables. D'autre part, elle y avait gardé de bons souvenirs de sa brève carrière de serveuse. Elle y avait travaillé l'été qui avait suivi la fin du lycée dans le but de se faire quelques sous supplémentaires pour la fac.

Après qu'ils eurent pris place dans un box exigu, de chaque côté d'une table où trônait une bougie dégoulinante de cire, elle lui adressa un grand sourire.

— Je savais que vous alliez adorer.

Vance jeta un regard circulaire aux paysages peints de couleurs vives dans leurs cadres en plastique. Il flottait dans l'air un vague relent d'oignon.

— La prochaine fois, c'est moi qui choisis.

— Ils servaient de super spaghettis, à l'époque. C'était la formule spéciale du jeudi, on pouvait manger à volonté pour…

— Nous ne sommes pas jeudi, objecta Vance en ouvrant d'un air dubitatif le menu plastifié. Du vin ?

— Je pense qu'ils en ont.

Elle sourit en voyant son regard inquiet par-dessus le menu.

— On peut toujours aller à côté s'en acheter une bouteille pour deux dollars quatre-vingt-dix-sept.

— Un bon cru ?

— De la semaine dernière.

— On va tenter notre chance ici.

La prochaine fois qu'il l'emmènerait quelque part, décida-t-il, ce serait dans un endroit où il pourrait lui offrir du champagne.

— Je vais prendre un chili, annonça Shane, le ramenant au présent.

— Un chili ? fit Vance en se replongeant d'un œil méfiant dans le menu. Il est bon ?

— *Oh, non !*

— Alors pourquoi…

Il baissa le menu et s'interrompit en voyant que Shane se cachait derrière le sien.

— Shane, qu'est-ce que… ?

— Ils viennent d'entrer, chuchota-t-elle en orientant son menu vers l'entrée afin de leur jeter furtivement un regard de côté.

Intrigué, Vance tourna également la tête. Il aperçut Cy Trainer accompagné d'une brune à l'air guindé, en tailleur fauve de coupe sévère et escarpins à talons plats. Sa première réaction fut la contrariété ; puis, après un second coup d'œil à la femme au bras de Cy, il se retourna vers Shane. Elle avait complètement disparu derrière son menu.

— Shane, je comprends que ça doit vous bouleverser, mais dites-vous que vous êtes condamnée à le croiser de temps en temps et que…

Il entendit un bruit étouffé derrière la carte plastifiée. D'instinct, il chercha sa main.

— On peut aller ailleurs, mais nous ne pourrons pas nous en aller sans qu'il vous voie.

— C'est Laurie MacAfee.

Elle pressa convulsivement les doigts de Vance. Il serra les siens en retour, furieux qu'elle éprouve encore des sentiments pour l'homme qui l'avait blessée.

— Shane, vous devez faire face à la situation et ne pas vous donner en spectacle devant lui.

— Je sais, mais c'est tellement dur…

Prudemment, elle inclina le menu sur le côté. Surpris, Vance découvrit qu'elle n'était pas convulsée de sanglots mais de rire.

— Dès qu'il nous aura repérés, commença-t-elle sur le ton de la confidence, il va venir à notre table pour nous saluer.

— Une véritable épreuve pour vous, à ce que je vois.

— Ah, ça oui, acquiesça-t-elle. Vous devez me promettre de me donner un coup de genou sous la table ou de m'écraser le pied dès que vous verrez que je suis prête à éclater de rire.

— Avec plaisir, l'assura-t-il.

— À l'époque, Laurie alignait toutes ses poupées par ordre de grandeur et cousait des étiquettes à leur nom sur tous leurs vêtements, lui expliqua Shane en prenant de profondes inspirations en vue de leur rencontre.

— Effectivement, ça en dit long.

— Bon, et maintenant, je vais poser ce menu.

Elle déglutit, et lui ordonna encore plus bas :

— Quoi que vous fassiez, ne les regardez pas.

— Loin de moi cette idée.

Après une dernière expiration destinée à chasser son envie de rire, Shane reposa le menu sur la table.

— Le chili ? reprit-elle d'une voix normale. Oui, il est toujours très bon, ici. Je crois que je vais en prendre moi aussi.

— Vous êtes idiote.

— Oh, oui, je suis bien d'accord.

Un sourire aux lèvres, Shane saisit son verre d'eau. Du coin de l'œil, elle aperçut Cy et Laurie qui traversaient la salle dans leur direction. Pour couper court à toute envie de rire, elle s'éclaircit violemment la gorge.

— Shane, quel plaisir de te rencontrer.

Levant la tête, Shane réussit à feindre la surprise.

— Bonsoir, Cy. Bonsoir, Laurie. Comment vas-tu ?

— Très bien, répondit Laurie de sa voix soigneusement modulée.

Elle est vraiment très jolie, songea Shane. Même si ses yeux étaient un tantinet trop rapprochés.

— Je ne crois pas que vous connaissiez Vance, poursuivit-elle. Vance, je vous présente Cy Trainer et Laurie MacAfee, d'anciens camarades de classe. Vance est mon voisin.

— Ah, bien sûr, la vieille maison Farley.

Cy lui tendit la main. Vance la trouva douce. Sa poigne était ferme et brève comme il fallait.

— J'ai entendu dire que vous la retapiez.

— Un peu.

Vance s'autorisa à détailler le visage de Cy. Passable, estima-t-il, compte tenu de la mollesse de sa mâchoire.

— Vous devez être le menuisier qui aide Shane à monter sa petite boutique, intervint Laurie.

Son regard glissa de sa tenue de travail au pull de Shane.

— J'avoue que j'ai été surprise quand Cy m'a parlé de tes projets.

Voyant frémir la lèvre de Shane, Vance posa fermement un pied sur le sien.

— Ah oui ? fit celle-ci en reprenant de l'eau.

Ses yeux dansant d'amusement contenu croisèrent le regard de Vance par-dessus le verre.

— Eh bien, j'ai toujours aimé surprendre les gens.

— Nous n'arrivions pas à t'imaginer à la tête de ton propre commerce, n'est-ce pas, Cy ?

Laurie enchaîna sans lui laisser le moyen de répondre :

— Bien sûr, nous croisons les doigts pour toi, Shane, et tu peux compter sur nous pour t'acheter quelque chose afin de t'aider à démarrer.

Le rire lui tordait l'estomac. Shane dut appuyer une main à ce niveau tandis que Vance augmentait la pression sur son pied.

— Merci, Laurie. Je ne peux pas te dire à quel point ça me touche… Non, vraiment, je ne peux pas.

— Nous ferions n'importe quoi pour une vieille amie, pas vrai, Cy ? Nous formons des vœux pour ta réussite, tu sais, Shane. Je te promets de parler de ta petite boutique à tous les gens que je connais. Même si bien sûr, soupira-t-elle d'un air d'excuse, c'est toi qui devras assurer la partie vente.

— Oui. Merci.

— Nous devrions y aller, maintenant. Nous voulons commander avant qu'il n'y ait trop de monde. Ce fut un plaisir de faire votre connaissance.

Laurie adressa un bref sourire à Vance et entraîna Cy dans son sillage.

— Oh, mon Dieu, je crois que je vais éclater !

Shane vida son verre d'eau sans respirer.

— Votre petit copain n'a que ce qu'il mérite, murmura Vance en leur coulant un regard en douce. Elle va tout régenter à la maison, y compris leur vie sexuelle.

Il les suivit des yeux, l'air songeur.

— Vous pensez qu'ils en ont déjà une ?

— Oh, arrêtez, l'implora Shane qui malmenait sa lèvre inférieure pour se contenir. Je vais avoir le fou rire d'une minute à l'autre.

— D'après vous, c'est elle qui lui a choisi sa cravate ? demanda Vance.

Renonçant à garder son sérieux, Shane laissa échapper son hilarité.

— Oh, flûte, Vance ! murmura-t-elle au moment où Laurie tournait la tête. Je m'en étais bien tirée jusque-là.

— Vous voulez leur donner de quoi jaser pendant tout le dîner ?

Avant qu'elle ait pu répondre, il l'attira par-dessus la table étroite, et lui planta un long et langoureux baiser sur la bouche. Afin d'empêcher Shane d'y mettre fin trop tôt, il lui prit le menton et l'immobilisa. Il s'écarta d'elle quelques secondes, le temps de lui incliner la tête pour l'embrasser sous un angle différent. Shane émit un infime gémissement de détresse. Elle tenta bien de le repousser par l'épaule, mais quand Vance approfondit son baiser, sa main retomba inerte jusqu'au moment où il ôta ses lèvres des siennes.

— Bien joué, ironisa-t-elle quand elle eut repris ses esprits. D'ici demain midi, tout Sharpsburg croira que nous sommes amants.

— C'est vrai ?

Il porta la main de Shane à ses lèvres en souriant, puis lui embrassa lentement les doigts un à un. Il éprouva une certaine satisfaction à sentir courir en elle un léger frémissement d'excitation.

— Oui, affirma Shane, le souffle court, et je ne…

Elle laissa sa phrase en suspens tandis que Vance lui retournait la main pour déposer un long baiser au creux de sa paume.

— Vous ne quoi ? s'enquit-il d'une voix douce en faisant glisser ses lèvres vers son poignet – il sentait son pouls palpiter sous la légère caresse de sa langue.

— Je ne pense pas que… que ce soit sage, articula-t-elle, oubliant le restaurant, Cy, Laurie et tout le reste.

— Que nous soyons amants ou que tout Sharpsburg le pense ?

Vance savoura la confusion qu'il lut dans les yeux de Shane, d'autant plus que c'était là son œuvre.

Elle sentit son cœur s'emballer. Cet homme n'était pas comme les autres. Téméraire ? songea-t-elle – et un frisson d'excitation lui parcourut de nouveau l'échine. Posé ? Comment pouvait-il être les deux à la fois ? Et pourtant si. Il portait l'intrépidité dans son regard, mais ses gestes d'amour s'enchaînaient avec la tranquille fluidité de l'expérience.

Elle n'avait pas eu peur de l'homme dur et en colère qu'elle avait rencontré, mais éprouvait un soupçon d'angoisse vis-à-vis de celui qui, en ce moment même, caressait du pouce le pouls qui battait avec affolement à son poignet.

— Je vais devoir y réfléchir, murmura-t-elle.

— Faites donc, approuva-t-il plaisamment.

8

Antietam Musée et Antiquités ouvrit ses portes la première semaine de décembre. Comme Shane s'y attendait, les premiers jours la boutique et le musée ne désemplirent pas, mais d'une foule composée en grande partie de gens de sa connaissance. Ils étaient venus acheter ou jeter un coup d'œil par curiosité ou affection. D'autres étaient entrés voir la dernière frasque que leur avait concoctée « la fille Abbott ». Shane, amusée, les entendait évoquer ses anciens méfaits comme s'ils avaient eu lieu la veille. Le nom de Cy fut lâché une ou deux fois dans la conversation, l'obligeant à réprimer un gloussement et à changer de sujet. Une fois passé l'attrait de la nouveauté, les clients continuèrent cependant à défiler chez elle en nombre modeste mais constant. Cela suffisait à son bonheur.

Comme prévu, elle avait embauché Pat, la belle-sœur de Donna, à temps partiel. La jeune fille était motivée, pleine d'ardeur, et acceptait de consacrer quelques heures de ses week-ends au magasin. Pour Shane, ce coût supplémentaire trouva toute sa justification le jour où Pat, rouge de triomphe, conclut sa première vente. Guidée par les conseils de Shane et par ses propres recherches enthousiastes, la jeune assistante fut rapidement capable de classifier certains articles et de faire face aux questions dans la partie musée.

Shane était maintenant plus débordée que jamais, gérant la boutique, guettant les annonces de vide-greniers et supervisant le réaménagement de la maison, qui se poursuivait au premier étage. Ces longues journées chaotiques la stimulaient et l'aidaient à supporter la perte des trésors de sa grand-mère qui s'en allaient à un rythme lent mais régulier. *C'est la loi des affaires*, se remémorait-elle chaque fois qu'elle vendait un meuble d'angle ou un chandelier. C'était nécessaire. Durant les semaines qui avaient précédé l'inauguration, les factures s'étaient accumulées sur son bureau, et il fallait bien les payer.

Presque tous les jours, elle voyait Vance qui clouait, sciait et réalisait les boiseries du premier étage. Même si sa réserve avait quelque peu fondu, la complicité qu'ils avaient partagée le temps d'un après-midi et d'une soirée avait disparu. Il la traitait en bonne copine, pas en femme dont il embrasserait la paume au restaurant.

Shane en avait conclu qu'il avait joué la comédie de l'amour au profit de Cy, et que depuis il avait repris son rôle de professionnel du bois. Elle n'en était pas découragée pour autant. En fait, l'homme avec qui elle avait dîné l'autre soir l'avait rendue nerveuse et mal assurée. Elle avait plus d'aplomb face à la colère de Vance que face à ses mots doux et ses tendres caresses. Comme elle se connaissait bien, elle savait qu'elle aurait du mal à ne pas se ridiculiser s'il continuait à la traiter avec tendresse. Elle n'était guère armée contre la romance.

Jour après jour, son amour pour Vance grandissait, renforçant sa conviction qu'il était l'homme de sa vie. Ce n'était qu'une question de temps, estimait-elle, pour qu'il s'aperçoive qu'elle était la femme de sa vie.

L'après-midi touchait à sa fin quand Shane gravit son perron tout neuf et entra dans le magasin, les bras chargés de ses dernières acquisitions. Le froid enluminait ses joues et elle était extrêmement contente d'elle-même. Petit à petit, elle apprenait à marchander sans pitié. Après avoir ouvert la porte d'un coup de postérieur, elle fit entrer la table de biais par l'embrasure.

— Regarde un peu ce que j'ai là ! lança-t-elle à Pat avant de refermer la porte derrière elle. Une Sheridan ! Et sans la moindre égratignure, en plus.

Pat, qui était en train de nettoyer une vitrine, s'interrompit.

— Shane, tu étais censée prendre ton après-midi…

Machinalement, elle fit partir une dernière trace sur la vitre avant de reporter toute son attention sur Shane.

— Tu dois t'accorder un peu de temps pour toi, lui rappela-t-elle avec un brin d'exaspération. C'est pour ça que tu m'as engagée.

— Oui, bien sûr, acquiesça Shane d'un ton distrait. J'ai une pendule de cheminée dans la voiture et un ensemble complet de salières en verre taillé.

Assez fine pour comprendre que toute remarque serait ignorée, Pat poussa un soupir et suivit Shane dans la salle d'exposition principale.

— Tu ne t'arrêtes donc jamais ? s'enquit-elle.

— Si, si…

Après avoir installé la table près d'une chaise Hitchcock, Shane recula pour contempler l'effet produit.

— Je ne sais pas, dit-elle lentement. Elle serait peut-être mieux mise en valeur dans la salle de devant, juste sous la fenêtre. Bon, de toute façon, je veux d'abord la cirer.

Elle fonça vers le plan de travail et farfouilla à la recherche de cire pour meubles.

— Comment vont les affaires, aujourd'hui ? s'enquit-elle.

Pat secoua la tête. La première chose qu'elle avait apprise dans ce travail, c'est que Shane Abbott était une véritable boule d'énergie.

— Je m'en charge, intervint-elle en prenant la cire et le chiffon des mains de Shane.

L'énorme soupir de son employée la fit sourire mais elle ne protesta pas.

— Tu as eu sept personnes qui sont venues visiter le musée, lui apprit Pat en commençant à cirer la table Sheridan. J'ai vendu quelques cartes postales et une gravure du Burnside Bridge. Une femme de Hagerstown a acheté la petite table à bords striés.

Shane, qui défaisait sa parka, s'interrompit.

— Le guéridon tambour en bois de rose ?

Du plus loin qu'elle s'en souvienne, il avait fait partie du petit boudoir d'été.

— Oui. Et elle était aussi intéressée par le rocking-chair de bois cintré.

Pat se glissa une mèche de cheveux derrière l'oreille tandis que Shane tentait à contrecœur de se réjouir de ces nouvelles.

— Je pense qu'elle va revenir.

— Bien.

— Oh, et Oncle Festus a fait une touche.

— C'est vrai ?

Shane sourit en songeant au portrait victorien d'un homme austère auquel elle avait été incapable de résister. Elle l'avait acheté parce qu'il l'amusait, même si elle avait peu d'espoir de le vendre.

— Eh bien, je serais navrée de m'en séparer. Il donne de la dignité à cet endroit.

— Moi, il me flanque la chair de poule, rétorqua Pat hardiment tandis que Shane se dirigeait vers la porte d'entrée pour aller chercher le reste des nouvelles pièces de son stock.

— Oh, j'allais oublier ! s'exclama la jeune vendeuse. Tu ne m'avais pas dit que l'ensemble de salle à manger était vendu.

— Quoi ?

Shane s'arrêta, perplexe, la main sur le bouton de porte.

— L'ensemble de salle à manger avec les chaises en forme de cœur, expliqua Pat. Les Hepplewhite, précisa-t-elle, ravie de voir qu'elle commençait à retenir les marques et les époques. J'ai failli le vendre deux fois.

— Le vendre deux fois ?

Shane lâcha le bouton de porte et se planta devant Pat :

— Qu'est-ce que tu racontes ?

— Il y a quelques heures, des gens sont venus qui voulaient l'acheter. Apparemment, leur fille se marie et ils comptaient le lui offrir en cadeau de mariage. Ils doivent être riches, ajouta-t-elle d'un ton pénétré. La réception va avoir lieu au country club de Baltimore... avec un orchestre.

Elle commençait à rêvasser là-dessus lorsqu'elle s'aperçut que Shane la fixait d'un œil dur.

— Enfin bref, embraya-t-elle très vite, j'allais finaliser la vente quand Vance est descendu et m'a expliqué que l'ensemble était déjà vendu.

Le regard de Shane s'étrécit.

— Vance ? Vance t'a dit qu'il était déjà vendu ?

— Eh bien, oui, acquiesça Pat, décontenancée par le ton de sa patronne.

Si elle avait mieux connu Shane, elle aurait su repérer les prémices de sa colère. En toute innocence, elle poursuivit :

— Un coup de bol, d'ailleurs, sinon ils l'auraient acheté et auraient organisé son expédition aussi sec. À mon avis, tu te serais retrouvée dans un sacré pétrin.

— Dans un sacré pétrin, siffla Shane entre ses dents. Ça, tu peux le dire, quelqu'un s'est mis dans un sacré pétrin.

Elle fit brusquement volte-face et, sous le regard médusé de Pat, se dirigea à grandes enjambées vers l'arrière de la boutique.

— Shane ? Shane, qu'est-ce qui se passe ?

Troublée, Pat trottina à sa suite :

— Où vas-tu ?

— Régler une petite affaire, répliqua celle-ci d'un ton crispé. Sors les autres trucs de ma voiture, veux-tu ? lança-t-elle sans ralentir le pas. Et ferme. Je risque d'en avoir pour un bout de temps.

— D'accord, mais...

Pat n'acheva pas sa phrase en entendant claquer la porte de derrière. Elle s'interrogea un moment, abasourdie, puis haussa les épaules et alla exécuter les ordres qui lui avaient été donnés.

— Dans un sacré pétrin, marmonna Shane en foulant les feuilles mortes. Fichu hasard qu'il soit descendu !

Elle balança un coup de pied rageur dans une branche tombée à terre qu'elle envoya valdinguer devant elle, dans l'attente du prochain coup de pied. Bouillonnant de colère contenue, elle dévala le sentier d'un pas déterminé parmi les arbres dépourvus de feuilles.

— Déjà vendu !

Folle de rage, elle émit un bruit de gorge inquiétant. Un écureuil éperdu traversa le chemin ventre à terre avant de filer dans une autre direction.

À travers les branches dénudées, elle aperçut la maison de Vance ; la fumée qui s'échappait de la cheminée s'élevait avec peine dans le bleu impitoyable du ciel. Shane serra les dents et pressa le pas. Le silence fut rompu par un bruit sourd et régulier : bam ! une pause, bam ! Sans hésitation, elle contourna la maison vers l'arrière.

Vance plaça une autre bûche sur la souche qui lui servait de billot et s'accroupit, la hache à la main, pour la fendre proprement en deux. Shane ne prit pas le temps d'admirer la précision ni la grâce de son geste.

— Vous ! cracha-t-elle avant d'aller se camper devant lui, les poings sur les hanches.

Vance s'interrompit dans son élan. Jetant un coup d'œil par-dessus son épaule, il vit Shane qui le fixait, le visage enflammé et les yeux étincelants de rage. Elle n'était jamais plus belle que dans la colère, songea-t-il distraitement, avant de se remettre à l'ouvrage. La bûche suivante se fendit en deux morceaux qui retombèrent de part et d'autre de la souche. La pile de bois était imposante, preuve qu'il devait s'activer depuis un certain temps.

— Salut, Shane.

— Pas de ça avec moi ! rétorqua-t-elle d'un ton cinglant, effaçant la distance qui les séparait en trois rapides foulées. Comment osez-vous ?

154

— La plupart des gens considèrent cette formule comme une salutation tout à fait acceptable, riposta-t-il en se penchant pour ramasser une autre bûche.

D'un revers de main, Shane la fit tomber de la souche.

— Vous n'aviez pas le droit de vous en mêler, pas le droit de me faire rater une vente. Une vente importante, précisa-t-elle avec fureur.

Son haleine blanchissait l'air glacé.

— Mais pour qui vous prenez-vous ? Aller dire à mes clients qu'une chose est déjà prise ? Et quand bien même ça aurait été le cas – or ça ne l'est pas –, ce n'était sûrement pas à vous d'aller y mettre votre grain de sel !

Vance ramassa la bûche avec calme. Il s'était attendu à la voir arriver – elle et sa colère. Il avait agi sur un coup de tête mais n'en éprouvait aucun regret. Il gardait encore très nettement en mémoire l'expression du visage de Shane lorsqu'elle lui avait montré pour la première fois l'ensemble de salle à manger qui faisait la joie et la fierté de sa grand-mère. Il était hors de question qu'il reste planté là sans agir tandis qu'elle regarderait ses meubles passer le seuil de sa porte.

— Vous ne voulez pas vendre cet ensemble, Shane.

La fureur augmenta dans le regard de la jeune femme.

— Ce que je veux faire ne vous regarde pas. *Je vais le vendre.* Et si vous n'aviez pas ouvert votre grande gueule, je l'aurais *déjà* vendu.

— Et passé des heures à vous en vouloir et à pleurer sur le bon de facture, riposta-t-il en plantant le fer de la hache dans la souche avant de regarder Shane bien en face. L'argent ne vaut pas un tel sacrifice.

— Épargnez-moi vos jugements de valeur ! s'indigna-t-elle, et elle lui enfonça un doigt dans la poitrine. Vous ne savez pas ce que je ressens. Vous ne savez pas ce que je dois faire. *Moi* si. J'ai besoin de cet argent, bon sang !

Avec un calme forcé, il enroula la main autour du doigt qu'elle pointait sur son torse et le tint en l'air un instant avant de le laisser retomber.

— Vous n'en avez pas suffisamment besoin pour renoncer à quelque chose qui compte beaucoup pour vous.

— Ce n'est pas avec des beaux sentiments qu'on paie les factures.

Ses joues s'empourprèrent davantage.

— J'en ai plein les tiroirs de mon bureau.

— Vendez autre chose ! lui cria-t-il, énervé.

Elle avait le visage levé vers lui et ses yeux étincelaient de colère. Il était déchiré entre l'envie de la protéger et celle de l'étrangler.

— Votre fichue baraque déborde de camelote !

C'était une déclaration de guerre.

— *De camelote ? De camelote !* répéta-t-elle d'une voix suraiguë.

— Débarrassez-vous de certaines choses dans tout le bric-à-brac qui s'entasse chez vous, lui conseilla-t-il avec une froideur qui aurait hérissé ses partenaires commerciaux.

Shane laissa échapper un sifflement de mauvais augure.

— Vous n'y connaissez strictement rien, fulmina-t-elle, lui enfonçant de nouveau l'index dans la poitrine, de telle sorte qu'il recula. Je récupère les plus belles pièces que je peux trouver, et *vous* – elle pointa encore son doigt sur son torse – vous ne savez pas distinguer un Hepplewhite de… d'un morceau d'aggloméré ! Alors n'allez pas fourrer votre nez de citadin dans mes affaires, Vance Banning, et retournez jouer avec vos rabots et vos forets. Je n'ai pas besoin des conseils à deux balles d'un type de la plaine.

— Maintenant, ça suffit, décréta-t-il d'un ton grave.

D'un seul mouvement, il la souleva de terre et la jeta sur son épaule.

— Mais ça ne va pas, qu'est-ce qui vous prend ? hurla-t-elle en le martelant d'une volée de coups de poing.

— Je vous emmène à l'intérieur pour vous faire l'amour, marmonna-t-il. J'en ai assez.

Shane, abasourdie, arrêta de le frapper.

— Vous *quoi* ?

— Vous m'avez très bien entendu.

— Mais vous êtes complètement cinglé !

Plus furieuse que paniquée, elle s'acharna à lui faire mal partout où ses poings et ses pieds pouvaient l'atteindre. Ce qui n'empêcha pas Vance de continuer sa progression et d'entrer dans la maison par la porte de derrière.

— Pas question que vous m'entraîniez à l'intérieur ! tempêta-t-elle alors qu'il lui faisait traverser la cuisine. Je refuse d'y aller avec vous !

— Vous irez là où je vous emmènerai, rétorqua-t-il.

— Oh, Vance, vous allez me le payer ! promit-elle en lui bourrant le dos de coups de poing.

— Ça, je n'en doute pas, marmonna-t-il en entreprenant la montée de l'escalier.

— Reposez-moi tout de suite ! Je ne tolérerai pas ça plus longtemps.

Las de prendre des coups de pied, il lui ôta ses chaussures, les lança par-dessus la rampe et resserra le bras derrière ses genoux.

— Vous allez devoir en tolérer bien davantage dans quelques minutes.

Les jambes totalement immobilisées, Shane gigotait en vain tandis qu'il continuait de monter les marches.

— Je vous préviens, vous allez avoir de gros problèmes. Ça ne se passera pas comme ça, menaça-t-elle en le frappant avec rage.

Vance s'engagea dans le couloir et entra dans une chambre.

— Si vous ne me posez pas immédiatement, *immédiatement*, vous êtes viré !

Se sentant basculer dans les airs, Shane poussa un cri aigu suivi d'un « ouf ! » en atterrissant lourdement sur le lit. Furieuse et à bout de souffle, elle se mit tant bien que mal à genoux.

— Espèce d'idiot ! fulmina-t-elle d'une voix un peu haletante. Qu'est-ce que vous faites ?

— Je vous ai déjà dit ce que j'allais faire.

Vance retira son blouson et le balança dans la pièce.

— Si vous vous imaginez une seule minute que vous pouvez me jeter sur votre épaule comme un sac de patates et vous en tirer comme ça, vous vous mettez le doigt dans l'œil !

Shane l'observa déboutonner sa chemise avec une fureur grandissante.

— Et arrêtez ça tout de suite ! Vous ne pouvez pas *m'obliger* à faire l'amour avec vous.

— Regardez-moi.

Vance ôta sa chemise.

Elle avait beau avoir mis les mains sur les hanches, toujours à genoux sur le lit, sa pose indignée perdit quelque peu de son assurance.

— Remettez ça tout de suite.

La fixant d'un œil froid, Vance laissa choir sa chemise par terre, puis se pencha pour enlever ses chaussures.

Shane le fusilla du regard.

— Vous croyez qu'il vous suffit de me jeter sur un lit et c'est tout ?

— Je n'ai même pas encore commencé, l'informa-t-il tandis que sa seconde chaussure tombait bruyamment au sol.

— Espèce d'abruti ! riposta-t-elle en le menaçant d'un oreiller. Je ne vous laisserais jamais me toucher même si…

Elle chercha une formule originale et dévastatrice mais opta finalement pour quelque chose de neutre.

— … même si vous étiez le dernier homme sur terre !

Vance lui décocha un long regard étincelant avant de déboucler sa ceinture.

— Je vous ai dit d'arrêter ça.

Shane pointa vers lui un doigt menaçant.

— Je ne plaisante pas. Je vous préviens, n'enlevez rien de plus. Vance ! s'exclama-t-elle en voyant qu'il était sur le point de défaire le premier bouton de son jean. Je suis sérieuse.

Elle acheva ce dernier mot dans un gloussement. Les mains de Vance se figèrent ; ses yeux s'étrécirent.

— Rhabillez-vous tout de suite ! ordonna-t-elle, mais en pressant le dos de sa main contre sa bouche.

Ses prunelles s'étaient agrandies et brillaient sous l'effet de l'amusement.

— Qu'est-ce qu'il y a de si drôle, bon sang ? demanda-t-il.

— Rien, rien du tout.

Là-dessus, Shane s'écroula sur le dos, vaincue par l'hilarité.

— Drôle ? Non, non, la situation est très grave.

Convulsée de rire, elle se mit à marteler le lit de ses poings.

— Un homme est là, en train de se déshabiller d'un air assassin. Rien ne saurait être plus grave !

Elle lui jeta un coup d'œil, puis se couvrit la bouche des deux mains.

— Voyez la figure d'un homme submergé par le désir et la concupiscence !

Shane riait tellement qu'elle en avait les larmes aux yeux.

Qu'elle était agaçante ! songea Vance en esquissant un sourire involontaire.

Il alla vers le lit, puis il s'assit près d'elle et lui prit la tête entre les mains. Plus elle essayait de maîtriser son hilarité et plus ses yeux se riaient de lui.

— Ravi de voir que ça vous amuse, commenta-t-il.

Shane ravala un gloussement.

— Oh non, je suis furieuse, absolument furieuse, mais tout ça était *tellement* romantique…

— Romantique ?

Le sourire de Vance s'élargit alors qu'il la considérait.

— Ah oui ! Vous m'avez littéralement mise sens dessus dessous !

Son rire résonna dans toute la chambre.

— Je ne me souviens pas d'avoir jamais été aussi *excitée*, articula-t-elle.

— Vraiment ? murmura Vance tandis que Shane s'abandonnait totalement au fou rire.

Très délibérément, il baissa la tête et lui effleura le menton de ses lèvres.

— Oui, sauf peut-être la fois où Billy Huffman m'a poussée dans les bruyères en CE1. Manifestement, j'ai le chic pour provoquer de violents accès de passion chez les hommes.

— Manifestement, acquiesça Vance en lui glissant une mèche derrière l'oreille. J'en ai eu plusieurs depuis que je vous fréquente.

La crise de fou rire de Shane fut stoppée net lorsqu'il lui saisit le lobe de l'oreille entre les dents.

— Et je pense être voué à en avoir encore beaucoup d'autres, murmura-t-il en descendant vers son cou.

— Vance…

— Sous peu, ajouta-t-il, la bouche contre sa gorge. D'une minute à l'autre.

— Je dois rentrer, commença-t-elle, haletante.

Alors qu'elle tentait de se rasseoir, il l'immobilisa d'une main plaquée sur son épaule.

— Je me demande ce qui peut encore vous exciter.

Il lui mordilla le cou.

— Ceci ?

— Non, je…

— Non ?

Il lâcha un rire grave et tranquille en sentant son pouls cogner contre ses lèvres.

— Autre chose, alors.

Comme la fermeture Éclair de la parka de Shane était déjà ouverte, il défit d'une main habile la rangée de boutons de son chemisier.

— Ça ?

Très doucement, il effleura de sa langue la pointe de son sein.

Shane poussa un petit cri étouffé et se cambra contre lui. Vance prit son mamelon dans sa bouche et laissa son goût s'immiscer en lui. Il le savoura un moment tandis que Shane enfonçait ses ongles dans ses épaules nues. Mais la chaleur l'envahit et il comprit qu'il devait s'écarter s'il ne voulait pas la prendre trop vite. Depuis le soir où ils avaient dîné ensemble, il avait pris soin de maintenir une certaine distance entre eux. Il ne voulait pas la brusquer. Mais maintenant qu'il la tenait sur son lit, il entendait bien savourer chaque instant de la situation.

Il leva la tête et plongea son regard dans le sien. Elle le fixa avec des yeux immenses. Pendant un moment, ils cherchèrent chacun des réponses. Shane sourit très lentement.

— Ça, murmura-t-elle, et elle attira la bouche de Vance vers la sienne.

Elle ne s'attendait pas à la douceur de ce baiser. Les lèvres de Vance s'affairaient tendrement sur les siennes. Leurs deux respirations se mêlèrent et s'accordèrent sur un même rythme. Il parcourut son visage de petits baisers, revenant malgré tout encore et toujours à sa bouche impatiente. S'attarder, profiter, faire durer chaque instant, chaque saveur ; il n'avait que cela en tête. Le seul fait de savoir qu'il pouvait la toucher, l'embrasser et l'aimer lui permettait de contenir ses désirs exacerbés. À sa connaissance, c'était la première fois que son envie de donner du plaisir à une femme surpassait son envie de prendre le sien. Du plaisir, il pouvait lui en donner par ces baisers langoureux qui faisaient bouillir son propre sang dans ses veines. Il se contenta d'abord de ses lèvres et de sa langue pour l'exciter, jusqu'au moment où il sentit qu'elle brûlait d'aller plus loin.

L'effleurant à peine, Vance lui dégagea les bras et les épaules de sa parka en la soulevant légèrement pour faire passer le vêtement sous elle. Ses gestes étaient d'une telle sûreté et d'une telle douceur que Shane ne pouvait s'apercevoir du duel que se livraient en lui la tendresse et la passion. Sans se presser, il lui ôta son chemisier, faisant glisser sa bouche sur sa peau au fur et à mesure qu'il dénudait ses épaules. Shane soupira sous ses baisers qui descendirent le long de son bras et se transformèrent en mordillements à l'intérieur du coude. Luttant contre son désir de plus en plus impérieux, Vance promena ses lèvres jusqu'au poignet de la jeune femme.

Le vent pouvait bien souffler au-dehors, les feuilles mortes balayer le sol, Shane n'en avait pas conscience. Plus rien n'existait que les doigts de Vance jouant sur sa peau, l'empreinte chaude de sa bouche. Comblée, presque ensommeillée, elle passa les doigts dans l'épaisse masse de ses cheveux tandis qu'il lui mordillait le cou. Le frottement alangui de sa peau contre la sienne lui fit battre le cœur puissamment. Elle aurait pu rester là à jamais, flottant dans un monde à mi-chemin entre passion et sérénité.

Lentement, il entreprit son exploration vers le bas, dans un mouvement imperceptible. Il encercla son sein de baisers et de légers suçons, progressant jusqu'à ce qu'il en ait capturé la pointe. Celle-ci devint chaude et dure dans sa bouche tandis que Shane commençait à bouger sous lui. Il la suça en jouant de sa langue, les amenant tous deux au bord du délire. À présent, elle dégageait une énergie qui jaillissait en un flot de passion et d'impatience. Elle se plaqua contre lui en gémissant son prénom.

Mais il y avait tant encore à donner, tant encore à prendre… Avec une application délibérée, Vance répéta le même parcours électrisant autour de son autre sein, sentant Shane frissonner, écoutant cogner la tempête de son cœur sous sa bouche entreprenante et avide.

— Si douce, murmura-t-il. Si belle.

Il resta un moment le visage simplement niché contre son sein, luttant pour garder le contrôle de lui-même. Avec un gémissement de désir, Shane tendit la main vers lui comme pour ramener sa bouche vers la sienne, mais Vance glissa plus bas.

Saisissant ses hanches cambrées, il promena sa langue le long de sa peau frémissante. Shane sentit son jean se desserrer à la taille et elle se trémoussa pour l'aider à le lui retirer. Mais Vance se contenta de presser sa bouche au fond du triangle de peau dénudée. De nouveau Shane gigota, creusant les reins pour s'offrir à lui, mais il s'attardait, traçant des cercles alanguis avec sa langue.

Quand il lui tira le jean sur les hanches, elle ressentit chaque effleurement torride de ses doigts. Il descendit le long de ses cuisses, s'arrêtant pour en caresser l'intérieur satiné, puis le long de ses mollets pour doucement mordiller leurs muscles tendus, et arriva à ses chevilles, faisant remonter d'un léger coup de langue une bouffée de chaleur dévastatrice dans tout le corps de Shane.

Il trouva des zones érogènes dont elle ignorait l'existence. Puis il fut tout au cœur de son intimité et, dardant sa langue en elle, la catapulta par-delà les limites de la raison. Elle gémit son prénom, bougeant avec lui, bougeant pour lui, le corps et l'esprit tourmentés par de sombres délices palpitantes.

Vance l'entendit prononcer son prénom dans un râle et en fut excité. L'énergie de Shane, le geyser de sa passion, l'embrasait, le poussant à la caresser plus profondément de sa langue avant de la prendre tout entière. Sa saveur douce, si douce, accrut sa convoitise. Au fin fond de son esprit embrumé, il sentait bien qu'il n'était plus tendre envers elle, mais le désir lui fouettait le sang.

La folie s'empara de lui. Sa bouche parcourut sauvagement son corps tandis que ses doigts la menaient de sommet en sommet au pic suprême d'un plaisir étourdissant. Lorsqu'il trouva son sein, sa poitrine se soulevait et s'abaissait au rythme de sa respiration haletante. Si elle avait pu parler, Shane aurait supplié Vance de la prendre. Son monde tourbillonnait à une vitesse hallucinante, une vitesse qui défiait les limites de son imagination. Quand il écrasa sa bouche sur la sienne, elle répondit aveuglément. Il s'enfonça en elle.

Le flot d'énergie surgit de nulle part. C'était une force, une puissance qui pulvérisa les frontières du raisonnable et la projeta brutalement dans un univers impossible. Vance et elle se comblaient mutuellement, montant toujours plus haut et toujours plus vite jusqu'au paroxysme final. Ensemble, ils s'y cramponnèrent, secoués de frissons.

Depuis combien de temps gisait-il sur ce lit, Vance n'en savait trop rien. Peut-être même s'était-il assoupi. Lorsque son esprit commença à s'éclaircir, il s'aperçut que sa bouche était nichée contre la gorge de Shane, que celle-ci avait les bras passés autour de lui. Il était encore en elle et sentait les faibles pulsations d'un vestige de passion l'agiter au plus profond de son corps. Il resta encore un peu les yeux fermés : comment était-il possible d'être à la fois euphorique et rassasié ? Lorsqu'il bougea, par égard pour son confort, Shane resserra son étreinte pour le garder contre elle.

— Non, murmura-t-elle. Encore un peu.

Il rit tout en lui effleurant l'oreille d'un baiser.

— Tu arrives à respirer ?

— Je respirerai plus tard.

Satisfait, il enfouit de nouveau son visage au creux de son cou.

— J'aime le goût de ta bouche. Ça me pose un problème depuis la première fois que je t'ai embrassée.

— Un problème ? s'étonna-t-elle d'un air lascif, en parcourant les muscles de son dos d'une caresse expérimentale. Ça ne sonne pas vraiment comme un compliment.

— Ça te plairait d'en entendre un ?

Il appuya sa bouche contre sa peau.

— Tu es la créature la plus exquise que j'aie jamais vue.

Shane accueillit cette information avec un petit rire narquois.

— Ton premier compliment était un peu plus crédible.

Vance releva la tête et la dévisagea. Même ensommeillés par la passion, ses yeux brillaient d'amusement.

— Tu ne t'en rends pas compte, n'est-ce pas ? dit-il d'un ton songeur.

N'avait-elle pas idée de l'effet que sa peau satinée et ses grands yeux de biche pouvaient provoquer chez un homme, combinés à sa vivacité bien particulière ? Ne voyait-elle pas le pouvoir que renfermait l'absolue innocence lorsqu'elle était contrebalancée par une bouche sensuelle et une sexualité franche et ouverte ?

— Tu la perdrais si tu le savais, murmura-t-il presque pour lui-même. Et si je te disais que j'aime ton nez ?

Elle le considéra quelques secondes d'un air méfiant.

— Si tu me sors que je suis mignonne, je te cogne.

Il pouffa, puis embrassa l'une après l'autre ses joues creusées de fossettes.

— Tu sais depuis quand je rêve de ce moment ?

— Depuis notre première rencontre au magasin général.

Elle sourit en le voyant relever la tête.

— J'ai ressenti la même impression. C'était comme si j'avais passé ma vie à t'attendre.

Vance appuya son front contre le sien.

— J'étais furieux.

— J'étais stupéfaite. J'en ai oublié mon café.

Ils rirent jusqu'à ce que leurs lèvres se rencontrent.

— Tu as été affreusement impoli ce jour-là, se souvint-elle.

— Exprès.

Il ramena sa bouche vers la sienne.

— Je voulais me débarrasser de toi.

— Tu as vraiment cru que tu y arriverais ?

Elle lui mordilla la lèvre inférieure en gloussant.

— Tu ne sais donc pas reconnaître une femme déterminée quand tu en vois une ?

— J'aurais très bien pu me débarrasser de toi si j'avais été capable de fermer l'œil la nuit sans avoir ton image imprimée sur la rétine.

— Vraiment, c'est ce que tu éprouvais ? Pauvre Vance…, se moqua-t-elle en lui donnant un baiser compatissant.

— Je suis sûr que tu es navrée de m'avoir fait perdre le sommeil.

Shane laissa échapper un rire suspect. Vance releva la tête et vit qu'elle se mordait fermement la lèvre inférieure.

— Je serais sincèrement navrée, affirma-t-elle, si je ne pensais pas que c'est merveilleux.

— J'avais souvent envie de t'étrangler sur le coup de 3 heures du matin.

— Je n'en doute pas, rétorqua-t-elle calmement. Pourquoi ne m'embrasses-tu pas plutôt ?

Ce qu'il fit, brutalement, comme si tous ses désirs contenus menaçaient de l'embraser de nouveau.

— Le jour où tu t'es retrouvée assise le derrière dans la boue, en train de rire comme une idiote, j'avais tellement envie de toi que c'en était douloureux. Bon sang, Shane, tu m'as chamboulé la raison pendant des semaines !

Il plaqua sa bouche contre la sienne avec le soupçon de colère qu'elle connaissait bien. Elle lui caressa la nuque d'une main apaisante.

Quand il releva la tête, leurs yeux se croisèrent en un long et profond regard. Shane posa la main sur sa joue.

Tant de conflits, songea-t-elle. *Tant de secrets.*

Tant de douceur, songea-t-il. *Tant de franchise.*

— Je t'aime, dirent-ils en même temps avant de se dévisager, stupéfaits.

Ils restèrent un moment sans bouger ni parler. On aurait dit que jusqu'à leur respiration s'était arrêtée au même instant. Puis, dans un élan partagé, ils s'étreignirent cœur contre cœur, lèvres contre lèvres. Ce qui avait commencé comme la rencontre de deux bouches s'adoucit, se fit plus tendre et se transforma en promesse.

Vance ferma les yeux, submergé par des vagues de soulagement et la montée du plaisir. Il sentit Shane frissonner et l'enlaça plus fort.

— Tu trembles. Pourquoi ?

— Tout est trop parfait, répondit-elle d'une voix mal assurée. Ça me fait peur. Si je devais te perdre maintenant…

— Chut…

Il l'interrompit d'un baiser.

— Tout *est* parfait.

— Oh, Vance, je t'aime tellement ! J'ai attendu pendant des semaines que tu m'aimes en retour, et maintenant…

Elle lui prit le visage entre les mains et secoua la tête.

— Maintenant que tu m'aimes, j'ai peur.

Il planta son regard dans le sien, et sentit monter en lui un violent sentiment de passion et de possession. Elle était à lui désormais ; rien ne pourrait changer cela. Fini les erreurs, fini les déceptions. Il l'entendit retenir sa respiration puis frissonner.

— Je t'aime, déclara-t-il avec fougue. Je vais te garder, tu entends ? Nous sommes faits l'un pour l'autre. Nous le savons tous les deux. Rien, je te le jure, rien ne pourra jamais nous séparer.

Il la prit dans un élan sauvage où se mêlaient désir et désespoir, ignorant l'ombre d'inquiétude qui le guettait par-dessus son épaule.

9

Quand Shane s'éveilla, il faisait nuit. Elle n'avait aucune notion de l'heure ni du lieu où elle se trouvait, seul comptait le profond sentiment de sécurité et de satisfaction intérieure qu'elle éprouvait. Le poids d'un bras autour de sa taille était signe d'amour ; la calme respiration à son oreille, signe que son amant dormait à son côté. Cela suffisait à son bonheur.

Combien de temps avaient-ils dormi ? se demanda-t-elle paresseusement. Elle avait fermé les yeux au moment où le soleil se couchait. À présent, la lune était haute. Sa froide lumière blanche filtrait des fenêtres pour se répandre en travers du lit. Shane se déplaça légèrement et tourna la tête en arrière pour observer le visage de Vance. Dans la faible luminosité, elle discernait l'arrondi d'une pommette et le contour de la mâchoire, le nez fort et droit. Du bout des doigts, elle effleura doucement sa bouche en prenant bien garde de ne pas le réveiller. Tant qu'il dormait, elle pouvait le contempler tout son soûl.

Il avait un visage puissant, dur même, songea-t-elle, au teint mat et aux angles accusés. Sa bouche pouvait être cruelle, ses yeux glacés. Même dans sa façon de faire l'amour, il avait en lui une sorte de domination impitoyable. Dans ses bras, une femme pouvait peut-être se sentir en sécurité, mais jamais tout à fait tranquille. La vie avec lui regorgerait constamment d'exigences, de disputes et de passion.

Et il m'aime, pensa-t-elle dans une sorte de terreur émerveillée.

Dans son sommeil, Vance bougea et l'attira à lui. Leurs deux corps nus s'épousèrent intimement et Shane fut remuée par une sourde palpitation de désir. Sa peau s'embrasa contre la sienne, parcourue de picotements à ce contact. Son cœur se mit à cogner à un rythme désordonné contre les lents et réguliers battements de cœur de son amant. Son désir n'avait jamais été aussi impérieux, pourtant Vance ne bougeait pas, il restait allongé près d'elle, profondément enfoui dans ses rêves.

Il en serait toujours ainsi, comprit-elle en nichant sa tête au creux de son épaule. Il ne lui accorderait que très peu de quiétude. Et même si la paix lui était toujours apparue comme une sorte d'évidence, Shane était désormais prête à se la voir confisquée avec joie. Cet homme était son destin ; elle l'avait su dès le premier instant. À présent, elle se sentait liée à lui comme après des dizaines d'années de mariage.

Elle resta un long moment les yeux ouverts, à l'écouter dormir, sentant sa poitrine s'abaisser et se soulever à un rythme régulier contre ses seins. *Cela ne changera jamais*, se dit-elle. Ce besoin de s'étreindre l'un l'autre. Elle se lova quelques instants contre lui, emplissant ses poumons de son odeur. Toute sa vie, elle se rappellerait chaque seconde, chaque mot échangé au cours de leur première union. L'âge venu, elle n'aurait pas besoin de journal intime pour se remémorer le feu ardent de leur jeunesse. Le passage du temps ne ternirait pas le souvenir de ses sentiments.

Dans un soupir, elle effleura ses lèvres d'un baiser. Il ne broncha pas : rêvait-il d'elle ? Elle aurait bien voulu et, fermant les yeux, elle le lui intima de toute la force de son esprit. Elle s'écarta de lui avec précaution, puis se glissa doucement hors du lit. Leurs vêtements gisaient par terre en tas éparpillés. Shane tomba par hasard sur la chemise de Vance et l'enfila avant de quitter la chambre.

L'odeur de Shane imprégnait encore la taie d'oreiller. Ce fut la première sensation qui pénétra l'esprit de Vance tandis qu'il émergeait peu à peu du sommeil. Ce parfum lui allait si bien – une fragrance fraîche, pure, terminée par une légère note de citron. Paresseusement, Vance la laissa s'insinuer en lui. Même quand il dormait, Shane occupait toutes ses pensées. Il éprouvait une légère raideur dans l'épaule à l'endroit où elle avait posé sa tête. Il effectua quelques rotations du bras pour détendre ses muscles engourdis et tendit la main pour l'attirer à lui. Il s'aperçut qu'il était seul. Ouvrant les yeux, il murmura son prénom.

Vance ressentit une désorientation temporelle. La chambre était à peine éclairée par la lueur de la lune et, l'espace d'un instant, il crut avoir rêvé tout ce qui s'était passé. Mais les draps étaient encore tièdes de la chaleur de Shane, et son parfum flottait encore. Non, ce n'était pas un rêve. Une vague de soulagement le submergea. Il l'appela doucement. C'est alors qu'il sentit l'odeur du bacon. Dans le noir, il sourit d'un air idiot et se laissa aller en arrière. Dans le silence de la chambre, il entendit vaguement la voix de Shane qui chantait une rengaine populaire parfaitement niaise.

Elle devait être dans la cuisine. Il resta immobile, l'oreille tendue. Elle fouillait dans les placards dans un bruit de vaisselle entrechoquée. De l'eau coula d'un robinet. L'odeur de bacon s'intensifia. Combien de temps avait-il dû attendre pour éprouver cette sensation ? Il se sentait... *épanoui*. Si jusqu'à ce jour il avait ignoré être en attente, il savait en revanche ce qu'il avait trouvé. Shane comblait le vide qui l'avait tourmenté pendant des années, apaisait une vieille blessure envenimée. Elle était la réponse à toutes ses questions.

Et toi, que lui apporteras-tu ? l'interrogea sa conscience. Vance ferma les yeux. Il se connaissait trop pour prétendre offrir à Shane une vie sereine et sans heurts. Il avait un tempérament trop versatile, des responsabilités trop envahissantes. Même en s'arrangeant sur ces deux points, il ne pouvait lui faire miroiter une douce scène de bonheur pastoral. Sa vie, passée, présente et future, comportait trop de complications. Jusqu'à leur première nuit ensemble qui allait devoir être gâchée par l'un de ses fantômes. Il fallait qu'il lui parle d'Amelia. Une bouffée de rage l'envahit, suivie d'un désagréable frisson de peur.

Non, cette peur-là, il ne la tolérerait pas, décida-t-il en se levant rapidement du lit. Rien ni personne ne se mettrait en travers de son bonheur. Ni l'ombre de sa femme disparue ni les exigences d'une entreprise tyrannique n'allaient lui prendre Shane. C'était une femme forte, se rappela-t-il, s'efforçant de surmonter son appréhension. Il pourrait lui faire voir son passé tel qu'il était : une période qui s'était déroulée avant elle. Peut-être serait-elle choquée d'apprendre qu'il était à la tête d'une société de plusieurs millions de dollars mais, une fois révélée, la situation serait difficilement susceptible de lui déplaire. Il allait tout lui dire et repartir de zéro. Cela fait, il pourrait lui demander de l'épouser. Si des ajustements professionnels s'avéraient nécessaires, il les accomplirait. Il avait déjà sacrifié son rêve de jeunesse dans l'intérêt de la société, il ne lui sacrifierait pas Shane. Tout en enfilant son jean, Vance tenta d'élaborer la meilleure façon de lui avouer la vérité et, peut-être plus important encore, de lui expliquer pourquoi il ne l'avait pas fait plus tôt.

Shane ajouta une pincée de thym à la soupe en boîte qu'elle faisait chauffer. Lorsqu'elle se mit sur la pointe des pieds pour attraper un bol sur l'étagère, le bas de la chemise de Vance frôla ses cuisses nues. Elle avait les cheveux en bataille et les joues en feu. Vance l'observa un moment depuis le seuil de la porte. Puis, en trois enjambées, il fut derrière elle et lui enlaça la taille en nichant son visage au creux de son cou.

— Je t'aime, murmura-t-il d'une voix grave et farouche. Mon Dieu, que je t'aime !

Avant qu'elle ait pu répondre, il la fit pirouetter et captura sa bouche. À la fois surprise et excitée, Shane se cramponna à lui, chancelante d'émotion. Mais elle lui rendit son baiser avec une passion égale, la bouche douce et consentante, jusqu'à ce qu'il l'écarte de lui d'un geste lent. La flamme de leur désir retombée en incandescence, Vance regarda Shane et sourit.

— Si tu veux me rendre fou, tu n'as qu'à enfiler une de mes chemises.

— Si j'avais su le genre de résultats que j'obtiendrais, je l'aurais fait des semaines plus tôt !

Souriant à son tour, Shane noua les mains autour de son cou.

— J'ai pensé que tu aurais faim. Il est 20 heures passées.

— J'ai senti l'odeur de la nourriture, expliqua-t-il avec un large sourire. C'est pour ça que je suis descendu.

— Oh…, fit-elle. C'est la seule raison ?

— Quoi d'autre ?

Shane voulut répliquer mais éclata de rire tandis que Vance enfouissait son visage dans son cou.

— Tu aurais pu inventer quelque chose, suggéra-t-elle.

— Si ça peut te rasséréner, je pourrais te dire que j'étais incapable de rester loin de toi plus longtemps…

Il l'embrassa jusqu'à ce qu'elle se retrouve pantelante et sans force entre ses bras.

— Que lorsque je me suis réveillé, j'ai vu que tu n'étais plus là, que je suis resté au lit à t'écouter t'affairer dans la cuisine et que j'ai su que je n'avais jamais été aussi heureux de ma vie. Ça t'irait ?

— Oui, je…

Elle soupira en sentant ses mains caresser son dos sous l'ample chemise. Derrière elle, le bacon crépitait et sifflait dans la poêle.

— Arrête, Vance, sinon le repas va brûler.

— Quel repas ?

Il pouffa, ravi de la voir se libérer de son étreinte les joues en feu et le souffle saccadé.

— Soupe à la tomate perso spécialement modifiée par mes soins, accompagnée de mes célèbres sandwichs bacon-laitue-tomate plusieurs fois primés dans les plus grands concours culinaires.

Il l'attira à lui pour la câliner encore dans le cou.

— Mmm, ça sent drôlement bon. Toi aussi, d'ailleurs.

— C'est ta chemise, affirma-t-elle en se dégageant de nouveau de ses bras. Elle sent l'odeur des copeaux.

Shane ôta adroitement le bacon grésillant de la poêle pour l'égoutter.

— Si tu veux du café, l'eau est encore chaude.

Vance la regarda mettre la dernière touche à ce repas frugal. Shane faisait plus que remplir sa cuisine d'odeurs de nourriture et de bruits de casseroles, ainsi que lui-même l'avait fait ces dernières semaines. Elle la remplissait de vie. Malgré tous ses efforts pour réparer, rénover et réaménager sa maison, celle-ci était restée vide. Vance réalisait à présent que, sans Shane, elle demeurerait à jamais inachevée.

Il ne pourrait jamais vivre ici sans elle – ni ici ni ailleurs. Il fut traversé par la vision fugitive de la grande maison blanche située dans la banlieue chic de Washington – la maison qu'il avait achetée pour Amelia. Elle comportait une piscine ovale abritée par un mur de briques blanches, une roseraie à la française aux chemins dallés, ainsi qu'un court de tennis en terre battue. Deux femmes de ménage, un jardinier et une cuisinière. Du temps où Amelia était encore en vie, la demeure comptait une femme de chambre supplémentaire attachée à son service exclusif. Son dressing à lui seul était plus vaste que la cuisine où Shane était en train de préparer une soupe et des sandwichs. Il y avait un boudoir orné d'un petit meuble en bois de rose qui plairait beaucoup à Shane et de lourdes tentures damassées qu'elle détesterait.

Non, décida-t-il, pas question d'y retourner pour le moment, pas plus que de demander à Shane de partager ses démons. Il n'avait aucun droit d'exiger qu'elle affronte une situation qu'il commençait à peine à résoudre lui-même. Mais il faudrait bien lui parler un peu de son précédent mariage, et de son travail, avant de pouvoir enterrer le passé.

— Shane…

— Assieds-toi, ordonna-t-elle, occupée à verser la soupe dans des bols. Je meurs de faim. Cet après-midi, j'ai sauté le déjeuner pendant que je marchandais cette magnifique table Sheridan. J'ai payé un peu trop cher pour la pendule, mais je me suis rattrapée sur la table et les salières.

— Shane, il faut que je te parle.

D'une main habile, elle coupa un sandwich en deux.

— Pas de problème, je peux parler et manger en même temps. Je vais boire du lait. Même moi, je me rends compte que ton café instantané est effroyable.

Elle s'affairait çà et là, posant les bols et les assiettes sur la table, fouillant dans le réfrigérateur. Vance fut soudain frappé par la vision de sa vie telle qu'elle était avant que Shane n'y fasse irruption : son rythme effréné, ses exigences, son travail qui en définitive ne lui avait rien apporté. Si jamais il la perdait… Cette pensée lui était insupportable.

— Shane.

Il l'interrompit brutalement en lui enserrant fermement les bras. Levant les yeux vers lui, elle fut surprise par l'intensité de son regard.

— Je t'aime. Tu me crois ?

Il resserra douloureusement son emprise en lui posant cette question, mais Shane n'émit aucune protestation.

— Oui, je te crois.

— Me prendras-tu simplement tel que je suis ? s'enquit-il.

— Oui.

Sans l'ombre d'une hésitation, d'une vacillation dans la voix. Vance l'attira à lui.

Quelques heures, c'est tout, demanda-t-il, le visage crispé. Encore quelques heures sans questions, sans passé. Ce n'était pas excessif comme requête.

— Il y a certaines choses que je dois te dire, Shane, mais pas ce soir.

Sa tension s'estompa et l'étau de ses mains se mua en caresse.

— Ce soir, je veux seulement te dire que je t'aime.

Devinant le tumulte intérieur qui agitait Vance, et désireuse de l'apaiser, Shane tourna la tête vers lui.

— Pour ce soir, c'est tout ce que j'ai besoin de savoir. Je t'aime, Vance. Quoi que tu puisses me dire, ça n'y changera rien.

Elle l'embrassa sur la joue et sentit son corps se détendre un peu. D'un côté, elle avait envie de le cajoler pour qu'il lui confie ce qui provoquait une telle tempête en lui, mais de l'autre, elle ressentait le même besoin d'isolement que Vance. C'était leur nuit. Les problèmes étaient faits pour la journée, pour une ambiance plus prosaïque.

— Viens, dit-elle sur un ton léger, le repas est en train de refroidir.

Elle le fit rire en l'enlaçant avec fougue.

— Quand je concocte un menu gastronomique, j'entends bien qu'on l'apprécie à sa juste valeur.

— Bien sûr, affirma-t-il en l'embrassant sur le nez.

— Bien sûr quoi ?

— Que je l'apprécie. Et toi aussi.

Il déposa un deuxième baiser sur sa bouche et suggéra :

— Allons dans le salon.

— Le salon ?

Shane plissa le front, perplexe, puis son regard s'éclaira.

— Oh, je suppose qu'on y aura plus chaud.

— C'est exactement ce que j'avais en tête, murmura-t-il.

— J'ai jeté deux bûches dans le feu quand je suis descendue.

— Tu penses vraiment à tout, Shane, déclara-t-il, admiratif, en lui prenant le bras pour l'entraîner hors de la cuisine.

— Vance, il nous faut prendre le repas.

— Quel repas ?

Shane rit et fit mine de retourner chercher les plats, mais il la propulsa dans le salon chichement meublé, éclairé par un feu de cheminée.

— Vance, dans une minute, il va falloir réchauffer la soupe.

— Elle sera succulente, affirma-t-il en commençant à déboutonner la chemise dans laquelle elle flottait.

— Vance ! s'exclama Shane en repoussant ses mains. Sois sérieux !

— Je le suis, répliqua-t-il d'un ton raisonnable tout en l'allongeant sur le tapis tressé de forme ovale. À mort.

— En tout cas, ce n'est pas moi qui irai la remettre à chauffer, prévint-elle tandis que, appuyé sur un coude, Vance défaisait les boutons restants.

— Personne ne te le reprochera, assura-t-il en écartant les pans de la chemise. Froide, elle sera excellente.

Shane eut un reniflement de mépris.

— Froide, elle sera infecte.

— Tu as faim ? s'enquit-il d'un ton léger, en prenant un de ses seins au creux de sa paume.

Shane leva les yeux vers lui. Il vit son visage se creuser de fossettes fugaces.

— Oui !

Vive comme l'éclair, elle se coucha sur le torse de Vance, sa bouche collée avidement à la sienne.

Il resta interdit devant l'ardeur et la rapidité de sa passion. Alors qu'il comptait la taquiner, titiller lentement ses désirs, elle avait brusquement pris le contrôle de la situation. Sa bouche était impatiente, exigeante ; Shane le mordillait de ses petites dents et sa langue agile l'excitait si vivement qu'il l'aurait renversée sur le dos pour la prendre sur-le-champ si ses membres n'avaient été pris d'une étrange torpeur. Bien qu'elle fût légère comme une plume, il ne put la maîtriser lorsqu'elle alla lui faire des choses habiles et torturantes à l'oreille. Ses mains s'affairaient également, lui prenant les cheveux à pleine poigne, passant sans s'attarder sur ses épaules et sa poitrine, pour trouver et exploiter de petites zones érogènes tout à fait dévastatrices.

Il tenta de lui enlever sa chemise, trop étourdi de désir pour s'apercevoir que ses mains tremblaient, et s'acharna maladroitement à tirer dessus sans résultat. Ivre de son propre pouvoir, Shane laissa échapper un rire bref, presque nerveux.

— Trop tôt, lui chuchota-t-elle à l'oreille. Beaucoup trop tôt.

Vance jura, mais sa malédiction s'acheva en gémissement quand elle apposa ses lèvres sur sa gorge. Shane brûlait de la même flamme que lui, mais elle était bien décidée à l'amener au summum du plaisir. Elle prit conscience avec une certaine griserie que, par de simples baisers et caresses, elle pouvait le rendre faible et vulnérable. Sous sa bouche aventureuse, la peau de Vance devint moite et brûlante. Il la toucha là où il pouvait l'atteindre, mais il y avait quelque chose de distrait dans ses caresses, comme s'il avait dépassé son premier sentiment de désespoir rageur. En dépit de sa force et de sa puissance, il avait capitulé face au pouvoir de Shane.

La lumière des flammes ondula et bondit, accompagnée par un craquement en provenance de l'âtre. Une bûche éclata et s'effondra dans une gerbe d'étincelles. Le vent se remit à souffler, refoulant vers le bas du conduit une bouffée de fumée stagnante qui tenta mollement de rivaliser avec les relents de bacon frit. Ni Shane ni Vance ne s'en aperçurent.

Sous son oreille, elle entendait les battements sourds du cœur de son amant ainsi que le bruit saccadé de sa respiration haletante. S'emparant de nouveau de sa bouche, elle l'embrassa profondément, se remplissant de lui, sachant qu'elle le vidait de son essence. Elle se repaissait avec volupté de son corps, découvrant ses angles, autorisant sa langue à se mêler à la sienne. Puis elle entreprit son voyage le long de sa gorge.

Il murmura son nom comme dans un rêve. Shane s'enhardit. À coups de baisers fermes et rapides, elle descendit le long de son torse jusqu'à son ventre plat et musclé. Vance sursauta comme sous l'effet d'une décharge électrique. Elle pressa ses lèvres contre sa peau brûlante, lui arrachant un gémissement, puis se mit à dessiner des cercles d'une langue presque paresseuse.

Shane était dans un état d'excitation à peine soutenable. Vance était à elle, elle se familiarisait avec tous ses secrets. Comme en apesanteur, elle se sentait capable de tout. Un désir lancinant grandissait au creux de son ventre, mais son envie d'apprendre et d'explorer fut la plus forte. Avec une sorte de gourmandise avide, elle parcourut son corps de sa bouche et de ses mains, se délectant sans retenue de la saveur de l'homme – *son* homme. Sur la poitrine de Vance, une traînée de poils s'amenuisait vers le bas. Shane la suivit.

Lentement, d'une main légère, elle lui desserra son jean et entreprit de le lui baisser sur les jambes. Curieuse, elle déplaça ses lèvres vers sa hanche et descendit jusqu'à sa cuisse.

Elle l'entendit crier son nom d'une voix rauque, désespérée, mais elle était fascinée par les muscles saillants de ses cuisses. *Il est si fort*, songea-t-elle tandis que son cœur se mettait à cogner douloureusement. Elle fit courir ses doigts le long de sa jambe, excitée par sa sveltesse et ses muscles bandés. Elle tâta le terrain, et sa langue vint prendre le relais de ses mains, enfin ce fut le tour de ses dents. Vance remua sous elle, murmurant des mots inaudibles entre deux halètements précipités. Il avait un goût fait de masculinité et de mystère. Jamais elle ne pourrait s'en rassasier.

Mais il était au bord de la folie. Les doigts déliés de Shane, sa langue le faisaient passer par des hauts et des bas d'une telle intensité que chacun de ses souffles lui coûtait un effort surhumain. Tout son corps vibrait de plaisir et de douleur, son sang bouillonnait d'une passion à la fois torride et frustrante. Il avait envie qu'elle prolonge ses caresses qui le rendaient fou, mais en même temps il brûlait de la prendre rapidement avant de perdre la raison. Alors, lentement, la petite bouche avide de Shane remonta nonchalamment vers son ventre, faisant frissonner sa peau d'un nouvel accès de moiteur. L'excitation était intolérable et surpassait en merveilleux tout ce qu'il avait connu. Shane l'effleurait de ses seins aux pointes dures et dressées, lui donnant l'envie folle d'y goûter. Au lieu de quoi, elle lui donna ses lèvres. Elle était allongée sur lui de tout son long, et son corps agile était un brasier.

— Shane, je t'en supplie, souffla-t-il en essayant de l'attraper.

Alors elle glissa sur lui et, poussant un soupir frissonnant de triomphe, le fit pénétrer en elle.

Vance sentit sa raison basculer. Inconscient de ses actes, il la fit brutalement rouler sur le dos, s'enfonçant en elle avec toute l'ardeur sauvage et désespérée qu'il avait contenue jusque-là. La passion l'ébranla jusqu'au tréfonds de son âme. Il délirait de désir.

Shane cria en cambrant son bassin pour le rejoindre, mais il était au-delà de tout contrôle. Il se mit à aller et venir en elle de plus en plus vite, de plus en plus fort, ignorant la morsure de ses ongles s'enfonçant dans sa chair, à peine conscient de son souffle court et laborieux. Elle se colla contre lui alors même que leurs deux corps ne pouvaient être plus proches. Il la conduisit et l'accompagna jusqu'à un sommet dangereusement élevé. Même la chute fut bouleversante de volupté.

Sous lui, Shane était secouée de frissons, étourdie, faible, puissante. Vance fit courir un doigt circonspect sur son bras avant de l'enserrer de sa main. Son pouce et son index se rejoignirent.

— Tu es si petite, murmura-t-il. Je ne voulais pas être brutal.

Shane lui caressa les cheveux.

— Tu as été brutal ?

Il soupira, et son soupir s'acheva en un gloussement.

— Shane, tu me rends fou. En général, je ne moleste pas les femmes.

— Je ne pense pas que ce soit le moment d'en discuter, objecta-t-elle sèchement.

Il s'appuya sur un coude afin de pouvoir la regarder.

— Tu préfères que je te dise que tu provoques en moi de violents accès de passion ?

— Ce serait infiniment mieux.

— Il se trouve que c'est la vérité, murmura-t-il.

Elle lui sourit, caressant son épaule et son bras aux muscles durs avant de s'enquérir :

— Ça te contrarie ?

— Non, affirma-t-il d'un ton catégorique en couvrant sa bouche rieuse de la sienne.

— En fait, dit-elle d'un air réfléchi, étant donné que tu me fais le même effet, ce n'est que justice.

Il aimait voir sur son visage cette expression ensommeillée d'après l'amour. Elle avait le regard doux et les paupières lourdes, la bouche légèrement tuméfiée. La lumière du feu dansait sur sa peau, dessinant des ombres mouvantes sur fond de halo rougeoyant.

— J'aime ta logique.

Doucement, il sculpta du bout du doigt la forme de son visage, imaginant l'impression qu'il aurait à s'éveiller tous les matins à son côté. Shane lui saisit la main et pressa sa paume contre ses lèvres.

— Je t'aime, dit-elle avec douceur. Te lasseras-tu un jour de l'entendre ?

— Non.

Il lui embrassa le front, puis la tempe. Glissant un bras sous elle, il l'attira à lui.

— Non, répéta-t-il dans un soupir.

Shane se blottit contre lui en lui caressant négligemment le torse.

— Le feu décline, murmura-t-elle.

— Hmm…

— On devrait rajouter du bois.

— Hmm-hmm.

— Vance.

Elle leva la tête vers lui : il avait les yeux clos.

— Tu n'as pas intérêt à t'endormir ! J'ai faim.

— Mon Dieu, cette femme est insatiable !

Après un long soupir, il lui prit un sein à pleine main.

— Je pourrais peut-être trouver l'énergie nécessaire, à condition qu'on me donne une bonne motivation.

— Je veux mon dîner, exigea-t-elle d'un ton ferme, mais sans rien faire pour arrêter sa main caressante. C'est *toi* qui vas aller réchauffer la soupe.

— Oh…

Vance réfléchit un moment en passant un doigt languide sur la pointe de son sein.

— Tu n'as pas peur que j'interfère avec ta fameuse touche perso ?

— Non, déclara-t-elle d'un ton sans appel. J'ai toute confiance en toi.

— C'est bien ce que je pensais, répliqua-t-il en s'asseyant pour remonter son jean.

Il se pencha sur elle et lui planta un bref baiser sur la bouche.

— *Toi*, en revanche, tu peux jeter quelques bûches dans le feu.

Mais après qu'il fut parti vers la cuisine, Shane resta un moment allongée à rêvasser. Le crépitement du feu était réconfortant. Elle resserra autour d'elle les pans de la chemise de Vance en douce flanelle et sourit en sentant son odeur qui l'imprégnait encore. Pouvait-il réellement avoir besoin d'elle à ce point ? se demanda-t-elle, l'esprit ensommeillé. L'amour, oui, le désir, oui, mais son instinct profond lui soufflait qu'il avait tout simplement besoin d'elle. Pas juste pour faire l'amour, pour la tenir dans ses bras, mais pour *sa présence*. Même si elle ignorait de quoi il retournait exactement, Shane savait qu'elle avait quelque chose – ou qu'elle était quelque chose – dont Vance avait besoin. Quoi qu'elle lui apportât, cela suffisait à faire contrepoids à sa colère, à sa méfiance. Une fois de plus, elle s'interrogea brièvement sur ce qui l'avait conduit à se barricader derrière son cynisme. La déception, avait-il dit. Qu'est-ce qui l'avait déçu ? Qui ? Une femme, un ami, un idéal ?

Elle regarda les braises rouges qui grésillaient dans l'âtre et réfléchit. Sa colère était toujours en lui. Elle l'avait sentie lorsqu'il lui avait demandé si elle le prendrait tel qu'il était. *Patience*, se dit-elle. Il lui fallait être patiente le temps qu'il soit prêt à partager ses secrets avec elle. Mais il était bien difficile de l'aimer sans essayer de l'aider. Secouant la tête d'un air résigné, elle s'assit pour reboutonner sa chemise ; il lui faudrait pourtant se plier à cette règle. Demain arriverait bien assez vite pour leur donner l'occasion de régler ces problèmes. D'une main experte, elle disposa d'autres bûches sur les braises avant de retourner dans la cuisine.

— Il était temps, lâcha Vance nonchalamment alors qu'elle passait la porte. Il n'y a rien que je déteste plus que de devoir manger froid.

Shane lui lança un drôle de regard.

— Quel sans-gêne de ma part !

Vance remit les bols sur la table et haussa les épaules :

— Enfin, il n'y a pas mort d'homme, admit-il avec indulgence.

Shane prit une chaise et croisa ses yeux qui pétillaient d'humour.

— Café ?

— Pas le tien, refusa-t-elle d'un ton sans appel. Il est atroce.

— Je suppose que, si quelqu'un tenait vraiment à moi, cette personne veillerait à ce que je puisse boire un café convenable tous les matins.

— Tu as raison, approuva Shane en levant sa cuillère. Je vais t'acheter une machine à café.

Et, un grand sourire aux lèvres, elle se mit à manger. La soupe avait une saveur chaude et épicée qui lui fit fermer les yeux de plaisir.

— Je meurs de faim !

— Tu n'es vraiment pas raisonnable de sauter des repas, commenta Vance avant de s'attaquer lui aussi au contenu de son bol.

Très vite, il s'aperçut qu'il était lui aussi affamé.

— Ça valait le coup, lança-t-elle en lui décochant un sourire. La Sheridan que j'ai achetée est fabuleuse.

Voyant qu'il se contentait de hausser un sourcil sceptique, elle pouffa :

— Ensuite, je comptais bien prendre un dîner tôt, mais… j'ai été distraite.

Vance se pencha pour lui prendre la main. D'un geste tendre, il la porta à ses lèvres avant de lui mordre une phalange.

— Aïe !

Shane retira brusquement sa main tandis qu'il s'emparait de son sandwich.

— Je n'ai jamais dit que ce n'était pas une distraction agréable, précisa-t-elle au bout d'un moment. Même si tu m'as vraiment mise hors de moi.

— C'était réciproque, l'assura-t-il doucement.

— Au moins ai-je réussi à dominer ma colère, répliqua-t-elle d'un air pincé.

Elle le dévisagea d'un regard froid tandis qu'il s'étouffait sur sa soupe.

— J'avais bien envie de te coller mon poing dans la figure, expliqua-t-elle. De te mettre un bon pain !

— Là encore, c'était réciproque.

— Tu n'es pas un gentleman, l'accusa-t-elle, la bouche pleine.

— Ah ça, non ! confirma-t-il.

Il hésita un instant, choisissant ses mots avec soin.

— Shane, tu veux bien attendre encore un peu avant de vendre cet ensemble de salle à manger ?

— Vance…, commença-t-elle, mais il lui prit la main de nouveau.

— Ne me reproche pas de m'en être mêlé. Je t'aime.

Shane remua sa soupe en la fixant d'un œil soucieux. Pas question de dire à Vance combien il était urgent qu'elle paie ses factures. D'abord, elle était tout à fait confiante : entre son stock actuel et la petite somme d'argent qu'il lui restait, elle parviendrait à redresser ses finances. Qui plus est, elle ne voulait surtout pas lui faire porter le poids de ses problèmes.

— Je sais que tu as agi par affection, dit-elle d'un ton mesuré. Et j'apprécie, vraiment. Reste que, pour moi, l'important c'est de faire marcher la boutique.

Elle leva les yeux pour affronter son regard perplexe et reprit :

— Je n'ai pas échoué en tant que professeur, mais ça n'a pas non plus été un succès. Ce coup-ci, je dois vraiment réussir.

— En vendant le seul souvenir tangible qu'il te reste de ta grand-mère ?

Il vit aussitôt qu'il avait touché un point sensible.

— Shane…

— Non. C'est dur pour moi, je ne vais pas prétendre le contraire.

Elle laissa échapper un long soupir de lassitude.

— Je ne suis pas quelqu'un de très pratique à la base mais, dans ce cas précis, j'y suis obligée. Je n'ai nulle part où mettre cet ensemble et il a beaucoup de valeur. L'argent qu'il rapportera au magasin me maintiendra à flot pendant un bon bout de temps. Et même plus…

Sa voix se brisa et elle secoua légèrement la tête :

— Je ne sais pas si tu peux comprendre, mais je trouve plus pénible de l'avoir sous les yeux en sachant qu'il doit être vendu que s'il était déjà parti.

— Laisse-moi l'acheter. Je pourrais…

— Non !

— Shane, écoute-moi.

— *Non !*

Retirant sa main de la sienne, elle se leva et alla s'appuyer contre l'évier. Elle resta un moment à contempler par la fenêtre les arbres éclaboussés de clair de lune.

— Je t'en prie, c'est très gentil de ta part, mais je ne pourrais pas accepter une chose pareille.

Frustré, Vance se leva, la prit par les épaules et l'attira dos contre lui. *Et maintenant*, se dit-il, *par quel bout commencer à lui expliquer ?*

— Shane, tu ne comprends pas. Je ne peux pas supporter de te voir souffrir, de te voir travailler si dur alors que je pourrais…

— Vance, s'il te plaît.

Elle se tourna vers lui. Ses yeux bien que secs n'en étaient pas moins éloquents.

— Je fais ce que j'ai à faire, et ce que j'ai envie de faire.

Elle serra très fort les mains de Vance.

— Ne crois pas que je n'apprécie pas ta volonté de m'aider. Je ne t'en aime que plus.

— Alors, laisse-moi t'aider, commença-t-il. Si c'est juste une question d'argent qui presse…

— Tu serais millionnaire que ça n'y changerait rien, affirma-t-elle, le faisant sursauter. Je continuerais à te dire non.

Partagé entre l'envie de rire et celle de pleurer, Vance l'attira contre lui.

— Je pourrais te faciliter la vie, espèce de tête de mule. Laisse-moi tenter de t'expliquer.

— Je refuse que quiconque, même toi, me facilite la vie.

Elle l'étreignit farouchement.

— Je t'en prie, essaie de me comprendre. Toute ma vie, j'ai été la mignonne Shane Abbott, la gentille petite-fille un peu étrange de Faye. J'ai besoin de prouver quelque chose.

Se souvenant à quel point il avait été frustrant pour lui de n'être que le fils de Miriam Riverton Banning, Vance soupira. Oui, il comprenait. Et c'est ce qui le retint de révéler à Shane combien il aurait été simple pour lui de lui venir en aide.

— Eh bien, mais…, insinua-t-il, désireux d'entendre son rire, c'est vrai que tu es plutôt mignonne.

— Oh, Vance…, gémit-elle.

— Et puis gentille aussi, ajouta-t-il en inclinant son visage pour l'embrasser. Et un tout petit peu étrange.

— Ce n'est pas comme ça que tu te feras aimer, le prévint-elle. Je lave et toi tu essuies.

— Tu laves quoi ?

— Les assiettes.

Il la serra plus fort contre lui, enroulant ses bras fermement autour de sa taille.

— Je ne vois aucune assiette. Tu as des yeux magnifiques, des yeux de cocker.

— Attention, Vance, lança Shane d'un ton menaçant.

— J'aime tes taches de rousseur, avoua-t-il en déposant un léger baiser sur l'arête de son nez. Je me suis toujours représenté Becky Thatcher avec des taches de rousseur.

— Tu cherches la bagarre, insista-t-elle en étrécissant le regard.

— Et des fossettes, poursuivit-il avec insouciance. Elle devait aussi avoir des fossettes, tu ne crois pas ?

Shane se mordit la lèvre inférieure pour réprimer un sourire.

— La ferme, Vance !

— Oui, continua-t-il en la contemplant avec un sourire rayonnant, c'est vraiment ce que j'appelle une mignonne petite bouille.

— Très bien, maintenant ça suffit !

Shane tenta de se dégager de son étreinte en gigotant de toutes ses forces.

— Tu veux aller quelque part ? s'enquit-il.

— Chez moi, jeta-t-elle d'un ton majestueux. Tu n'as qu'à faire ta vaisselle toi-même.

Il soupira.

— Bon, je suppose qu'il va encore falloir que j'emploie la manière forte.

Anticipant son intention, Shane commença à se débattre sérieusement.

— Si tu me jettes de nouveau sur ton épaule, tu es viré pour de bon !

Crochetant un bras derrière ses genoux, Vance la prit dans ses bras.

— Qu'est-ce que tu dis de ça ?

Elle noua les bras autour de son cou.

— C'est mieux, admit-elle à contrecœur.

Elle n'arrivait presque plus à contenir son sourire.

— Et ça ?

Doucement, sa bouche épousa la sienne, et il laissa leur baiser s'approfondir jusqu'à ce qu'il entende Shane soupirer.

— Beaucoup mieux, murmura-t-elle tandis qu'il la portait hors de la pièce. Où allons-nous ?

— En haut, déclara-t-il. Je veux récupérer ma chemise.

10

— Oui, évidemment, vous pouvez toujours la convertir, acquiesça Shane en effleurant du doigt le pied en porcelaine d'une délicate lampe à pétrole.

— C'est exactement ce que j'avais à l'esprit.

Mme Trip, son acheteuse potentielle, hocha sa tête de cheveux blancs coiffés avec soin.

— Qui plus est, mon mari se débrouille très bien en électricité.

Shane afficha un sourire forcé par égard pour les exploits de M. Trip. L'idée qu'on allait trafiquer cette adorable petite lampe lui brisait le cœur. Elle changea de tactique :

— Vous savez, ça peut servir de garder une lampe à pétrole dans la maison en cas de coupure de courant. Moi-même, j'en ai deux.

— Peut-être, ma chère, objecta Mme Trip avec placidité, mais j'ai des bougies pour ça. Je vais placer cette lampe juste à côté de mon rocking-chair. C'est là que je fais mon crochet.

Bien que connaissant la valeur d'une vente, Shane ne put s'empêcher d'ajouter :

— Madame Trip, si vous tenez vraiment à avoir une lampe électrique, vous pourriez acquérir une bonne reproduction de celle-ci pour bien moins cher.

Mme Trip lui adressa un sourire vague.

— Mais dans ce cas, ce ne serait pas une véritable antiquité, n'est-ce pas ? Vous avez un carton pour que je puisse la transporter ?

— Oui, bien sûr, murmura Shane, voyant qu'il était vain de répéter à cette cliente que, en convertissant cette lampe à l'électricité, elle en diminuerait la valeur et le charme.

Résignée, elle rédigea le bon d'achat en se consolant à l'idée que le bénéfice qu'elle tirerait de cette vente l'aiderait à payer sa propre facture d'électricité.

— Oh, mon Dieu, mais je n'avais pas vu ça !

Levant les yeux, Shane constata que Mme Trip admirait un service à thé bleu cobalt. Par la fenêtre, le soleil répandait généreusement ses rayons sur les éléments d'un verre à la couleur riche et sombre. Un délicat filet d'or fin venait relever le bord de chaque tasse et de chaque soucoupe.

— Oui, il est ravissant, n'est-ce pas ? approuva Shane qui se mordit l'intérieur de la lèvre en voyant que la cliente commençait à examiner le sucrier.

Lorsque celle-ci tomba sur la discrète étiquette de prix, elle haussa un sourcil.

— Le sucrier est vendu avec le service complet, précisa Shane, sachant que le prix semblerait exorbitant à un profane du verre précieux. Il est de la fin du XIXe et…

Mme Trip interrompit Shane dans son explication.

— Il me le faut, décréta-t-elle. Il fera merveille sur mon meuble d'angle, conclut-elle dans un grand sourire en direction de Shane, éberluée. Je dirai à mon mari que c'est lui qui me l'offre pour Noël.

— Je vous l'emballe, décida Shane, aussi ravie que Mme Trip à cette idée.

— Vous avez une boutique charmante, estima cette dernière pendant que Shane empaquetait le service de verre. Je dois avouer que je ne m'y suis arrêtée que parce que j'étais intriguée par le panneau en bas de la colline. Je me demandais bien sur quoi j'allais tomber. Mais ça n'a décidément rien de ces espèces d'immenses granges remplies du genre de pacotille qu'on trouve dans les vide-greniers.

Elle pinça les lèvres et embrassa le magasin d'un regard circulaire :

— Vous avez très bien fait les choses.

Shane, amusée par la description du bazar que la vieille dame s'attendait à trouver ici, la remercia en riant.

— Et c'est si sympathique, ce petit musée, poursuivit Mme Trip. Très intelligent comme idée, et tout est si bien ordonné ! Je crois que je reviendrai avec mon neveu la prochaine fois que je passerai dans le coin. Vous êtes mariée, ma chère ?

Shane la dévisagea avec une expression de méfiance amusée.

— Non, madame.

— Il est médecin, lui révéla Mme Trip. Interniste.

Shane s'éclaircit la voix tout en scellant le carton.

— C'est magnifique !

— Un bon garçon, affirma Mme Trip alors que Shane modifiait le bon d'achat pour y inclure le service à thé. Dévoué.

Elle tira un chéquier du fond de son sac, et sortit en même temps son portefeuille :

— J'ai une photo de lui, là-dedans.

Poliment, Shane examina le cliché d'un séduisant jeune homme au regard sérieux.

— Il est très beau, déclara-t-elle. Vous devez être fière de lui.

— Oui, avoua la dame d'un ton voilé de regret en rangeant son portefeuille dans son sac. Quel dommage qu'il n'ait pas encore trouvé la fille qui lui convienne… Je suis de plus en plus décidée à l'emmener faire un tour ici.

Et sans un regard pour la somme, elle rédigea son chèque sans sourciller.

Au prix d'un effort considérable, Shane parvint à rester de marbre jusqu'à ce que la porte se fût refermée sur la cliente. Ensuite, elle s'écroula en hurlant de rire dans un fauteuil à dossier capitonné. Elle ne savait trop si le neveu était à plaindre ou à féliciter d'avoir une tante aussi dévouée, mais le comique de la situation l'enchantait. Puis elle pensa : *Comment Vance parviendra-t-il à garder son sérieux lorsque je lui raconterai les efforts d'entremise de cette dame ?*

Il prendra son air hautain, songea-t-elle, *et lâchera quelque sèche remarque sur ma tendance à charmer les vieilles dames dans le but qu'elles m'agitent sous le nez la photo de leur neveu.* Elle commençait à bien le connaître. En grande partie, du moins, rectifia-t-elle avec un sourire songeur. Le reste viendrait en son temps.

Elle consulta sa montre : encore deux heures à attendre avant qu'il puisse la rejoindre, constata-t-elle avec impatience. Elle lui avait promis un dîner – quelque chose de plus élaboré que la soupe et les sandwichs de la nuit dernière. En ce moment même, une petite côte de bœuf rôtissait doucement dans le four à l'étage. *Je vais fermer tôt*, décida-t-elle en calculant qu'elle aurait juste le temps de concocter un dessert ultra-raffiné avant l'arrivée de Vance. Comme cette idée lui traversait l'esprit, la porte s'ouvrit sur une nouvelle cliente.

Laurie MacAfee entra, vêtue d'un long manteau fauve boutonné jusqu'au col.

— Eh bien, déduisit-elle en avisant la pose de Shane, nonchalamment affalée dans son fauteuil. Pas vraiment débordée à ce que je vois.

Shane la salua d'un sourire, mais une sorte de démon intérieur la poussa à rester assise.

— Non, c'est calme en ce moment. Comment vas-tu, Laurie ?

— Très bien. Comme je suis partie tôt du travail pour aller chez le dentiste, j'ai pensé que je passerais te voir ensuite.

Shane ne dit rien, attendant vaguement que Laurie fasse un quelconque commentaire sur son bilan dentaire impeccable.

— Ça me fait plaisir, finit-elle par répondre. Tu veux visiter ?

— J'aimerais beaucoup jeter un coup d'œil, accepta Laurie en regardant autour d'elle. Que de jolies choses ! Shane ravala une repartie cinglante et se leva.

— Merci, se contenta-t-elle de dire avec une humilité que Laurie ne remarqua pas.

Elle est vraiment faite pour Cy, constata-t-elle une fois de plus.

— Je dois reconnaître que l'endroit a changé du tout au tout.

D'un pas lent et mesuré, Laurie entreprit de flâner dans l'ancien boudoir d'été. Contrairement à ce qu'elle aurait cru, celle-ci ne trouva rien à redire aux goûts de Shane en matière de décoration. La pièce était petite, mais claire et spacieuse avec ses murs de ton ivoire, et le parquet brillant teinté naturel était jonché de tapis artisanaux. Les meubles étaient mis en valeur par des accessoires disposés avec soin, dans le but de donner l'impression d'une pièce confortable plutôt que d'un magasin. Défaisant les premiers boutons de son manteau, Laurie se dirigea vers la salle d'exposition principale et, plantée sur le seuil, la parcourut d'un œil perçant.

— Mais, tu n'as pratiquement rien changé, ici ? s'exclama-t-elle. Pas même le papier peint.

— Non, confirma Shane, incapable d'empêcher son regard de glisser rapidement sur l'ensemble de salle à manger. Je n'en avais pas envie. Bien sûr, j'ai dû y installer davantage d'objets et agrandir les ouvertures, mais j'ai toujours adoré cette pièce telle qu'elle était.

— Eh bien, je dois avouer que je suis surprise, commenta Laurie en traversant d'un pas nonchalant ce qui avait été la cuisine. C'est si bien organisé, sans le moindre fouillis. Je me souviens que ta chambre était toujours dans un désordre épouvantable.

— Ça n'a pas changé, répliqua Shane d'un ton sec.

Laurie émit ce qui pouvait passer pour un rire avant de continuer sa visite.

— Ah, le musée, ça ne m'étonne pas, remarqua-t-elle avec un bref hochement de tête. Tu as toujours été douée pour ce genre de choses. Je n'ai jamais pu comprendre pourquoi.

— Parce que je n'étais douée pour rien d'autre ?

— Oh, Shane !

Laurie piqua un fard, dévoilant à Shane combien ses mots étaient proches de sa pensée.

— Excuse-moi.

Aussitôt contrite, Shane lui tapota le bras :

— C'était juste pour te taquiner. Je te montrerais volontiers l'étage, Laurie, mais il n'est pas tout à fait terminé et je ne peux en aucun cas laisser le magasin sans surveillance. Pat a cours cet après-midi.

Rassérénée, Laurie retourna vers la partie boutique.

— J'ai entendu dire qu'elle travaillait pour toi. C'est très gentil de ta part de lui avoir donné du travail.

— Elle m'est d'une aide précieuse. Je ne pourrais pas y arriver seule, sept jours sur sept.

Voyant que Laurie recommençait à tout regarder, Shane éprouva un brin d'impatience. À ce rythme-là, elle n'aurait jamais le temps de concocter autre chose qu'un gâteau au chocolat tout prêt…

— Ah, tiens ! C'est très joli, ça.

Pour la première fois, la voix de Laurie exprima une admiration sincère en examinant la table Sheridan que Shane avait achetée la veille.

— Elle ne fait pas vieux du tout, s'émerveilla-t-elle.

C'en était trop pour Shane. Elle partit d'un éclat de rire moqueur.

— Non, excuse-moi, expliqua-t-elle à Laurie qui s'était retournée et la considérait d'un œil perplexe. Tu serais étonnée du nombre de gens qui pensent que les antiquités doivent avoir l'air moisi ou abîmé. En réalité cette table est très ancienne, et tout à fait ravissante.

— Et chère, ajouta Laurie en tiquant sur le prix. Malgré tout, elle irait très bien avec la chaise que Cy et moi venons d'acheter. Oh…

Elle se retourna et jeta à Shane un bref regard coupable.

— Je ne sais pas si tu es au courant… C'est-à-dire que je comptais avoir une conversation avec toi.

— Au sujet de Cy ?

Shane refréna un sourire en notant que Laurie semblait véritablement mal à l'aise.

— Je sais que vous vous voyez beaucoup, tous les deux…

— Oui.

Hésitante, Laurie brossa du revers de la main une saleté inexistante sur son manteau.

— Ça va un peu plus loin, en fait. Vois-tu, nous… En réalité…

Elle s'éclaircit la voix, gênée.

— Shane, nous envisageons de nous marier en juin.

— Félicitations, répondit cette dernière avec une telle simplicité que les yeux de Laurie s'écarquillèrent.

— J'espère que tu n'es pas contrariée.

Laurie se mit à tortiller la bandoulière de son sac.

— Je sais que toi et Cy… Bien sûr, ça remonte à quelques années, mais enfin, vous étiez…

— … très jeunes, acheva Shane avec gentillesse. Je te souhaite sincèrement beaucoup de bonheur, Laurie.

Mais un éclair de malice lui fit ajouter :

— Tu lui conviens bien mieux que moi.

— Ça me fait vraiment plaisir que tu dises ça, Shane. Je craignais que tu puisses être…

Elle s'empourpra de nouveau.

— Cy est un homme tellement merveilleux…

Elle le pense vraiment, constata Shane avec un certain étonnement. *Elle l'aime pour de bon.* Et aussitôt elle se sentit tiraillée entre la honte et l'amusement.

— J'espère que vous serez heureux tous les deux, Laurie.

— Nous le serons, affirma celle-ci avec un sourire radieux. Et moi, je vais acheter cette table, ajouta-t-elle hardiment.

— Non, corrigea Shane. Tu vas emporter cette table comme cadeau de mariage anticipé.

Laurie en resta bouche bée de façon comique.

— Oh, je ne peux pas ! Elle est trop chère !

— Laurie, nous nous connaissons depuis longtemps, et Cy a représenté une partie importante de mon…

Elle chercha l'expression appropriée.

— … adolescence. J'aimerais vous l'offrir à tous les deux.

— Eh bien, je… merci, balbutia Laurie.

Elle semblait complètement décontenancée par cette générosité sans chichis.

— Cy va être tellement content.

— De rien.

La satisfaction nerveuse de Laurie la fit sourire.

— Je t'aide à la transporter jusqu'à ta voiture ? proposa-t-elle.

— Non, non, je peux me débrouiller toute seule.

Laurie souleva la petite table et marqua un temps d'arrêt.

— Shane, je te souhaite vraiment un énorme succès avec ce magasin. Franchement.

Elle se figea quelques secondes sur le pas de la porte, l'air emprunté.

— Au revoir.

— Salut, Laurie.

Shane ferma la porte en souriant, et chassa aussitôt Cy et Laurie de son esprit. Un coup d'œil à sa montre lui indiqua qu'il lui restait à peine plus d'une heure avant l'arrivée de Vance. Elle se hâta de verrouiller l'entrée du musée. En se dépêchant, elle aurait peut-être le temps de… Elle proféra un juron en entendant le bruit d'une voiture.

Les affaires sont les affaires, se remémora-t-elle en ôtant le verrou. Si Vance voulait un dessert, il lui faudrait se contenter d'un sachet de cookies du commerce. Au bruit des pas sous le porche, elle ouvrit la porte, un sourire figé aux lèvres. Ce dernier s'évanouit sur-le-champ en même temps que la couleur se retirait de son visage.

196

— Anne, articula-t-elle d'une voix qui n'était pas la sienne.

— Chérie !

Anne se pencha pour effleurer ses joues d'un rapide baiser.

— Quel accueil ! On pourrait croire que tu n'es pas très contente de me voir.

Il ne fallut que quelques minutes à Shane pour constater que sa mère était toujours aussi ravissante. Son visage clair en forme de cœur n'affichait aucune ride, ses yeux avaient ce même bleu porcelaine et sa chevelure rayonnait d'un blond splendide sur ses épaules. Elle portait une veste en vison bleu, serrée à la taille par une ceinture de cuir noir, et un pantalon de soie totalement inadapté à l'hiver de la côte Est. Comme toujours, sa beauté suscita chez sa fille les mêmes élans contradictoires d'amour et de rancœur.

— Tu es très jolie, Anne.

— Oh, merci, même si je dois avoir l'air d'une loque après ce terrible trajet de l'aéroport jusqu'ici ! Cet endroit est vraiment perdu au milieu de nulle part. Shane, ma chère, quand vas-tu te décider à faire quelque chose pour tes cheveux ?

Elle lança un coup d'œil critique à la coiffure de sa fille avant de lui passer devant avec désinvolture.

— Je ne comprendrai jamais pourquoi… Oh, mon Dieu ! *Mais qu'est-ce que tu as fait* ?

Médusée, elle promena son regard tout autour de la pièce, enregistrant au fur et à mesure les vitrines d'exposition, les rayonnages et les présentoirs à cartes postales. Partant d'un rire en trille, elle posa son exquis sac en cuir.

— Ne me dis pas que tu as ouvert un musée sur la guerre de Sécession dans le salon ? Je n'y crois pas !

Mortifiée, Shane croisa les bras devant elle.

— Tu n'as pas vu le panneau ?

— Un panneau ? Non… Ou si je l'ai vu, je n'y ai pas prêté attention.

Son regard glissa sur la pièce, vif et amusé.

— Shane, *mais qu'est-ce que tu as fabriqué ?*

Bien décidée à ne pas se laisser intimider, Shane redressa les épaules.

— J'ai monté une affaire, répondit-elle hardiment.

— *Toi ?*

Enchantée, Anne rit de nouveau.

— Mais, chérie, tu plaisantes, sans doute.

Piquée au vif par la totale incrédulité qui transparaissait dans la voix d'Anne, Shane releva le menton d'un air de défi.

— Non.

— Eh bien, pour l'amour du ciel !

Sa mère émit un gloussement charmant et considéra le clairon cabossé.

— Mais qu'est devenu ton poste d'enseignante ?

— J'ai démissionné.

— Eh bien, je peux difficilement te le reprocher. Ça devait être horriblement barbant.

D'un geste, elle balaya l'ancien métier de Shane comme s'il n'avait jamais eu le moindre intérêt.

— Mais au nom du ciel, pourquoi es-tu revenue t'enterrer ici, à Hicksville ?

— C'est chez moi.

Avec un murmure désapprobateur pour la colère qui étincelait dans les yeux de sa fille, Anne fit tourner le présentoir à cartes postales.

— Chacun ses goûts. Bon, et qu'as-tu fait du reste de la maison ?

Avant que Shane ait pu répondre, Anne passa rapidement le seuil de la porte et entra dans la boutique.

— Oh, non, ne me dis rien ! Un magasin d'antiquités ! Très pittoresque, beaucoup de goût. Shane, comme c'est intelligent de ta part !

Anne avait l'œil assez exercé pour reconnaître quelques très jolies pièces. Et si sa fille n'était pas aussi bête qu'elle l'avait toujours cru ?

198

— Eh bien…

Anne défit la ceinture de son vison et le laissa tomber négligemment sur un fauteuil avant de s'asseoir.

— Et ça dure depuis combien de temps, tout ça ?

— Pas longtemps.

Shane se tenait raide comme une statue, sachant qu'une partie d'elle-même était comme toujours attirée par la femme belle et étrange qu'était sa mère. Sachant aussi qu'Anne était nocive.

— Et ? l'encouragea cette dernière.

— Et quoi ?

— Shane, ne sois pas pénible.

Masquant son bref agacement, Anne lui décocha un sourire charmeur. Elle était actrice. Même si elle n'avait pas eu le succès qu'elle espérait, elle parvenait de temps en temps à décrocher quelques rôles secondaires. Elle avait assez de métier pour affronter Shane avec un sourire amical.

— Je me fais du souci, chérie, c'est naturel. Je veux seulement savoir comment tu t'en sors.

Gênée par son propre comportement, Shane se détendit.

— Plutôt bien, même si je n'ai ouvert que depuis peu. Je ne me plaisais pas dans l'enseignement. Ce n'est pas que je m'ennuyais, expliqua-t-elle, mais je n'étais pas faite pour ça, c'est tout. Dans ce nouveau métier, je suis heureuse.

— Mais c'est merveilleux, chérie !

Anne croisa ses jambes gainées de Nylon et promena de nouveau son regard sur l'ensemble de la pièce. Sa fille pouvait peut-être lui être utile, après tout ? Il lui avait fallu de l'intelligence et de la volonté pour monter ce genre d'affaire. Peut-être était-il temps qu'elle cesse de la considérer comme un petit caillou dans sa chaussure ?

— Ça me soulage de voir que tu es en train de te bâtir une belle situation, surtout qu'en ce moment la mienne est catastrophique…

Notant le regard méfiant de Shane, Anne lui adressa un sourire malheureux. Si sa mémoire était bonne, la petite était très réceptive aux histoires tristes.

— J'ai divorcé de Leslie.

— Ah oui ? fut la réaction de Shane qui se contenta de hausser un sourcil surpris.

Momentanément refroidie par l'indifférence de sa fille, Anne enchaîna :

— Si tu savais à quel point je me suis trompée sur lui ! Je me sens si sotte de l'avoir pris pour un homme charmant, gentil…

Elle omit de lui préciser que, en dépit de nombreuses tentatives, son ex-mari avait systématiquement échoué à lui décrocher le genre de rôles qui l'auraient menée à cette célébrité qu'elle convoitait désespérément – ainsi que le fait qu'elle avait déjà jeté son dévolu sur un certain producteur qui, selon ses critères, saurait se montrer plus efficace.

— Il n'y a rien de plus dévastateur qu'un échec sentimental.

Et tu sais de quoi tu parles, songea Shane, qui s'abstint néanmoins de tout commentaire.

— Ces derniers mois n'ont pas été faciles, soupira Anne.

— Ils n'ont été faciles pour personne, acquiesça Shane qui ne la comprenait que trop bien. Gran est morte il y a six mois. Tu n'as même pas pris la peine de venir à ses obsèques.

Anne avait anticipé la réaction de sa fille. Poussant un infime soupir, elle baissa les yeux sur ses mains douces et soignées.

— Il faut que tu saches combien je regrette, Shane. Je terminais un film. On ne pouvait pas se passer de moi.

— Tu n'as pas trouvé le temps d'envoyer une carte, de passer un coup de fil ? l'interrogea Shane. Tu n'as même pas daigné répondre à ma lettre.

Comme sur commande, les beaux yeux d'Anne s'emplirent de larmes.

— Chérie, ne sois pas cruelle. J'étais incapable – incapable – de coucher des mots sur le papier.

Elle tira de sa poche de poitrine un délicat mouchoir de soie.

— Je savais bien qu'elle était âgée, mais j'avais l'impression qu'elle vivrait éternellement, qu'elle serait toujours là.

Soucieuse de son mascara, elle tamponna le coin de ses paupières.

— Quand j'ai reçu ta lettre m'annonçant qu'elle était… J'étais tellement anéantie…

Elle leva sur Shane des yeux magnifiques, noyés de chagrin, attendant qu'une larme unique coule lentement le long de sa joue.

— Il n'y a que toi qui puisses comprendre ce que je ressens. C'est elle qui m'a élevée.

Anne s'étrangla sur un petit sanglot.

— Je n'arrive toujours pas à croire qu'elle n'est pas dans la cuisine en train de s'affairer aux fourneaux.

Bouleversée par cette image qui ravivait sa propre peine, Shane s'agenouilla aux pieds de sa mère. Elle n'avait pas eu de famille avec qui partager son deuil, personne pour l'aider à traverser ces heures déchirantes, ces moments de douleur, une fois passée la première hébétude du choc. Même si de toute sa vie elle n'avait jamais rien pu partager avec sa mère, peut-être pouvaient-elles se retrouver autour de cette perte ?

— Je sais, articula-t-elle d'une voix brouillée. Elle me manque encore terriblement à moi aussi.

Anne se mit à penser que cette petite scène recélait un énorme potentiel.

— Shane, pardonne-moi, je t'en prie.

Elle lui agrippa les mains et se concentra pour parfaire sa voix d'un léger tremblement :

— Je sais que j'ai eu tort de ne pas venir, tort de me dissimuler derrière des prétextes. Simplement, je n'étais

201

pas assez forte pour affronter une telle épreuve. Encore aujourd'hui, quand je pense que j'aurais pu...

Elle laissa sa phrase en suspens et porta la main de sa fille à sa propre joue humide.

— Je comprends. Gran aurait compris, elle aussi.

— Elle s'est toujours montrée si bonne envers moi. Si seulement je pouvais la revoir une dernière fois...

— Tu ne dois pas ressasser ce genre de chose.

Shane avait eu l'esprit hanté par ces mêmes pensées des dizaines de fois, après les funérailles.

— J'ai eu le même sentiment, mais il vaut mieux se souvenir des moments de bonheur. Elle était si heureuse ici, dans cette maison, à jardiner, à faire ses conserves.

— C'est vrai qu'elle adorait cette maison, murmura Anne, embrassant d'un regard nostalgique l'ancien boudoir d'été. Et j'imagine qu'elle aurait été ravie de voir ce que tu en as fait.

— Tu crois ?

Shane leva la tête et sonda avec sérieux les yeux humides de sa mère.

— Au départ j'étais très sûre de moi, mais quand même, parfois...

Elle n'acheva pas sa phrase et jeta un œil aux murs repeints de frais.

— Évidemment qu'elle serait contente, affirma Anne avec brusquerie. Je suppose qu'elle t'a laissé la maison ?

— Oui.

Shane regardait la pièce en se remémorant son ancienne décoration.

— Il y avait donc un testament ?

— Un testament ?

Distraite, Shane reporta son attention sur sa mère.

— Oui, Gran avait fait un testament, il y a des années. Elle l'avait fait rédiger par le fils de Floyd Arnette dès qu'il s'était inscrit au barreau. Elle a été sa première cliente.

Shane sourit : Gran avait été si fière du jargon juridique sophistiqué qu'avait employé « ce blanc-bec de fils Arnette ».

— Et le reste des biens ? s'enquit Anne en tentant de refréner son impatience.

— Il y avait la maison et le terrain, bien sûr, répondit Shane, le regard encore perdu dans le passé. J'ai vendu certaines actions afin de payer les obsèques et de m'acquitter des droits de succession.

— Elle t'a tout laissé ?

Shane ne perçut pas le ton crispé de sa mère.

— Oui. Dans ses économies, il y avait assez d'argent disponible pour faire face aux travaux sur la maison, et...

— Tu mens !

Anne la repoussa en se levant d'un bond. Shane se retint à l'accoudoir du fauteuil pour ne pas perdre l'équilibre. Puis, trop abasourdie pour bouger, elle demeura assise par terre.

— Elle ne m'aurait jamais déshéritée, laissée sans un sou ! explosa Anne en la toisant d'un regard meurtrier.

Ses yeux bleus brillaient désormais de l'éclat dur de la colère, son adorable minois était blême de rage. Shane avait déjà vu une ou deux fois sa mère dans un tel état de fureur – quand sa grand-mère ne lui avait pas donné exactement ce qu'elle voulait. Lentement, elle se releva pour lui faire face. Les accès de colère d'Anne devaient être gérés avec soin avant qu'ils ne virent à la violence.

— Gran n'aurait jamais songé à te déshériter, Anne, affirma Shane avec un calme qu'elle était loin d'éprouver. Elle avait compris que tu ne t'intéressais ni à la maison ni au domaine et, tu sais, il n'est pas resté grand-chose après les droits de succession.

— Tu me prends pour une idiote ? s'enquit Anne d'une voix dure et amère.

Bien plus que son manque de talent, c'était son caractère exécrable qui avait contrecarré sa carrière. Trop souvent, elle l'avait laissé s'exprimer à l'encontre des réalisateurs et des autres acteurs. Même là, quand la patience et des mots bien choisis lui auraient assuré la satisfaction de ses exigences, elle ne put s'empêcher de cracher :

— Je sais très bien qu'elle avait un magot qui devait moisir dans une banque ! De son vivant, j'ai toujours dû me battre pour lui faire lâcher le moindre sou. Aujourd'hui, j'ai bien l'intention d'avoir ma part du gâteau.

— Elle te donnait ce qu'elle pouvait, commença Shane.

— Qu'est-ce que tu en sais, toi ? Parce que tu me crois assez bête pour ignorer que cette propriété vaut une jolie somme sur le marché ?

Elle jeta un regard dégoûté autour d'elle.

— Tu veux la baraque, garde-la ! File-moi juste le fric.

— Je n'ai rien à te donner. Gran n'avait pas…

— Ne me sors pas ton baratin !

Anne la poussa sur le côté et monta l'escalier.

Shane resta un moment figée sur place, prise dans un tourbillon d'incrédulité. Comment pouvait-on être aussi dépourvu de toute sensibilité ? Et comment faisait-elle pour se faire avoir chaque fois ? Eh bien, elle allait mettre un terme à tout cela, et une bonne fois pour toutes. Portée par sa propre vague de fureur, elle monta l'escalier quatre à quatre à la suite de sa mère.

Elle trouva Anne dans la chambre, en train de sortir des papiers de son bureau. Sans hésiter, Shane se rua sur elle et referma violemment l'abattant du secrétaire.

— Je t'interdis de fouiller dans mes affaires, la prévint-elle d'une voix menaçante. Ne t'avise pas de toucher à ce qui m'appartient !

— Je veux voir les livrets bancaires et ce prétendu testament.

Anne fit mine de quitter la chambre, mais Shane la retint par le bras d'une poigne étonnamment forte.

— Tu ne vas rien voir du tout. Cette maison est à moi.

— Et moi, je te dis qu'il y a de l'argent, ici, riposta Anne, furieuse, avant de se dégager d'une secousse. Tu essaies de me le cacher.

— Je n'ai pas à te cacher quoi que ce soit.

Shane fut submergée par un sentiment de rage, alimenté par des années de carence affective.

— Si tu veux voir le testament et connaître le statut de la propriété, trouve-toi un avocat ! Quant à moi, je suis propriétaire de cette maison et de tout ce qu'elle contient. Je ne tolérerai pas que tu fouilles dans mes papiers.

— Très bien...

Les yeux d'Anne se réduisirent à de simples fentes.

— Finalement, tu n'as rien d'une brave gourde, pas vrai ?

— Tu n'as jamais su qui j'étais, asséna Shane d'une voix égale. Tu ne t'es jamais assez intéressée à moi pour chercher à me connaître. Ce n'était pas grave parce que j'avais Gran. Je n'ai pas besoin de toi.

Même si prononcer ces mots fut pour elle un soulagement, ils ne parvinrent pas à calmer sa fureur.

— À certains moments, j'ai pu croire que si, quand tu entrais ici comme une reine, si belle que j'avais peine à croire que tu étais vraie. En fait, sans le savoir, j'étais proche de la vérité, car il n'y a rien de vrai chez toi. Tu ne t'es jamais souciée de Gran. Elle le savait et elle t'aimait quand même. Mais pas moi.

Shane respirait très vite mais n'avait pas conscience d'être au bord des sanglots.

— Je n'arrive même pas à te haïr. Je veux juste être débarrassée de toi.

Elle se tourna pour ouvrir son secrétaire et en sortit un chéquier. D'une main rapide, elle rédigea un chèque d'un montant correspondant à la moitié du capital qu'elle avait mis de côté.

— Tiens, dit-elle en le tendant à Anne. Prends ça. Considère que c'est de la part de Gran. De moi, tu n'obtiendras jamais rien.

Après lui avoir arraché le chèque, Anne fixa le montant avec un sourire narquois.

— Si tu crois que je vais me contenter de ça, tu te trompes.

Néanmoins, elle plia proprement le chèque en deux et l'empocha. Elle était assez fine pour ne pas tenter le diable, et puis sa situation financière était loin d'être réjouissante.

— Je vais prendre un avocat, promit-elle, alors qu'elle n'avait pas la moindre intention de gaspiller son argent en vue de la maigre éventualité d'en obtenir davantage. Et je vais contester le testament. Nous verrons bien combien j'obtiendrai de toi, Shane.

— Fais ce que tu veux, répondit cette dernière d'une voix lasse. Reste loin de moi, c'est tout ce que je te demande.

Anne rejeta sa chevelure en arrière avec un rire amer.

— Ne crois pas que je vais passer plus de temps que nécessaire dans cette baraque ridicule. Bon sang ! Je me suis toujours demandé comment tu pouvais être ma fille.

Shane pressa un doigt sur sa tempe palpitante.

— Moi aussi, murmura-t-elle.

— Mon avocat te contactera, lança Anne.

Et, tournant les talons, elle quitta la pièce, effectuant sa sortie avec une grâce aérienne.

Shane resta près du secrétaire jusqu'à ce qu'elle ait entendu claquer la porte d'entrée. Éclatant en sanglots, elle se pelotonna dans un fauteuil.

11

Vance s'assit sur le seul fauteuil correct de son salon. Il consulta sa montre avec impatience. Cela faisait dix minutes qu'il aurait dû être avec Shane. Et c'est ce qui se serait passé, songea-t-il en jetant un coup d'œil à la porte d'entrée, si le téléphone ne l'avait pas retenu au moment où il quittait la maison. Résigné, il écouta la liste de problèmes énumérés par le directeur de sa filiale de Washington. Sans que rien n'ait été dit, Vance était conscient de l'existence d'un certain mécontentement dans les rangs de ses employés, mécontentement causé par la rumeur selon laquelle le patron avait pris un congé sabbatique.

— … et avec ce conflit syndical, la construction de notre projet Wolfe a pris trois semaines de retard, poursuivait le directeur. J'ai également été informé qu'il y aurait un retard concernant la livraison de l'acier sur le chantier Rheinstone – un retard peut-être important. Je suis désolé de vous déranger pour ça, mais comme ces deux projets sont d'une importance capitale pour l'entreprise, en particulier avec les appels d'offres que Rheinstone compte lancer sur le centre commercial, je me suis dit que…

— Oui, je comprends.

Vance coupa court à ce qui promettait d'être une explication détaillée.

— Mettez une équipe double sur le projet Wolfe jusqu'à ce qu'on ait rattrapé le retard.

— Une équipe double ? Mais…

— Nous nous sommes engagés à achever ce chantier d'ici le 1er avril, répliqua Vance d'un ton sec. Un accroissement du personnel nous coûtera moins cher que le paiement d'une clause de pénalité, sans parler du tort fait à la réputation de l'entreprise.

— Bien, monsieur.

— Et dites à Liebewitz de s'occuper de cette livraison d'acier. Si lundi cette histoire n'a pas été réglée de façon satisfaisante, je m'en chargerai moi-même d'ici.

Prenant un crayon, Vance griffonna un mot sur un bloc-notes :

— Quant à l'appel d'offres de Rheinstone, j'ai tout passé en revue moi-même la semaine dernière. Je ne vois aucun problème.

Il s'abîma dans la contemplation du parquet, la mine sombre.

— Organisez une réunion avec les chefs de service pour la fin de la semaine prochaine. J'y assisterai. Entre-temps, ajouta-t-il lentement, envoyez quelqu'un ici… Masterson, décida-t-il, en repérage pour l'emplacement d'une nouvelle succursale.

— Une nouvelle succursale ? Là-haut, monsieur Banning ?

Vance perçut un sourire dans la voix du directeur.

— Qu'il se concentre sur la région d'Hagerstown et qu'il me fasse un rapport. Je veux une liste d'emplacements viables dans quinze jours.

Il consulta de nouveau sa montre.

— Autre chose ?

— Non, monsieur.

— Bien. Je serai là la semaine prochaine.

Sans attendre de réponse, Vance mit un terme à la communication.

Ses derniers ordres, songea-t-il piteusement, allaient créer des remous au sein de son entreprise. Eh bien, quoi, réfléchit-il, Riverton s'était déjà agrandi dans le passé, et

Riverton allait de nouveau s'agrandir. Pour la première fois depuis des années, la société allait lui apporter un certain bonheur personnel. Il pourrait s'installer avec la femme qu'il aimait, là où il avait envie de se fixer, tout en gardant bien en main les rênes de son entreprise. Et s'il devait justifier l'ouverture d'une nouvelle succursale devant le conseil d'administration, ce qui était voué à se produire, il soulignerait le fait qu'Hagerstown était la plus grande ville du Maryland. Qu'il fallait également prendre en compte sa proximité avec la Pennsylvanie… et la Virginie-Occidentale. Oui, songea-t-il, l'expansion pourrait être justifiée sans trop de difficulté devant le conseil d'administration. Ses antécédents contribueraient largement à rallier les membres à son projet.

Vance se leva et remit son manteau. Tout ce qu'il lui restait à faire, c'était parler à Shane. Pour la énième fois, il spécula sur la façon dont elle réagirait. Elle serait forcément stupéfaite quand il lui annoncerait qu'il n'était pas tout à fait le menuisier au chômage qu'elle connaissait. Et il ne fallait pas écarter la possibilité qu'elle lui en veuille de lui avoir laissé croire cette fable. Un pincement d'appréhension au cœur, il sortit dans la nuit claire et glaciale.

Un fort vent d'ouest, porteur d'une vague odeur de neige, lui cingla le visage et éparpilla les feuilles craquantes. Complètement absorbé par ses pensées, Vance ne remarqua pas le vieux cerf qui, à cinquante mètres sur sa droite, humait l'air en le regardant.

Au départ, son intention n'avait jamais été de la tromper sur son compte, se remémora-t-il. Lorsqu'ils s'étaient rencontrés, Shane se fichait bien de savoir qui il était. Et de surcroît, réfléchit-il, son seul but à lui était alors de prendre le large par rapport à son siège de président et d'être précisément tel qu'elle l'avait perçu. Comment aurait-il pu savoir qu'elle prendrait la première place dans sa vie ? Aurait-il pu deviner que, quelques semaines après l'avoir rencontrée, il envisagerait de la demander en mariage, prêt à lancer sa société dans une course effrénée de préparatifs afin qu'elle n'ait pas à renoncer à sa maison ni à la vie qu'elle s'était choisie ?

Quand il lui aurait expliqué la situation, elle comprendrait, se persuada-t-il en faisant craquer les feuilles givrées sous ses pieds. L'une des qualités les plus attachantes de Shane, c'était sa capacité de compréhension. Et puis elle l'aimait. S'il était sûr d'une chose, c'était bien de celle-là. Elle l'aimait de façon inconditionnelle, sans questions, sans exigences. Personne n'avait jamais été aussi généreux envers lui en échange de si peu. Il avait bien l'intention de vouer le reste de sa vie à lui montrer à quel point elle comptait pour lui.

Une fois passé l'effet de surprise que lui causerait son aveu, elle se mettrait à rire. L'argent, le statut social qu'il était en mesure de lui offrir n'auraient aucune importance à ses yeux. Elle trouverait sans doute comique que le président de Riverton ait pris la scie et le marteau pour réaliser l'habillage de sa cuisine…

Lui parler d'Amelia serait plus difficile, mais il le ferait – sans laisser de zone d'ombre. Il ne court-circuiterait pas son premier mariage, mais raconterait tout à Shane en tablant sur sa compréhension. Il voulait lui dire qu'elle avait apaisé son sentiment de culpabilité, allégé son amertume. Son amour pour elle était la seule émotion sincère qu'il avait éprouvée depuis des années. Ce soir, il lui dévoilerait son passé de façon à le débarrasser des miasmes qui l'empoisonnaient ; ensuite, il demanderait à Shane de partager son avenir.

Toutefois, c'est avec un pincement d'angoisse que Vance approcha de la maison. Il aurait pu passer outre s'il ne s'était soudain rendu compte que toutes les fenêtres étaient sombres. Bizarre, songea-t-il en accélérant le pas. Shane devait sûrement être chez elle, d'une part parce que sa voiture était là, d'autre part parce qu'il se savait attendu. Mais alors, pourquoi n'y avait-il pas une seule lumière allumée ? Tandis qu'il atteignait la porte d'entrée, il tenta d'endiguer le flot d'anxiété véritable qui menaçait de le submerger.

La porte n'était pas fermée à clé. Il entra sans frapper mais appela Shane immédiatement. La maison demeura noire et silencieuse. Appuyant sur l'interrupteur, il inonda de lumière la salle d'exposition à l'arrière. Un rapide coup d'œil lui permit de constater que tout était normal avant d'aller inspecter le reste du rez-de-chaussée.

— Shane ?

Le silence commençait à le perturber plus que l'obscurité. Après un rapide tour en bas, il monta à l'étage. Une odeur de nourriture lui parvint aussitôt aux narines. Mais la cuisine était vide. Machinalement, il éteignit le four et s'engagea dans le couloir. L'idée lui vint qu'elle était peut-être allée s'allonger après la fermeture du magasin et qu'elle s'était tout simplement assoupie. L'amusement prit le pas sur son inquiétude, et il entra tranquillement dans sa chambre. Toute sa gaieté s'envola lorsqu'il la découvrit pelotonnée dans un fauteuil.

Malgré l'obscurité de la pièce, le clair de lune suffisait à la distinguer nettement. Elle ne dormait pas, mais elle était recroquevillée sur elle-même, la tête posée sur l'accoudoir du fauteuil. Il ne l'avait jamais vue comme ça. Sa première pensée fut qu'elle avait l'air perdue ; puis il se corrigea. Anéantie. Sa vivacité foncière avait déserté son regard et la lumière argentée de la lune soulignait la pâleur de son visage. Il aurait pu la croire souffrante si son subconscient ne lui avait soufflé que, même dans la maladie, Shane n'aurait pas perdu tout son entrain. Si elle avait remarqué sa présence, elle ne le montra pas et ne réagit pas davantage lorsqu'il prononça de nouveau son prénom. Il s'agenouilla devant elle et prit ses mains glacées.

— Shane.

Elle le dévisagea quelques instants d'un regard vide. Puis, comme si une digue s'était rompue en elle, le désespoir inonda ses yeux.

— Vance, dit-elle d'une voix hachée, en lui jetant les bras autour du cou. Oh, Vance !

Elle tremblait violemment mais ne pleurait pas. Les larmes s'étaient figées à l'intérieur d'elle-même. Le visage enfoui au creux de son épaule, elle se cramponna à lui, émergeant brutalement de l'état d'hébétude qui avait suivi sa crise de larmes. C'est la chaleur de Vance qui lui fit réaliser combien elle avait froid. Sans poser de questions, il la serra contre lui avec force et douceur.

— Vance, je suis si heureuse que tu sois là ! J'ai besoin de toi.

Ces mots lui firent plus forte impression qu'une déclaration d'amour. Jusqu'à cet instant, il avait été inconfortablement conscient que ses attentes dépassaient largement celles de Shane. À présent, il avait l'occasion de faire quelque chose pour elle, ne serait-ce que l'écouter.

— Qu'est-ce qui s'est passé, Shane ?

D'un geste tendre, il s'écarta d'elle pour pouvoir la regarder au fond des yeux.

— Tu peux m'en parler ?

Elle inspira laborieusement, ce qui en soi fit comprendre à Vance l'effort qu'il lui en coûtait de s'exprimer.

— Ma mère.

Du bout des doigts, il repoussa de ses joues ses mèches en désordre.

— Elle est malade ?

— Non !

La réaction de Shane avait été explosive, rapide et furieuse. La violence de son démenti l'étonna, mais il prit ses mains agitées dans les siennes.

— Raconte-moi ce qui s'est passé.

— Elle est venue, articula Shane, luttant pour garder son calme.

— Ta mère est venue ici ? répéta-t-il d'une voix encourageante.

— Presque à l'heure de la fermeture. Je ne m'y attendais pas... Elle ne s'est pas rendue aux obsèques et n'a pas répondu à ma lettre.

Ses mains tentèrent de se libérer de l'emprise de Vance, mais ce dernier les garda tendrement serrées dans les siennes.

— C'était la première fois que tu la revoyais depuis le décès de ta grand-mère ? demanda-t-il.

Il parlait d'une voix calme et douce. Le regard de Shane se figea le temps de le regarder droit dans les yeux.

— Ça faisait plus de deux ans que je n'avais pas revu Anne, lâcha-t-elle d'un ton sec. Depuis qu'elle avait épousé son agent publicitaire. Comme ils ont divorcé, elle est revenue.

Shane secoua la tête d'un air incrédule et prit une profonde inspiration :

— Elle a presque réussi à me faire croire qu'elle s'intéressait à moi. J'ai pensé que nous pourrions nous parler. Nous parler vraiment.

Elle crispa les paupières.

— Toutes ses larmes et son chagrin, c'était de la comédie. Elle est restée là à me supplier de la comprendre, et j'ai cru...

De nouveau, sa voix se brisa et l'effort de continuer la fit frissonner.

— Si elle est venue, ce n'est ni pour moi ni pour Gran.

Lorsqu'elle rouvrit les yeux, Vance vit que la souffrance avait terni l'éclat de son regard. Il dut se faire violence pour conserver un ton calme :

— Pourquoi est-elle venue, Shane ?

Elle prit son temps pour répondre, gênée par sa respiration saccadée.

— Pour l'argent, lâcha-t-elle d'un ton catégorique. Elle a pensé qu'il y aurait de l'argent. Elle était furieuse que Gran m'ait tout laissé et a refusé de me croire quand je lui ai dit que l'héritage se montait à une somme dérisoire.

J'aurais dû m'en douter ! s'indigna-t-elle dans un subit accès de colère qui retomba aussitôt. Je le savais, pourtant.

Ses épaules s'affaissèrent comme sous le poids d'un fardeau intolérable.

— Je l'ai toujours su. Elle n'a jamais aimé personne. J'espérais qu'elle éprouvait peut-être un brin de tendresse pour Gran, mais… Quand elle a foncé au premier pour aller fouiller dans mes papiers, je lui ai dit des choses horribles. Je n'arrive pas à regretter mes paroles.

Les larmes jaillirent de ses yeux, émotion qu'elle refoula promptement.

— Je lui ai donné la moitié de l'argent qu'il me reste et je l'ai sommée de partir.

— Tu lui as donné de l'argent ? l'interrompit Vance, incrédule.

Shane le regarda d'un air las.

— Gran aurait fait la même chose. Anne reste ma mère.

Vance sentit le dégoût et la rage lui monter dans la gorge. Il lui fallut toute sa volonté pour ne pas y céder. Sa colère ne serait d'aucune aide à Shane.

— Ce n'est pas ta mère, Shane, affirma-t-il d'un ton prosaïque.

Elle allait répliquer, mais il secoua la tête et enchaîna :

— D'un point de vue biologique, oui, mais tu es trop intelligente pour croire que ça a un sens. Les chattes aussi ont des petits, Shane.

Il resserra sa poigne et vit une ombre de souffrance traverser son visage.

— Pardonne-moi. Je ne voulais pas te faire de peine.

— Non. Non, tu as raison.

Ses mains redevinrent inertes et elle laissa échapper un soupir.

— La vérité, c'est qu'il est rare que je pense à elle. Les quelques sentiments que j'éprouve à son égard viennent seulement du fait que Gran l'aimait. Et pourtant…

— Et pourtant, acheva-t-il, tu te rends malade de culpabilité.

— Comment trouver naturel de lui demander de rester loin de moi ? lança Shane d'une voix précipitée. Gran…

— Ta grand-mère aurait pu réagir différemment, elle aurait pu lui donner son argent par sentiment d'obligation. Mais réfléchis un peu, à qui a-t-elle tout laissé ? Tout ce qui comptait pour elle ?

— Oui, oui, je sais, mais…

— Quand tu penses au sens du mot « mère », qu'est-ce qui te vient à l'esprit, Shane ?

Elle le contempla fixement. Cette fois, lorsque les larmes affluèrent, elles débordèrent de ses yeux. Sans un mot, elle laissa tomber la tête sur l'épaule de Vance.

— Je lui ai dit que je ne l'aimais pas. Je le pensais, mais…

— Tu ne lui dois rien, affirma-t-il en l'attirant tout contre lui. Crois-moi, Shane, j'en connais un rayon question culpabilité, je sais comment ça peut te lacérer le cœur. Je ne te laisserai pas t'infliger ça.

— Je lui ai demandé de ne plus m'approcher.

Elle poussa un long soupir de lassitude.

— Je ne pense pas qu'elle s'y risquera.

Vance se tut quelques instants.

— C'est ce que tu veux ?

— Oh, oui !

Il posa les lèvres sur sa tempe avant de la prendre dans ses bras.

— Viens, tu es exténuée. Allonge-toi un petit moment et dors.

— Non, je ne suis pas fatiguée, mentit-elle alors que ses paupières papillonnaient. J'ai juste mal à la tête. Et le dîner…

— J'ai éteint le four, la rassura-t-il en la portant jusqu'au lit. On mangera plus tard.

Après avoir repoussé la couette, il déposa Shane entre les draps frais.

— Je vais te chercher de l'aspirine.

Il lui ôta ses chaussures mais, alors qu'il lui remettait la couette, Shane lui prit la main.

— Vance, tu ne voudrais pas simplement… rester avec moi ?

Effleurant sa joue du dos de la main, il lui sourit.

— Bien sûr.

Aussitôt déchaussé, il se glissa dans le lit auprès d'elle.

— Essaie de dormir, murmura-t-il en la serrant fort contre lui. Je suis là.

Il entendit un long soupir apaisé, puis sentit ses cils effleurer son épaule comme des ailes de papillon tandis qu'elle fermait les yeux.

Combien de temps restèrent-ils allongés immobiles, impossible à dire. La grande horloge à balancier du salon sonna une fois l'heure, mais Vance n'y prêta pas attention. Shane avait cessé de trembler et sa peau s'était réchauffée. Elle respirait à un rythme lent et régulier. Il lui caressait doucement la tempe d'un geste apaisant qui était pourtant loin de refléter l'état de ses pensées.

Rien ni personne ne provoquerait plus jamais un tel désespoir chez Shane. Il y veillerait. Étendu sur le lit, il fixa le plafond en réfléchissant au meilleur moyen de neutraliser Anne Abbott. Il n'avait pas protesté pour l'argent parce que c'était la volonté de Shane. Mais il ne pouvait se résoudre à la laisser constamment en proie à une telle pression psychologique. La vue de son visage pâle et choqué, de ses yeux emplis de souffrance, l'avait bouleversé de façon inédite.

Il aurait dû savoir que, lorsqu'on a le cœur aussi franc que Shane, on peut être aussi profondément meurtri que comblé. Et comment cette femme qui avait dû assumer ce genre de peine depuis l'enfance pouvait-elle déborder à ce point de joie et de générosité ? L'épreuve d'une mère négligente, la honte et la douleur d'une rupture de fiançailles, la perte du seul membre de sa famille qu'elle avait jamais connu – rien de tout cela n'avait entamé son moral ni sa bonté simple.

216

Mais ce soir, elle avait besoin d'une épaule consolatrice. Et Vance allait lui prêter la sienne – ce soir et chaque fois qu'elle aurait besoin de lui. Inconsciemment, il la serra contre lui comme pour la protéger de tout ce qui pouvait lui faire du mal.

— Vance.

Croyant qu'elle avait prononcé son nom dans son sommeil, il effleura ses cheveux d'un baiser léger.

— Vance, répéta Shane, de sorte qu'il baissa les yeux et vit ses prunelles briller dans l'obscurité. Fais l'amour avec moi.

C'était une requête simple et tranquille qui appelait plus de réconfort que de passion. L'amour infini qu'il pensait déjà éprouver pour elle en fut multiplié par trois. De même que son inquiétude de ne pas être assez tendre. Avec une extrême douceur, il prit le visage de Shane dans sa main et posa sa bouche sur la sienne.

Shane se laissait flotter. Elle était trop exténuée tant sur le plan physique que psychologique pour ressentir un désir ardent, mais Vance semblait avoir compris ce qu'elle lui demandait. C'était la première fois qu'il lui manifestait autant de tendresse. Sa bouche était chaude et d'une douceur incroyable. Minute après minute, il l'embrassa – sans plus. Ses doigts caressèrent son visage d'un geste apaisant, puis se déplacèrent à la base de son cou comme s'il sentait la douleur sourde et lancinante qui en irradiait. Avec patience et amour, il suscita chez elle une calme réaction, ne lui demandant jamais plus que ce qu'elle pouvait lui donner. Shane se détendit et se laissa guider.

Avec une lenteur attentionnée, Vance parcourut son visage de baisers, frôlant ses lèvres et ses paupières fermées tandis que son doux massage se déplaçait de la nuque vers ses épaules. Ses caresses étaient d'une douceur concentrée qui tenait plus de la gentillesse que de l'amour. Quand sa bouche revint vers celle de Shane, il épousa ses lèvres tout en légèreté, approfondissant son baiser sans fougue ni fureur. Elle y répondit dans un soupir, laissant libre cours à ses envies.

Passivement, elle se laissa déshabiller. Les mains de Vance s'activaient sans exigences avec habileté et lenteur. Faisant preuve d'une sensibilité que ni l'un ni l'autre ne soupçonnaient, il n'essaya pas d'exciter son désir. Même lorsqu'ils furent nus, il se contenta de l'embrasser et de la garder serrée contre lui. Shane prenait sans rien donner, elle le savait, et dans un murmure elle voulut le toucher.

— Chut...

Il déposa un baiser au creux de sa main avant de la retourner doucement sur le ventre. D'abord du bout des doigts, il la massa et la caressa jusqu'au bas du dos avant de remonter vers les épaules. Elle ignorait que l'amour pouvait être si plein de compassion et si désintéressé. Elle referma les yeux en soupirant et fit le vide dans sa tête.

Vance lui ôtait sa souffrance, lui rendait sa chaleur intérieure. Allongée dans le silence, Shane sentit qu'elle retrouvait son équilibre et sa confiance. Plus besoin de penser, plus besoin de sentir autre chose que les mains sûres et puissantes de Vance. Elle lui faisait une confiance aveugle. Conscient de son abandon, il prenait d'autant plus soin de ne pas en abuser.

Le lit d'époque oscilla légèrement lorsqu'il se pencha pour lui embrasser la nuque. Shane sentit le premier frisson de désir. C'était doux et merveilleusement facile. Heureuse, elle demeura immobile afin de jouir pleinement de la sensation d'être chérie. Vance la traitait comme un objet fragile et précieux. Elle se réjouissait voluptueusement de cette nouvelle expérience tandis qu'il semait de tendres baisers le long de sa colonne vertébrale. La tension et les larmes étaient à des années-lumière de ce lit Jenny Lind au matelas avachi et aux draps de lin usés. Plus rien n'existait en dehors des tendres gestes érotiques de Vance et de la réaction de plus en plus intense de son propre corps cajolé.

Il nota un changement subtil dans sa respiration – cette faible accélération qui indiquait que la détente se muait en désir. Cependant, il continua de la caresser sans insistance, ne voulant pas la brusquer. Dans le salon, l'horloge sonna une nouvelle fois l'heure à coups graves et lourds. Dans un craquement, la maison se referma douillettement sur eux, alternant gémissements et grincements. Vance n'entendait plus grand-chose hormis la respiration de plus en plus profonde de Shane.

Le clair de lune frissonnait sur sa peau, comme à la poursuite de ces mains aventureuses. La lumière blanche lui laissait voir encore plus nettement la sveltesse de son dos, la mince courbe de ses hanches. La bouche pressée contre l'épaule de Shane, Vance sentit le parfum citronné de ses cheveux mêlé à l'odeur de lavande en sachet qui imprégnait encore les draps. La pièce était noyée d'ombres.

Shane était couchée une joue sur l'oreiller, lui offrant une vue parfaite de son profil. Elle aurait pu dormir s'il n'y avait eu ce souffle précipité qui s'échappait de ses lèvres et les premiers mouvements subtils de son corps. Sans se départir de sa douceur, il la remit sur le dos pour pouvoir coller sa bouche sur la sienne.

Shane gémit, si absorbée en lui qu'elle était sourde à tout bruit, toute odeur qui n'émanait pas de Vance. Mais il ne modifia pas son rythme qui resta lent et sans hâte. Il avait terriblement envie d'elle mais n'éprouvait plus cette pulsion féroce et dévorante. C'était l'amour, bien plus que le désir, qui le poussait vers elle. Quand ses lèvres descendirent vers son sein, ce fut avec une tendresse si infinie que Shane sentit se répandre en elle une chaleur mi-agréable, mi-douloureuse. De sa langue, Vance transforma cette chaleur en brasier. Shane s'assit dans le lit, mais comme portée par un nuage.

Avec le même soin infini, il se mit à parcourir son corps de sa bouche et de ses mains. La peau de Shane frémit sous ses caresses, mais à peine. Il n'y avait pas de douce souffrance dans la passion qu'il lui apportait, mais un tel plaisir, un tel réconfort, qu'elle ne l'en désirait que plus. Elle concentra toutes ses pensées sur son propre corps et les calmes délices que Vance avait éveillées en lui.

Même si ses lèvres s'éloignaient des siennes pour aller goûter son cou ou sa joue, elles revenaient sans cesse s'y ressourcer. La réponse instinctive de Shane, le souffle rauque qui tremblait dans sa bouche déchaînèrent en lui un brasier. Mais il refréna les flammes de son désir. Ce soir, Shane était en porcelaine. Elle était aussi fragile que le clair de lune. Il ne laisserait pas sa passion et ses fantasmes prendre le dessus pour s'apercevoir plus tard qu'il s'était montré brutal avec elle. Ce soir, il oublierait la force et l'énergie de la jeune femme, et se concentrerait sur sa fragilité.

Et lorsqu'il la prit, sa tendresse fit couler sur les joues de Shane des larmes silencieuses.

12

La neige tombait régulièrement en un épais rideau. Déjà, la surface de la route était glissante. De squelettes sombres, les arbres s'étaient rapidement métamorphosés en ramures scintillantes. Les essuie-glaces de Vance faisaient le va-et-vient sur le pare-brise avec le chuintement monotone du caoutchouc balayant le verre. La neige ne suscitait chez lui ni contrariété ni plaisir. C'est à peine s'il la remarquait.

Grâce à quelques coups de fil et questions désinvoltes, il en avait suffisamment appris sur Anne Abbott – ou Anna Cross, le nom de scène qu'elle s'était choisi – pour alimenter encore sa colère de la nuit dernière. Le portrait que Shane lui avait fait d'elle était trop indulgent.

Anne avait vécu trois mariages tumultueux. Tous représentant un contact avec l'industrie du cinéma. Elle avait froidement pressuré chacun de ses maris avant de passer très vite au suivant. Sa dernière victime en date, Leslie Stuart, s'était avérée un peu trop maligne pour elle – lui ou son avocat. Ce mariage n'avait strictement rien rapporté à Anne. Et, avec son penchant pour le luxe, elle s'était déjà lourdement endettée.

Elle travaillait de façon sporadique – des rôles secondaires, de la figuration, à l'occasion une publicité. Son talent était insignifiant, mais son visage lui avait valu quelques répliques dans deux ou trois films de bonne tenue. Elle aurait pu obtenir davantage si son égotisme et son mauvais caractère n'avaient pas entravé sa carrière. Elle était plus tolérée qu'appréciée dans le milieu d'Hollywood. Et même cette tolérance semblait plus à mettre à l'actif de ses différents maris et autres amants intermittents qu'à celui de sa propre personne. Les contacts de Vance lui avaient dépeint une femme belle et calculatrice, dotée d'une tendance à l'agressivité. Il avait l'impression de déjà la connaître.

Tandis qu'il roulait dans la neige de plus en plus drue, ses pensées se focalisèrent sur Shane. Il l'avait gardée toute la nuit dans ses bras, l'apaisant quand elle s'agitait, lui prêtant une oreille attentive lorsqu'elle avait besoin de parler. L'expression ravagée de son regard le poursuivrait longtemps. Ce matin encore, son enjouement feint n'avait pu masquer sa lassitude sous-jacente. Et Vance avait perçu sa crainte muette qu'Anne revienne lui infliger un autre séisme émotionnel. S'il ne pouvait changer ce qui s'était passé, il pouvait en revanche prendre des mesures pour protéger Shane à l'avenir. Et c'était précisément ce qu'il avait l'intention de faire.

Vance bifurqua pour s'engager sur le parking d'un motel de bord de route et y gara sa voiture. Il resta quelques minutes à contempler la neige qui s'accumulait sur le pare-brise. Après avoir un moment envisagé de dire à Shane qu'il comptait aller voir sa mère, il avait finalement rejeté cette idée. Shane était si pâle ce matin… De toute façon, elle s'y serait à coup sûr opposée – voire violemment. C'était une femme qui tenait à résoudre ses problèmes seule. Il respectait son attitude, l'admirait même, mais dans ce cas précis, il était bien décidé à passer outre.

Il descendit de voiture et traversa le parking glissant jusqu'à la réception du motel, où on lui donna les renseignements dont il avait besoin. Dix minutes plus tard, il frappait à la porte d'Anne Abbott.

Quand celle-ci découvrit Vance, le pli de contrariété entre ses sourcils se mua en expression de considération. Assurément, il incarnait pour elle une agréable surprise.

Vance la dévisagea d'un œil froid : Shane n'avait pas enjolivé la description de sa mère. Elle était ravissante. Son visage aux traits élégants et au teint délicat était complété par des yeux d'un bleu très profond et une crinière de cheveux blonds. Son corps, moulé dans un négligé rose, était tout en courbes voluptueuses. Même si sa blondeur dorée était aux antipodes de la beauté torride d'Amelia, Vance sut à la seconde que les deux femmes avaient été coulées dans le même moule.

— Bonjour…

Sa voix était languide et boudeuse, son regard amusé et appréciateur. Vance eut beau chercher, il ne trouva pas une once de ressemblance entre la mère et la fille. Surmontant une vague de dégoût, il lui sourit en retour. Il fallait qu'il s'introduise dans cette chambre.

— Bonjour, madame Cross.

Il vit aussitôt qu'il avait eu raison d'employer son nom de scène. Elle le gratifia du sourire ravageur qui comptait parmi ses meilleurs atouts.

— On se connaît ?

Le bout de sa langue rose effleura sa lèvre supérieure.

— Je vous trouve un air familier, mais je suis sûre que je n'aurais pas oublié votre visage si on s'était déjà rencontrés.

— Je m'appelle Vance Banning, madame Cross, répondit-il sans lâcher son regard. Nous avons des amis communs, les Hourback.

— Oh, Tod et Sheila !

Anne ne pouvait pas les voir en peinture, mais c'est d'une voix empreinte du plus vif plaisir qu'elle enchaîna :

— N'est-ce pas merveilleux ? Oh, mais entrez, je vous en prie ! Il gèle dehors. Cet horrible hiver de la côte Est !

Elle referma la porte derrière lui et s'y adossa un moment. Peut-être, songea-t-elle, ce bref retour au pays s'avérerait-il moins assommant que prévu après tout ? Il y avait belle lurette qu'un homme aussi séduisant n'avait frappé à sa porte… Et, s'il connaissait ces snobinards d'Hourback, il y avait fort à parier qu'il soit lui aussi plein aux as.

— Eh bien, dites-moi, le monde est petit, n'est-ce pas ? murmura-t-elle en glissant lentement derrière son oreille une mèche d'un blond délicat. Comment vont Tod et Sheila ? Cela fait une éternité que je ne les ai vus.

— Ils allaient bien la dernière fois que nous nous sommes rencontrés.

Bien conscient de l'orientation que prenaient les pensées d'Anne, Vance sourit de nouveau, cette fois avec un air d'amusement glacial.

— Dans la conversation, ils m'ont dit que vous étiez de passage ici. Je n'ai pas pu résister à l'envie de venir vous voir, madame Cross.

— Oh, je vous en prie, appelez-moi Anna, fit-elle gracieusement.

Elle soupira en englobant la pièce d'un regard de désespoir.

— Je dois vous présenter mes excuses pour cette chambre, mais j'ai des affaires qui me retiennent dans la région, et…

Elle haussa imperceptiblement les épaules.

— Je suis bien obligée de m'en contenter. Je peux cependant vous offrir à boire, si vous n'avez rien contre le bourbon.

Il était à peine 11 heures, mais Vance répondit d'une voix onctueuse :

— Si ça ne vous dérange pas trop.

— Pas du tout.

Anne alla d'un mouvement fluide jusqu'à une petite table. Elle se félicitait d'avoir emporté ce peignoir de soie et de ne pas avoir encore trouvé l'énergie de s'habiller. Ce négligé, elle le savait, était à la fois seyant et aguicheur. Dieu merci, elle venait d'achever son maquillage quand cet homme avait frappé.

— Mais dites-moi, Vance, poursuivit-elle, que diable faites-vous dans un patelin aussi mortel ? Vous n'êtes pas du coin, si ?

— Les affaires, répondit-il simplement, en la remerciant d'un hochement de tête pour le verre de bourbon bien tassé qu'elle lui tendait.

Anne plissa les yeux quelques secondes avant de les écarquiller.

— Mais bien sûr ! Comment ai-je pu être aussi sotte ?

Elle lui décocha un sourire rayonnant tandis que les rouages s'enclenchaient à toute vitesse dans sa tête.

— J'ai entendu Tod parler de vous. Riverton Construction, c'est ça ?

— Exact.

— Ça, par exemple, je suis impressionnée...

Elle effleura ses dents d'une langue légère tout en réfléchissant.

— L'une des plus grosses entreprises de construction du pays...

— C'est ce qu'on dit, acquiesça-t-il calmement en voyant qu'elle l'épiait par-dessus son verre.

Il se demanda sans passion combien d'appâts elle lui lancerait avant de tenter de le harponner. S'il n'y avait pas eu Shane, il aurait pu prendre plaisir à la laisser s'enfoncer dans le ridicule.

Avec sa grâce languide et soigneusement étudiée, Anne s'assit au bord du lit. Combien de temps mettrait-il avant d'essayer de coucher avec elle et quelle somme de résistance devrait-elle feindre avant de lui céder ? se demanda-t-elle en sirotant sa boisson.

— Eh bien, Vance, que puis-je faire pour vous ?

Il fit tournoyer le bourbon dans son verre sans le boire. Il la regarda froidement, droit dans les yeux.

— Laissez Shane tranquille.

En d'autres circonstances, le changement d'expression d'Anne aurait pu être comique. Elle s'oublia assez longtemps pour le dévisager, bouche bée.

— De quoi parlez-vous ?

— Shane, répéta-t-il. Votre fille.

— Je sais très bien qui est Shane, répliqua Anne d'un ton cassant. Qu'a-t-elle à voir avec vous ?

— Je vais l'épouser.

Le choc se peignit sur le visage d'Anne avant de se dissoudre en un éclat de rire.

— La petite Shane ? Oh, c'est trop drôle ! Ne me dites pas que ma mignonne petite fille a enfin réussi à se dégotter un homme, un vrai ? Je l'ai sous-estimée.

La tête inclinée sur le côté, elle lui jeta un regard aigu :

— À moins que ça ne soit vous que j'aie surestimé.

Vance crispa les doigts autour de son verre, mais parvint à dominer sa colère. Lorsqu'il répondit, ce fut d'une voix dangereusement calme :

— Faites attention, Anne.

Le regard de Vance ôta toute envie de rire à celle-ci.

— Bien, enchaîna-t-elle avec un haussement d'épaules indifférent. Alors comme ça, vous voulez épouser Shane. En quoi ça me regarde ?

— En rien ! Absolument rien.

Dissimulant à la fois sa crainte et son irritation, Anne se leva avec grâce.

— Je suppose que je devrais féliciter ma petite fille pour la chance qu'elle a.

Vance la saisit par le bras. Même délivré sans pression explicite, la signification de son message était très claire :

— Vous n'allez rien faire de la sorte. Vous allez prendre vos cliques et vos claques, et ficher le camp d'ici.

Folle de rage, Anne se dégagea d'une violente secousse.

— Mais pour qui vous prenez-vous, hein ? Vous ne pouvez pas m'ordonner de partir.

— Je vous le conseille, rectifia Vance. Et vous seriez sage d'obéir à ma suggestion.

— Je n'aime pas le ton de votre suggestion, rétorqua-t-elle. J'ai bien l'intention d'aller voir ma fille…

— Pourquoi ?

226

Vance la stoppa net sans élever la voix :

— Vous n'aurez pas un sou de plus, je vous le promets.

— Je ne vois pas du tout de quoi vous parlez, prétendit Anne, drapée dans une dignité glaciale. J'ignore quelles fadaises vous a racontées Shane, mais…

— Vous feriez mieux de bien réfléchir avant d'aller plus loin, la prévint Vance d'un ton calme. J'ai vu Shane peu de temps après que vous l'avez quittée, hier soir. Elle n'a pas eu besoin d'entrer dans les détails pour que je me fasse une idée.

Il la regarda longuement, l'œil dur.

— Je vous connais par cœur, Anne, aussi bien que vous-même. Il n'y aura plus d'argent, poursuivit-il devant le silence de cette dernière. Alors, le plus intelligent pour vous, c'est d'arrêter les frais et de rentrer en Californie. Je n'aurais pas beaucoup de mal à faire bloquer le virement du chèque que Shane vous a déjà donné.

Anne fut contrariée par cette éventualité. Elle se maudit de ne pas s'être levée de bonne heure pour aller encaisser le chèque avant que Shane ait eu le temps de se raviser.

— J'ai la ferme intention d'aller voir ma fille.

Elle s'interrompit et lui lança un sourire éblouissant :

— Et à ce moment-là, je lui dirai ma façon de penser sur le choix de ses amants.

Les yeux de Vance ne reflétèrent ni feu ni glace, à peine un vague ennui. Rien n'aurait pu davantage irriter Anne.

— Je vous interdis de revoir Shane, insista-t-il.

Sous la soie du peignoir, le buste ravissant d'Anne se souleva d'indignation.

— Vous ne pouvez pas m'empêcher de voir ma fille !

— Si, je le peux, riposta Vance. Et je le ferai. Si vous entrez en contact avec elle, si vous essayez de lui soutirer encore un dollar avec vos cajoleries ou de lui faire du mal d'une façon ou d'une autre, je m'occuperai de vous personnellement.

Anne sentit le premier frisson de peur physique. Méfiante, elle recula d'un pas.

— Vous n'oseriez pas me toucher.

Vance eut un rire sans joie.

— N'en soyez pas si sûre. Cela dit, je ne pense pas que nous soyons amenés à aller jusque-là.

Il posa son verre de bourbon d'un air dégagé.

— J'ai un certain nombre de contacts dans l'industrie du cinéma, Anne. De vieux amis, des partenaires commerciaux, des clients. Quelques mots aux bonnes personnes et c'en sera fini de votre misérable petite carrière.

— Comment osez-vous me menacer ? lança-t-elle, à la fois furieuse et effrayée.

— Ce n'est pas une menace, affirma-t-il. Mais une promesse. Faites une fois encore du mal à Shane et vous me le paierez. Vous vous en tirez bien, Anne, ajouta-t-il. Elle n'a rien de ce que vous désirez.

Écumant de rage, elle avança d'un pas vers lui.

— J'ai droit à ma part ! La totalité des biens de ma grand-mère devrait être partagée entre Shane et moi, cinquante-cinquante.

Vance haussa un sourcil spéculateur :

— Cinquante-cinquante, répéta-t-il, l'air songeur. Vous devez être aux abois pour vous satisfaire de ce genre d'arrangement.

Sans pitié, il balaya d'un geste ses problèmes.

— Je refuse de perdre mon temps à discuter de dispositions légales avec vous, encore moins de moralité ou d'éthique. Contentez-vous d'accepter le fait que vous n'obtiendrez jamais rien de plus que ce que vous a donné Shane hier.

Et sur ces mots, il alla vers la porte. Dans une ultime tentative désespérée, Anne s'effondra sur le lit et se mit à pleurer.

— Oh, Vance, vous ne pouvez pas être aussi cruel !

Elle leva vers lui un visage déjà baigné de larmes.

— Vous ne pouvez pas m'empêcher de voir ma propre fille, mon seul enfant !

Vance détailla cette belle figure tragique avant de lui décerner un bref hochement de tête approbateur.

— Excellent, commenta-t-il. Vous êtes meilleure actrice que ce qu'en dit la critique.

Alors qu'il refermait la porte derrière lui, il entendit le bruit d'un verre qui se fracassait contre le panneau de bois.

Bondissant sur ses pieds, Anne s'empara du second verre et le lança lui aussi violemment sur la porte. Elle ne laisserait personne, non, *personne*, la menacer, se jura-t-elle. Ni se moquer d'elle, fulmina-t-elle en se remémorant le regard de Vance, plein d'une froideur amusée. Elle s'arrangerait pour qu'il lui paie cette humiliation. Se rasseyant sur le lit, elle serra les poings jusqu'à ce qu'elle ait maîtrisé sa colère. Il lui fallait réfléchir. Il devait bien y avoir un moyen de nuire à Vance Banning. *Riverton Construction*, réfléchit-elle en fermant les yeux dans son effort de concentration. N'y avait-il pas eu quelque scandale en lien avec l'entreprise ? Frustrée, elle lança l'oreiller de toutes ses forces à travers la chambre. Rien ne lui venait à l'esprit. Que savait-elle d'une stupide boîte qui construisait des centres commerciaux et des hôpitaux ? Tout ça était d'un tel ennui ! songea-t-elle avec rage.

Attrapant le second oreiller, elle allait le lancer lui aussi lorsque soudain la lueur d'un souvenir la stoppa net dans son élan. Un scandale. Mais sans rapport avec l'entreprise. Il s'était passé quelque chose… quelque chose, plusieurs années auparavant. À peine quelques chuchotements lors d'une ou deux soirées. *Zut !* jura-t-elle en son for intérieur en voyant que sa mémoire ne la menait nulle part. *Sheila Hourback*, pensa Anne en pinçant les lèvres. Cette vieille peau coincée pourrait peut-être lui être utile. Rampant tant bien que mal sur le lit défait, Anne s'empara du téléphone.

Lorsque Vance entra dans le magasin, Shane était occupée à retracer en détail une échauffourée de la bataille d'Antietam à trois garçons qui buvaient avidement ses paroles. Elle lui sourit et il entendit sa voix teintée d'enthousiasme, mais elle était encore pâle. Ce seul constat balaya ses derniers doutes concernant sa démarche : il avait eu raison. Shane saurait rebondir, se dit-il en flânant dans le magasin d'antiquités, parce que c'était dans son tempérament. Mais même pour une personne aussi forte par nature que Shane, il y avait des limites au supportable. Apercevant Pat qui époussetait des objets de verre, il se dirigea vers elle.

— Salut, Vance ! lança-t-elle avec un sourire bref et amical. Comment ça va ?

— Je vais bien.

Il jeta un coup d'œil par-dessus son épaule afin de s'assurer que Shane était toujours prise par son récit.

— Écoutez, Pat, je voulais vous parler de cet ensemble de salle à manger.

— Ah, oui… Il y a eu une embrouille à ce sujet. Je n'ai toujours pas pigé. Shane m'a dit que…

— Je vais l'acheter.

— *Vous ?*

La première réaction de surprise de Pat tourna à l'embarras. Néanmoins, Vance la dévisageait avec un large sourire et elle sentit le rouge refluer de ses joues.

— Pour Shane, expliqua-t-il. Cadeau de Noël.

— Oh, c'est trop mignon !

Elle fut immédiatement conquise par le romantisme du geste de Vance.

— C'était celui de sa grand-mère, vous savez. Elle y tient plus que tout.

— Je sais, mais elle est bien décidée à le vendre.

Distraitement, il saisit une tasse à moka en porcelaine.

— Et je suis tout aussi déterminé à le lui offrir. Mais elle refuse que je le fasse.

Il gratifia Pat d'un clin d'œil conspirateur.

— En revanche, elle pourra difficilement décliner un cadeau de Noël, pas vrai ?

— En effet.

Enchantée par l'astuce de Vance, Pat lui adressa un sourire radieux. Ainsi donc, toutes ces rumeurs étaient fondées, songea-t-elle, ravie et curieuse. Il y avait bien quelque chose entre eux...

— Non, elle ne pourra pas, renchérit-elle. Ça va lui faire tellement d'effet, Vance ! Ça la tue de devoir vendre certains objets, mais l'ensemble de salle à manger, c'est le plus dur. Le truc, c'est que... euh... il est affreusement cher.

— Pas de problème. Je vais vous donner un chèque aujourd'hui.

Il songea soudain que, en ville, la nouvelle allait se répandre qu'il avait beaucoup d'argent à dépenser. Très vite, il lui faudrait parler à Shane.

— Mettez dessus une affichette « Vendu ».

Il jeta un coup d'œil en arrière, voyant que les trois visiteurs de Shane s'apprêtaient à partir.

— Surtout ne lui dites rien, sauf si elle vous demande quelque chose.

— Motus et bouche cousue, promit Pat, ravie d'être dans la confidence. Et si jamais elle me pose des questions, je dirai juste que la personne veut qu'on le lui garde jusqu'à Noël.

— Vous ne manquez pas de ressources, la complimenta-t-il. Merci.

— Vance...

Pat baissa la voix :

— Elle a l'air d'avoir un peu le cafard, aujourd'hui. Vous pourriez peut-être lui faire prendre l'air un petit moment, histoire de lui remonter le moral. Oh, Shane, s'empressa-t-elle d'enchaîner d'une voix redevenue normale, comment es-tu parvenue à faire taire ces trois petits monstres pendant vingt minutes ? Ce sont les fils de Clint Drummond, expliqua-t-elle à Vance en frissonnant de façon comique. Quand je les ai vus entrer, j'ai failli m'enfuir par la porte de derrière.

231

— Ils étaient tout excités que les cours aient été annulés en raison de la neige.

D'instinct, Shane chercha la main de Vance dès qu'elle eut franchi le seuil.

— Ce qu'ils voulaient, c'était éclaircir les détails les plus intéressants de certains combats afin de pouvoir reconstituer leur propre bataille d'Antietam à coups de boules de neige.

— Prends ta parka, ordonna Vance en lui plantant un baiser sur le front.

— Quoi ?

— Et un bonnet. Il fait froid, dehors.

Shane lui serra brièvement la main en riant.

— Je sais bien qu'il fait froid dehors, idiot ! Il y a déjà quinze centimètres de neige.

— Alors nous ferions mieux d'y aller.

Il lui donna une tape amicale sur les fesses.

— Et tu devrais aussi te munir de bottes. Mais n'y mets pas des heures.

— Vance, on est en tout début d'après-midi. Je ne peux pas laisser le magasin !

— C'est pour le boulot, répliqua-t-il gravement. Il faut que tu achètes un sapin de Noël.

— Un sapin de Noël ?

Avec un gloussement de rire, elle ramassa le chiffon à poussière que Pat avait posé.

— C'est trop tôt dans la saison.

— Trop tôt ?

Vance décocha un sourire en direction de Pat.

— Tu sais, il ne te reste que quinze jours avant Noël, et tu n'as toujours pas d'arbre. La plupart des magasins qui se respectent ont leur vitrine décorée à partir de Thanksgiving !

— Oui, je sais, mais...

— Il n'y a pas de mais, coupa-t-il en lui ôtant des mains le chiffon à poussière pour le rendre à Pat. Que fais-tu de ton esprit de Noël ? Sans parler de ta stratégie

232

commerciale… Selon le tout dernier sondage, les gens dépensent douze pour cent et demi de plus dans un magasin décoré pour Noël.

Shane lui lança un regard méfiant :

— Quel sondage ?

— L'enquête sur le corollaire entre commerce de détail et ambiance saisonnière, lâcha-t-il d'un ton dégagé.

Pour la première fois en presque vingt-quatre heures, elle éclata d'un rire sincère.

— C'est un affreux mensonge.

— Certainement pas, s'insurgea Vance. C'est un mensonge remarquable. Et maintenant, va chercher ta parka.

— Mais Vance…

Pat l'interrompit en la poussant d'une bourrade vers l'escalier :

— Oh, ne sois pas bête, Shane ! Je peux très bien m'en sortir seule. Avec toute cette neige, ça m'étonnerait que les clients se ruent sur le magasin. En plus, renchérit-elle finement, connaissant son employeur, j'aimerais vraiment qu'on ait un arbre. Je lui ferai une place juste devant cette fenêtre.

Sans attendre sa réponse, Pat entreprit de modifier la disposition des meubles.

— Et des gants, ajouta Vance en voyant Shane hésiter.

— Très bien, capitula cette dernière. J'arrive dans une minute.

Dix bonnes minutes plus tard, elle avait pris place à côté de Vance dans la cabine de son petit pick-up.

— Oh, que c'est beau par ici ! s'exclama-t-elle en essayant de tout voir à la fois. J'adore la première neige. Regarde, voilà les fils Drummond !

Vance jeta un coup d'œil dans la direction qu'elle lui indiquait et vit trois garçons en train de se bombarder d'une pluie de boules de neige.

— La bataille fait rage, murmura-t-il.

— Comme prévu, le général Burnside a des problèmes, observa Shane avant de se tourner vers Vance. À propos, qu'est-ce que vous complotiez, Pat et toi, quand je suis montée chercher mes affaires ?

Vance feignit l'étonnement.

— Oh, lâcha-t-il, l'air content de lui, j'essayais de décrocher un rencard avec elle. Elle est plutôt mignonne.

— Ah oui ? dit Shane d'une voix traînante en le regardant fixement. Ce serait vraiment dommage pour elle de se faire virer à quelques jours de Noël.

— Je m'efforce seulement d'établir de bonnes relations avec les employés, se défendit-il en s'arrêtant à un stop.

Et, la prenant par surprise, il l'attira dans ses bras et l'embrassa à pleine bouche.

— J'adore ton petit gloussement étouffé quand tu te retiens de rire. Refais-le.

Le souffle court, elle s'écarta de lui.

— Virer une employée n'a rien d'un sujet de plaisanterie, déclara-t-elle d'un ton guindé avant de rajuster son bonnet de ski. Tourne ici.

Au lieu de lui obéir, Vance l'embrassa de nouveau. Ils furent grossièrement interrompus par un coup de klaxon tonitruant et, pour la seconde fois, Shane se libéra tant bien que mal de son étreinte.

— Voilà, tu as gagné !

Elle gâcha la sévérité de son sermon par un gloussement étouffé.

— Le shérif va t'arrêter pour entrave à la circulation.

— Un type grincheux au volant d'une Buick, ce n'est pas ce que j'appelle de la circulation, objecta Vance en tournant à droite. Tu sais où tu vas ?

— Évidemment. Quelques kilomètres plus bas, il y a un endroit où tu pourras déraciner ton propre arbre.

— Déraciner ? fit Vance en écho, en lui jetant un coup d'œil.

Shane soutint son regard avec placidité.

234

— Oui, déraciner, répéta-t-elle. Selon le dernier sondage sur la protection de l'environnement…

— C'est bon, déraciner, la coupa-t-il en se rangeant à son avis.

Shane se pencha en riant pour lui embrasser l'épaule.

— Je t'aime, Vance.

Le temps qu'ils arrivent à l'exploitation forestière, la neige ne formait plus qu'une légère bruine. Shane le traîna d'arbre en arbre, qu'elle soumettait chacun à un examen minutieux avant de les écarter. Même si les couleurs qui lui illuminaient le visage étaient dues au froid, Shane avait retrouvé sa joie de vivre, constata Vance. Et son énergie avait beau sans doute dériver de la tension nerveuse, il observait avec satisfaction qu'elle avait repris le dessus. Le plaisir simple de choisir un arbre de Noël avait suffi à rallumer un sourire au fond de ses yeux.

— Celui-ci ! s'écria Shane en s'arrêtant devant un pin à aiguilles courtes. Il est parfait.

— Je ne vois pas en quoi il diffère des cinq cents autres que nous avons passés en revue, grommela Vance en plantant le bout de sa pelle dans la neige.

— C'est parce que tu n'as pas l'œil du connaisseur, répliqua-t-elle d'un ton condescendant.

Vance ramassa une poignée de neige et lui en barbouilla le visage.

— Quoi qu'il en soit, poursuivit-elle avec un aplomb remarquable, c'est celui-ci. Creuse ! ordonna-t-elle, et, après s'être reculée, elle croisa les bras.

— Bien, m'dame, fit-il humblement en se penchant sur sa tâche.

Au bout de quelques instants, il reprit :

— Tu sais, je viens tout à coup de comprendre que tu vas vouloir que je creuse un trou pour replanter ce truc après Noël.

Shane lui décocha un sourire plein de franchise.

— Quelle bonne idée ! Je vois d'ici l'emplacement qui lui conviendra le mieux. Cela dit, tu auras sûrement besoin d'un pic. C'est plein de rocaille à cet endroit.

Ignorant la réplique malsonnante de Vance, elle héla de la main un vendeur. Une fois l'arbre payé – avec l'argent de Shane, et ce malgré les objections de Vance – et ses racines soigneusement enveloppées de toile de jute, ils prirent le chemin du retour.

— Tu es pénible, Shane ! râla-t-il, exaspéré. Je voulais t'offrir cet arbre.

Les roues du pick-up grondèrent sur l'étroit pont de bois.

— Ce pin est destiné au magasin, lui rappela-t-elle. Donc, c'est le magasin qui a acheté ce sapin. De la même manière qu'il achète le stock et paie la note d'électricité, lui déclara-t-elle non sans logique alors qu'il stoppait devant la maison.

Voyant qu'il était contrarié, Shane contourna le véhicule pour aller l'embrasser.

— Tu es un amour, Vance, et j'apprécie vraiment ton intention. Offre-moi autre chose !

Il la considéra d'un long regard perplexe :

— Quoi ?

— Oh, je ne sais pas ! J'ai toujours rêvé d'avoir quelque chose de frivole et d'extravagant… Un protège-oreilles en chinchilla, par exemple.

Au prix d'un gros effort, il parvint à garder son sérieux.

— Tu mériterais que je t'en offre un. Tu serais bien obligée de le mettre.

Elle se hissa sur la pointe des pieds, en invite à un autre baiser. Alors qu'il penchait la tête, Shane lui glissa dans le dos la poignée de neige qu'elle avait ramassée en douce. Vance jura avec conviction et elle fila comme une flèche se mettre à l'abri. Elle s'attendait évidemment à recevoir la boule de neige qui s'écrasa sur sa nuque, mais pas au plaquage adroit qui la fit s'étaler face contre terre dans la neige.

— Oh ! Tu n'as vraiment rien d'un gentleman ! marmonna-t-elle, la bouche pleine de neige.

Vance se mit à rire à gorge déployée tandis qu'elle s'efforçait de s'asseoir par terre tout en s'essuyant le visage.

— La neige te sied encore mieux que la boue, railla-t-il.

Shane se jeta sur lui et, en l'attrapant, lui fit perdre l'équilibre, si bien qu'il bascula en arrière. Dans un bruit sourd, elle atterrit sur sa poitrine. Avant qu'elle ait pu lui écraser sur le visage la poignée de neige qu'elle avait ramassée, il la retourna sur le dos et l'immobilisa au sol. Résignée, elle ferma les yeux et attendit. Au lieu du choc glacé de la neige, elle sentit les lèvres de Vance se plaquer fougueusement sur les siennes. Sa réaction ne se fit pas attendre : elle noua les bras autour de son cou et répondit avidement à son baiser.

— Tu te rends ? s'enquit-il.

— Non, déclara-t-elle avec fermeté avant de l'attirer vers elle.

L'ardeur de sa réponse fit oublier à Vance qu'ils étaient étendus dans la neige au beau milieu de l'après-midi. Il ne sentait plus les flocons humides qui s'égaraient le long de sa nuque, même s'il en goûtait des semblables sur la peau de Shane. Il s'énervait contre ses vêtements épais qui lui dissimulaient sa silhouette, contre ses propres gants qui l'empêchaient d'apprécier le velouté de sa peau. Mais il pouvait toujours la savourer de sa bouche et il en profita avec gourmandise.

— Qu'est-ce que j'ai envie de toi, murmura-t-il, en brutalisant encore et encore sa petite bouche avide. Ici, tout de suite.

Il releva la tête pour la contempler, mais ce qu'il allait dire fut interrompu par le bruit d'une voiture qui approchait.

— Si j'avais eu un sou de bon sens, je t'aurais emmenée chez moi, marmonna-t-il avant de l'aider à se remettre debout.

Elle l'enlaça et lui murmura à l'oreille :

— Je ferme dans deux heures.

Tandis que Shane s'occupait d'un groupe désordonné de clients qui touchaient tout et n'achetaient rien, Vance se rendit utile en installant l'arbre. Le bavardage enjoué de Pat l'aida à calmer la fièvre que Shane avait si rapidement allumée en lui. Suivant les instructions de cette dernière, il trouva dans le grenier poussiéreux les cartons contenant les décorations de Noël.

Ils durent attendre la tombée du crépuscule pour se retrouver en tête à tête. Comme Shane était encore pâle, il la força à avaler un rapide encas avant qu'ils ne commencent à trier les décorations. Ils se contentèrent de viande froide – la côte de bœuf qu'ils n'avaient touchée ni l'un ni l'autre la nuit précédente.

Mais ce repas, tout en apaisant sa faim, rappela avec force à Shane la visite de sa mère. Elle s'efforça de chasser sa tristesse, ou à tout le moins de la dissimuler. Son bavardage était gai, insouciant et totalement factice.

Vance lui prit la main, l'interrompant net au beau milieu d'une phrase.

— Pas avec moi, Shane, dit-il avec calme.

Sans se donner le mal de feindre l'incompréhension, Shane serra brièvement sa main.

— Je ne ressasse pas, Vance. Simplement, tout ça s'insinue parfois dans mon esprit.

— Et quand ça se produit, je suis là. Repose-toi sur moi, Shane, quand tu en as besoin.

Il porta sa main à ses lèvres.

— Dieu sait que, moi, je me repose sur toi.

— Alors maintenant, l'implora-t-elle d'une voix tremblante, serre-moi fort une minute.

Il la prit dans ses bras et lui appuya la tête contre son cœur.

— Tant que tu voudras.

Elle poussa un soupir et se décontracta.

— Je n'aime pas me conduire comme une idiote, murmura-t-elle. Je crois que c'est ce que je déteste le plus au monde.

— Tu ne te conduis pas comme une idiote, rectifia-t-il avant de s'écarter d'elle.

Sa décision était prise. Il lui avoua :

— Shane, je suis allé voir ta mère ce matin.

— Quoi ?

Son exclamation lui échappa dans un souffle.

— Tu as le droit d'être en colère, mais je refuse de rester là les bras croisés à te regarder souffrir une nouvelle fois. J'ai fait très clairement comprendre à ta mère que, si jamais elle revenait t'embêter, elle aurait affaire à moi.

Bouleversée, elle se détourna de lui.

— Tu n'aurais pas dû...

— Ne me dis pas ce que j'aurais dû faire ou ne pas faire, la coupa-t-il avec irritation. Je t'aime, bon sang ! Tu ne peux pas t'attendre à ce que je reste là sans agir pendant qu'elle te pourrit la vie.

— Je suis capable d'assumer ça, Vance.

— Non.

Il la prit par les épaules et lui fit faire volte-face.

— D'accord, tu es capable d'assumer un nombre incroyable de choses, mais ça, non. Elle te ruine le moral.

Sa poigne se mua en caresse.

— Shane, si c'était moi qu'on avait fait souffrir, comment tu aurais réagi ?

Elle fit mine de vouloir répondre mais ne produisit qu'un soupir longtemps retenu. Prenant le visage de Vance entre ses mains, elle l'attira vers le sien.

— De la même manière, j'espère, admit-elle en l'embrassant avec douceur. Je ne veux pas savoir ce qui s'est dit entre vous, ajouta-t-elle d'une voix raffermie. Pour ce soir, on oublie les problèmes, Vance.

Agacé, il secoua la tête : il lui faudrait encore attendre pour tout lui avouer.

— Très bien, on oublie les problèmes.

239

— On va décorer l'arbre, déclara-t-elle avec décision. Ensuite, tu me feras l'amour dessous.

Le visage de Vance s'éclaira d'un large sourire.

— Ça doit pouvoir se faire.

Il se laissa entraîner en bas de l'escalier.

— Et si je te faisais d'abord l'amour sous l'arbre et qu'ensuite on le décore ?

— Ça n'aurait rien de festif, décréta-t-elle sévèrement en commençant à déballer les décorations.

— Tu veux parier ?

Elle rit mais secoua la tête en signe de dénégation.

— Sûrement pas. Il y a un ordre pour installer tous ces trucs, tu sais. Les lumières en premier, annonça-t-elle en extrayant une guirlande proprement enroulée.

Leur tâche leur prit plus d'une heure, étant donné que Shane faisait partager à Vance ses souvenirs concernant chaque décoration qu'elle déballait, ou presque. Alors qu'elle sortait une étoile en feutrine rouge, elle se rappela en quelle année elle l'avait confectionnée pour sa grand-mère. Toutes ces réminiscences lui procuraient un pincement au cœur en même temps qu'un sentiment de réconfort. Jusqu'ici, elle avait vu ce Noël approcher avec angoisse. Comment pourrait-elle célébrer les fêtes dans cette maison en l'absence de celle avec qui elle y avait toujours vécu ? Gran lui aurait rappelé que la vie est un cycle mais, personnellement, Shane savait qu'elle aurait trouvé intolérable la vue d'un arbre ou d'une guirlande si elle avait dû passer ce Noël seule.

Elle observa Vance en train d'arranger soigneusement une couronne. *Comme Gran l'aurait aimé*, songea-t-elle avec un sourire. *Et réciproquement*. En un sens, ce n'était pas grave si les deux personnes qu'elle aimait le plus au monde ne s'étaient jamais rencontrées. Elle les connaissait toutes les deux, et cela suffisait à créer un lien entre elles. Shane était prête à se donner corps et âme à Vance.

S'il ne me demande pas rapidement en mariage, réfléchit-elle, *c'est moi qui devrai le faire*. Il lui lança un regard auquel elle répondit par un sourire impertinent.

— À quoi penses-tu ?

— Oh, à rien, affirma-t-elle, l'air innocent, en reculant pour juger de l'effet produit. Il est parfait, tout à fait tel que je l'imaginais.

Elle eut un hochement de tête approbateur et sortit la vieille étoile argentée qui ornerait le sommet de l'arbre.

Vance la lui prit des mains et considéra d'un air pensif la plus haute branche.

— Je n'arriverai jamais à installer ça là-haut sans faire dégringoler tout le reste. Il nous faut une échelle.

— Oh non, pas de problème ! Aide-moi à grimper sur tes épaules.

— Il y a un escabeau au premier, commença-t-il.

— Oh, ne fais donc pas tant d'histoires !

Shane sauta lestement sur son dos, crochetant ses jambes autour de sa taille pour garder l'équilibre.

— Je vais l'atteindre sans problème, lui assura-t-elle, et en un rien de temps, elle monta sur ses épaules.

Vance sentait les moindres contours de son corps comme s'il l'avait parcouru des mains.

— Là, fit-elle, enfin installée. Passe-la-moi pour que je l'accroche.

Il s'exécuta et la retint par les genoux tandis qu'elle se penchait en avant.

— Pas si loin, Shane ! Tu vas tomber dans l'arbre.

— Ne dis pas de bêtises, répliqua-t-elle d'un ton léger tout en fixant l'étoile à la branche. J'ai un équilibre exceptionnel. Voilà !

Les mains sur les hanches, elle considéra le résultat :

— Recule un peu pour que je voie l'arbre en entier.

Quand Vance lui eut obéi, Shane poussa un long soupir, puis déposa un baiser sur le sommet de son crâne.

— Il est splendide, hein ? Sens-moi cette odeur de sapin…

Elle croisa nonchalamment les chevilles autour de son torse avant d'ajouter :

— Et il sera encore plus beau quand on aura éteint le plafonnier.

Shane toujours sur ses épaules, Vance alla appuyer sur l'interrupteur. Dans le noir, les lumières colorées de l'arbre semblèrent s'animer d'un coup. Elles chatoyaient de mille feux sur fond de couronnes et de guirlandes, nimbant le sapin d'un halo chaleureux.

— Ah, oui, approuva Shane dans un souffle. Absolument parfait.

— Pas tout à fait encore, objecta Vance.

D'un mouvement adroit, il la récupéra dans ses bras tandis qu'elle descendait de ses épaules.

— Là, dit-il en l'allongeant sur le tapis, comme ça, c'est parfait.

Elle leva vers lui son visage où dansaient les lumières de Noël et sourit.

— Incontestablement.

Ce soir, les mains de Vance n'étaient pas patientes, mais celles de Shane non plus. Ils se déshabillèrent mutuellement en vitesse, riant et pestant un peu contre les boutons et autres pressions. Mais une fois nus, l'urgence de leur désir ne fit que s'intensifier. Leurs mains cherchèrent à se toucher, leurs bouches s'empressèrent de goûter – partout. Elle s'émerveilla encore de ses muscles durs et saillants. Il s'emplit de nouveau de la saveur et du parfum de sa peau. Pas plus qu'au froid glacial de la neige un peu plus tôt, ils ne prêtèrent attention à la chaleur des lumières ou à la senteur acidulée du sapin. Ils étaient seuls au monde. Ils étaient ensemble.

13

Le lendemain, Shane eut les plus grandes peines à se concentrer sur son travail. En dépit de plusieurs ventes, parmi lesquelles la table à plateau escamotable qu'elle avait minutieusement restaurée, elle resta distraite toute la matinée. Assez distraite pour ne pas remarquer la discrète affichette « Vendu » que Pat avait posée sur l'ensemble Hepplewhite à la place du prix. Vance monopolisait presque toutes ses pensées. Une ou deux fois dans la matinée, elle se surprit à se rappeler la nuit précédente en posant le regard sur l'arbre de Noël. Dans tous ses rêves, parmi tous ses vœux, elle n'aurait jamais imaginé qu'une telle chose puisse se produire ainsi. Chaque fois qu'ils faisaient l'amour, c'était différent, une nouvelle aventure. Et pourtant, en un sens, c'était comme s'ils étaient ensemble depuis des années.

Chaque fois qu'elle le touchait, c'était comme une nouvelle découverte, et malgré tout elle avait l'impression de le connaître depuis toujours, et non la bagatelle d'à peine trois mois. Quand il l'embrassait, c'était aussi exaltant et nouveau que la première fois. Cette sensation d'avoir reconnu Vance à l'instant où elle avait posé les yeux sur lui s'était approfondie en un sentiment plus durable : la fidélité.

Au fond de son cœur, Shane était sûre que l'excitation et l'apprentissage de l'autre dureraient encore et toujours par-delà ce confortable noyau d'amour sincère. Nul besoin de romancer la réalité. Elle n'avait qu'à regarder

Vance pour savoir que le sentiment qu'ils partageaient était unique et inaltérable. Jetant encore un regard à l'arbre, elle se rendit compte qu'elle n'avait jamais été aussi heureuse de sa vie.

— Mademoiselle !

D'un ton impatient, la cliente qui examinait la chaise à dossier en échelle – cannée de neuf – attira l'attention de Shane.

— Oui, madame, excusez-moi.

Si le sourire de Shane était un peu rêveur, la femme ne parut pas s'en apercevoir.

— C'est une très jolie pièce, n'est-ce pas ? L'assise vient d'être refaite.

Se rappelant intérieurement à l'ordre, Shane retourna la chaise pour faire admirer à la cliente la qualité du travail.

— Oui, elle m'intéresse.

La femme tâta longuement le cannage.

— Mais le prix…

Reconnaissant ce ton, Shane se lança dans le marchandage.

Il était à peine midi passé quand le rythme commença à ralentir. Sans être extraordinaires, les bénéfices de la matinée étaient assez consistants pour calmer les inquiétudes de Shane concernant la large part de capital qu'elle avait abandonnée à sa mère. *Je ne suis pas encore à la rue*, se consola-t-elle avec optimisme. Avec de la chance – et la ruée de Noël – elle serait encore quelque temps à l'abri du besoin. Deux ou trois belles ventes empêcheraient ses comptes de sombrer trop profondément dans le rouge. D'un point de vue professionnel, elle n'exigeait rien de plus que de se maintenir tranquillement à flot. Côté vie privée, elle savait exactement ce qu'elle voulait et avait bien l'intention de s'en occuper dans les meilleurs délais.

Elle allait épouser Vance, et il était temps qu'elle aborde le sujet avec lui. S'il était trop fier pour la demander en mariage en raison de la précarité de sa situation, elle le persuaderait simplement de voir les choses sous un autre angle. Elle avait décidé de mettre les points sur les *i*, aujourd'hui même. Elle bouillait d'excitation, de l'audace de sa résolution. *Aujourd'hui, rien ne peut m'atteindre*, pensa-t-elle avec un sentiment proche du vertige. Elle allait demander en mariage l'homme qu'elle aimait. Et elle ne tolérerait pas de refus.

— Pat, tu peux assurer seule si je m'absente une heure ?

— Pas de souci, de toute façon, c'est plutôt calme en ce moment.

Pat leva les yeux de la table qu'elle était en train de cirer.

— Encore une vente aux enchères ?

— Non, répondit Shane allègrement. Un pique-nique.

Et sous le regard médusé de Pat, elle fonça au premier.

Il lui fallut moins de dix minutes pour remplir le panier en osier. À l'intérieur, elle avait placé une bouteille de chablis bien frais – une folie qu'elle s'était octroyée sans regarder à la dépense. C'était peut-être un peu trop sophistiqué pour des sandwichs au beurre de cacahuète, mais Shane n'était pas d'humeur à s'arrêter à ce genre de détail. En s'esquivant par la porte de derrière, elle se voyait déjà en train d'étendre la nappe à carreaux devant la cheminée du salon de Vance où brûlerait un bon feu.

Elle descendit les marches de la terrasse et, dès qu'elle posa le pied sur la pelouse, ses bottes s'enfoncèrent dans la neige. La journée idéale pour un pique-nique, estima-t-elle, le panier se balançant à son bras. L'air était absolument immobile. De la neige fondue dégouttait du toit dans un tambourinement musical. L'eau rapide du ruisseau se frayait un passage à travers les fines couches de glace avec force sifflements et bouillonnements d'impatience. Shane marqua une pause et tendit l'oreille, profitant de ce mélange de sons. Son sentiment d'euphorie s'accrut. C'était une journée tout bonnement exquise avec ce ciel d'un bleu glacé, ces montagnes qui dressaient leurs cimes enneigées et ces arbres nus, aux branches lisses et luisantes d'humidité.

C'est alors que le sourd ronron d'un moteur rompit le silence. Shane regarda derrière elle et se figea en reconnaissant Anne qui se garait en haut du chemin. Toute la joie qu'elle se faisait de l'après-midi à venir la déserta au ralenti. C'est à peine si elle s'aperçut de la tension qui monta insidieusement lui enserrer la nuque.

Avec sa grâce irréprochable, Anne se fraya un chemin à travers la neige fondue, chaussée de bottes en vachette. Elle portait une coquette toque en renard, assortie à son manteau, et arborait un petit sourire suffisant. À ses oreilles étincelaient des clous en rubis, ou de belles imitations. Bien que sa fille se soit transformée en statue de sel, elle marcha vers elle d'un pas fluide pour la saluer d'un frôlement de lèvres sur les joues, comme à son habitude. Sans un mot, Shane posa le panier à pique-nique sur la première marche du porche.

— Chérie, il fallait que je passe te voir avant de partir.

Anne la gratifia d'un sourire radieux, mais son œil brillait d'un éclat glacé.

— Tu rentres en Californie ? s'enquit Shane d'un ton neutre.

— Oui, bien sûr, je viens d'obtenir un rôle tout à fait merveilleux. Évidemment, je vais sans doute devoir m'absenter pour des semaines de tournage en extérieur, mais…

Elle haussa gaiement les épaules.

— Mais ce n'est pas la raison qui m'amène.

Shane la fixa, sidérée. À croire que cette horrible scène n'avait jamais eu lieu entre elles. Anne était hermétique à toute émotion, comprit-elle soudain. Toute cette histoire n'avait pas la moindre importance à ses yeux.

— Pourquoi es-tu passée me voir, Anne ?

— Voyons, mais pour te féliciter, bien sûr !

— Me féliciter ?

Shane ne cacha pas son étonnement. En un sens, il était plus facile de savoir que la femme qui lui faisait face n'était qu'une simple inconnue. Quelques gènes

246

communs ne forment pas un lien. Pour cela, il faut de l'amour ou de l'affection. Ou au minimum, du respect.

— J'avoue que je ne t'en aurais jamais crue capable, Shane, mais je suis agréablement surprise.

Shane les étonna alors toutes deux en poussant un soupir d'impatience.

— Tu veux bien en venir au fait, Anne ? J'allais sortir.

— Allons, allons, ne te mets pas en colère, poursuivit cette dernière d'un ton apaisant. Je suis vraiment très excitée pour toi. Mettre le grappin sur un homme comme lui…

Le regard de Shane se fit glacial.

— Je te demande pardon ?

— Vance Banning, chérie.

Anne eut un lent sourire appréciateur.

— Quelle belle prise !

— Étrange, je n'aurais jamais songé à lui en ces termes.

Et, se penchant, Shane s'apprêta à reprendre son panier à pique-nique.

— Le président de Riverton Construction n'a rien d'un lot de consolation, mon chou, c'est un *coup de maître* !

Les doigts de Shane se figèrent sur l'anse du panier. Elle se redressa et regarda Anne droit dans les yeux.

— De quoi parles-tu ?

— Seulement de ta formidable chance, Shane. Après tout, ce type *nage* littéralement dans le fric. J'imagine que tu pourras transformer ta petite boutique en palais des antiquités si tu souhaites garder un passe-temps.

Elle émit un rire bref et cinglant.

— Faites confiance à la mignonne petite Shane pour se dégotter un millionnaire du premier coup ! Si j'avais davantage de temps, chérie, j'insisterais pour connaître tous les détails de ton exploit.

— Je ne sais pas de quoi tu parles.

Une froide panique commençait à monter en elle. Elle aurait voulu tourner les talons et s'enfuir, mais ses jambes étaient raides et refusaient de lui obéir.

— Dieu sait pourquoi il a décidé de venir s'enterrer dans ce trou, poursuivit Anne d'un ton amène. Mais c'est un sacré coup de chance pour toi qu'il se soit installé ici, et dans la maison la plus proche de la tienne, en plus ! Je suppose qu'il compte la garder comme petit nid d'amour une fois que vous aurez déménagé à Washington.

Une fabuleuse demeure, songea-t-elle dans un éclair d'envie. *Des domestiques, des soirées...* Elle prit soin de conserver un ton enjoué :

— Je ne peux pas te décrire mon état d'excitation quand j'ai appris que tu avais harponné l'homme qui possède la plus grosse société de construction du pays.

— Riverton, répéta Shane, hébétée.

— Très prestigieux, Shane chérie. Je me demande vraiment comment tu feras pour t'adapter à cette vie-là, mais...

D'un geste de la main, elle balaya cette inquiétude et se prépara à donner le coup de grâce :

— Dommage qu'il y ait eu ce vilain scandale, cela dit.

Shane se borna à secouer la tête et fixa Anne d'un regard vide.

— Sa première femme, tu sais bien. Une histoire épouvantable.

— Sa femme ? répéta Shane d'une voix faible.

Elle sentit la nausée l'envahir.

— La femme de Vance ?

— Oh, Shane, ne me dis pas qu'il ne t'en a pas parlé !

C'était exactement ce qu'elle espérait. Anne secoua la tête et soupira :

— Ce n'est pas correct de sa part, vraiment. N'est-ce pas typique d'un homme de s'attendre à ce qu'une fille naïve prenne tous ses discours pour argent comptant ?

Elle émit un claquement de langue désapprobateur en pensant avec un secret plaisir que, sur ce coup-là, Vance Banning allait sacrément déguster. Elle ne songea pas une seconde à sa fille.

— Eh bien, il aurait quand même pu te dire qu'il avait déjà été marié, c'est bien le minimum, enchaîna-t-elle d'un air pincé. Même s'il n'avait pas envie de s'étendre sur cette sale affaire.

— Je ne…

Shane parvint à contenir sa nausée et reprit :

— Je ne comprends pas.

— Un petit scandale bien croustillant, lui révéla Anne. Sa femme était d'une beauté ravageuse, tu sais. Trop, peut-être.

Elle ménagea une pause délicate.

— L'un de ses amants lui a tiré une balle dans le cœur. Du moins, c'est la version officielle que les Banning ont donnée à tout le monde.

Le choc qui se refléta dans les yeux de Shane provoqua chez Anne une autre bouffée de satisfaction. Oh oui, songea-t-elle amèrement, Vance Banning allait payer pour ce qu'il lui avait fait subir.

— La famille a tout étouffé assez vite, ajouta-t-elle avant de balayer le sujet d'une main élégamment gantée. Une affaire bizarre. Bon, je dois filer, je ne veux pas manquer mon avion. Ciao, chérie ! Et ne laisse pas passer une mine d'or aussi séduisante. Des tas de femmes meurent d'envie de lui mettre le grappin dessus.

Marquant une pause, elle effleura du doigt la tête bouclée de sa fille.

— Et pour l'amour du ciel, Shane, déniche-toi un coiffeur correct ! Je suppose que Vance doit te trouver un côté… rafraîchissant. Fais-toi vite passer la bague au doigt avant qu'il ne s'en lasse !

Elle frôla la joue froide de Shane et fila, satisfaite d'avoir rendu la monnaie de sa pièce à Vance pour ses menaces.

Shane suivit sa mère du regard, pétrifiée. Mais elle ne la voyait pas. Prisonnière de la gangue glacée du premier choc, sa douleur restait latente. Phénomène qui n'aurait pas manqué d'étonner Anne si celle-ci s'y était arrêtée une seule seconde. En femme totalement étrangère à la souffrance psychologique, elle supposait que Shane n'éprouverait que de la fureur. Mais sa rage était cernée de douleur, une douleur qui n'attendait que le moment de jaillir.

Le soleil tapait sans pitié sur la neige fondue. Un vent froid et vif la fouettait par les pans de sa parka qu'elle avait négligemment omis de boutonner. Un cardinal fondit du ciel en un éclair écarlate pour aller se percher confortablement sur une branche basse. Shane demeurait parfaitement immobile, inconsciente de ce qui se passait autour d'elle. Son esprit se remit à fonctionner de façon léthargique.

Ce n'était pas vrai. Anne avait tout inventé dans un but quelconque, personnel et inexplicable. *Président de Riverton ?* Non, Vance lui avait dit qu'il était menuisier. Et il l'était vraiment, songea-t-elle avec désespoir. Elle avait vu ses réalisations de ses propres yeux… Il avait… Il avait travaillé pour elle. Accepté le job qu'elle lui avait proposé. Pourquoi aurait-il… ? Comment aurait-il pu… s'il était tout ce qu'Anne avait prétendu qu'il était ? *Sa première femme.*

Shane subit un premier coup de poignard en plein cœur. Non, c'était impossible, il lui en aurait parlé. Vance l'aimait. Il ne lui aurait pas menti, il ne lui aurait pas joué la comédie. Il ne l'aurait pas dupée en lui faisant croire qu'il était chômeur s'il était à la tête de l'une des plus grosses entreprises de construction du pays. Il ne lui aurait pas dit qu'il l'aimait sans lui donner sa véritable identité. *Sa première femme.* Shane entendit un faible gémissement de désespoir sans réaliser qu'il s'échappait de ses propres lèvres.

Quand elle vit Vance arriver du sentier, elle le fixa d'un regard vide. Tandis qu'elle l'observait qui avançait, le tourbillon de ses pensées cessa brusquement dans sa tête. Elle comprit alors qu'elle avait été stupide.

En l'apercevant, Vance la salua d'un sourire et pressa le pas. Il était encore à quelques mètres d'elle quand il reconnut l'expression de son visage. Shane avait le même air anéanti qu'il lui avait vu au clair de lune, à peine quelques nuits auparavant.

— Shane ?

Il vint vers elle très vite, les bras tendus. Shane recula.

— Menteur, murmura-t-elle d'une voix brisée.

Ses yeux le fixaient d'un regard à la fois accusateur et implorant.

— Tout ce que tu m'as raconté, c'était un tissu de mensonges.

— Shane…

— Non, arrête !

Il tendit la main vers elle, mais la panique qu'il perçut dans sa voix suffit à le stopper net dans son élan. Elle avait tout découvert avant qu'il ait pu lui dire lui-même la vérité.

— Shane, laisse-moi t'expliquer.

— M'expliquer ?

Elle passa des doigts tremblants dans ses cheveux.

— M'expliquer ? Comment ? Comment peux-tu m'expliquer la raison pour laquelle tu t'es fait passer pour quelqu'un d'autre ? Comment peux-tu m'expliquer que tu n'aies pas pris la peine de me dire que tu étais président de Riverton, que tu… que tu avais déjà été marié ? Je te faisais *confiance*, murmura-t-elle. Mon Dieu, comment ai-je pu être aussi bête !

Vance aurait préféré essuyer sa colère – cette réaction aurait été plus facile à gérer. Il était confronté au désespoir de Shane sans savoir comment y faire face. Totalement désemparé, il enfonça les mains dans ses poches de manière à s'empêcher de la toucher.

— Je te l'aurais dit, Shane. J'avais l'intention de…

— *Tu me l'aurais dit ?*

Elle eut un rire bref et tremblant.

— Quand ? Quand tu te serais lassé de cette petite plaisanterie ?

— Ça n'a jamais été une plaisanterie ! s'indigna-t-il, furieux, avant de contenir son sentiment de panique. Je voulais tout te dire, mais chaque fois…

— Non, sans blague ?

Les yeux de Shane étincelaient à présent, signe avant-coureur de colère, signe des larmes imminentes.

— Tu m'as laissée te donner du travail. Tu m'as laissée te payer six dollars de l'heure et tu ne trouves pas ça drôle ?

— Je ne voulais pas de ton argent, Shane. J'ai essayé de te le dire. Mais tu ne voulais rien entendre.

Frustré, il se détourna d'elle le temps de reprendre son sang-froid.

— J'ai déposé les chèques sur un compte à ton nom.

— Comment as-tu osé !

Folle de douleur, elle s'en prit violemment à lui, sourde et aveugle à tout raisonnement, obnubilée par son sentiment de trahison.

— Comment as-tu osé jouer avec moi ! Je te croyais. J'ai cru tout ce que tu m'as raconté. Je pensais… Je pensais te donner un coup de main et, pendant tout ce temps, tu te moquais de moi !

— Bon sang, Shane ! Je ne me suis jamais moqué de toi.

À bout de patience, il la saisit par les épaules.

— Tu sais bien que je ne me suis jamais moqué de toi !

— Je me demande comment tu as fait pour ne pas me rire au nez. Tu es vraiment très fort, Vance.

Sa voix se brisa sur un sanglot qu'elle ravala aussitôt.

— Shane, si tu essayais de comprendre dans quel but je suis venu ici, pourquoi je voulais me couper du monde pendant quelque temps…

Les mots adéquats le fuyaient. Il lança d'un ton agressif :

— Je n'avais rien à faire avec toi. Je ne comptais pas m'engager dans une relation.

— Ça t'a aidé à combattre l'ennui ? s'enquit-elle en se débattant pour se libérer de son emprise. Tu t'es bien amusé avec ta petite oie blanche de la campagne, tellement naïve qu'elle a gobé tous tes discours ? Comme ça, tu pouvais jouer au pauvre tâcheron et te distraire en même temps.

— Ça n'a jamais été ça.

Poussé à bout par les propos de Shane, il se mit à la secouer par les épaules :

— Tu ne peux pas croire ce que tu dis !

Les larmes jaillirent passionnément des yeux de la jeune femme, étranglant sa voix :

— Et moi qui ne demandais qu'à te tomber dans les bras ! Tu le savais !

Elle sanglota en le repoussant d'un geste de désespoir.

— Depuis le début, je n'ai eu aucun secret pour toi.

— Moi si, admit-il d'une voix crispée. J'avais mes raisons pour ça.

— Tu savais très bien combien je t'aimais, combien je te désirais. *Tu t'es servi de moi !*

Elle poussa un gémissement et se couvrit la bouche à deux mains :

— Oh, mon Dieu ! Je me suis mise à nu.

Elle pleurait avec le même honnête abandon que lorsqu'elle riait. Incapable de se retenir, il la serra de toutes ses forces contre lui. Si seulement il arrivait à la calmer, il parviendrait à lui faire comprendre !

— Shane, je t'en prie, tu dois m'écouter.

— Non, non !

Elle respirait de façon hachée tout en essayant de se libérer.

— Je ne te pardonnerai jamais. Je ne croirai plus jamais aucune de tes paroles. Lâche-moi !

— Pas avant que tu n'arrêtes et que tu n'écoutes ce que j'ai à te dire.

— Non ! Je refuse d'écouter plus longtemps tes mensonges. Je ne te laisserai pas me ridiculiser une fois de plus. Pendant tout ce temps, tout ce temps où je te donnais tout, tu mentais et tu te moquais de moi ! J'étais juste un jouet destiné à combler l'ennui de tes soirées de vacances.

Il la repoussa violemment, le visage crispé de fureur.

— Bon sang, Shane, tu sais bien que non !

Elle cessa brusquement de se débattre. Il vit ses larmes se figer comme de la glace. Elle le fixa d'un regard sans expression. Rien de tout ce qu'elle avait pu lui dire jusque-là ne le toucha au cœur comme ce regard de froide indifférence.

— Je ne te connais pas, constata-t-elle à voix basse.

— Shane…

— Ôte tes mains de moi.

Son ordre était vide de toute passion. Vance sentit ses propres doigts se détendre sur ses épaules. Libérée, Shane recula jusqu'à ce qu'ils ne se touchent plus.

— Je veux que tu t'en ailles et que tu me fiches la paix. Reste loin de moi, ajouta-t-elle d'un ton catégorique en le regardant droit dans les yeux. Je ne veux plus jamais te revoir.

Elle tourna les talons et gravit les marches du porche jusqu'à la porte. Après un dernier cliquetis de serrure, il n'y eut plus qu'un silence absolu.

Tout en bas de la fenêtre, les rues étaient paralysées par un gigantesque embouteillage. La neige qui tombait à flocons réguliers ne faisait qu'accroître la pagaille. Sous l'avancée du grand magasin d'en face, un Père Noël aux joues enluminées faisait tinter sa cloche en gratifiant d'un « Ho ! Ho ! Ho ! » sonore chaque passant qui laissait tomber une pièce dans son seau. La scène se déroulait en contrebas sous forme de pantomime. L'épaisseur du vitrage et la densité des murs ne laissaient passer aucun bruit de l'extérieur. Vance continua de fixer la rue, tournant le dos à son vaste bureau cossu.

Il avait fait son apparition obligatoire au Noël de l'entreprise. La fête battait encore son plein avec enthousiasme dans une grande salle de réunion du deuxième étage. Quand elle prendrait fin, tout le monde rentrerait chez soi passer le réveillon en famille ou entre amis. Depuis son retour à Washington, Vance avait décliné une douzaine d'invitations pour cette soirée. Accomplir son devoir à la tête de la société, d'accord, mais s'infliger des heures de bavardages et de festivités, non. *Elle ne serait pas là*, songea-t-il, les yeux rivés sur le trottoir enneigé en bas de l'immeuble.

Deux semaines. En deux semaines, il était parvenu à démêler quelques problèmes de contrats, à élaborer une offre pour la nouvelle aile d'un hôpital de Virginie et à présider une réunion du conseil d'administration. Il avait réglé la paperasse ainsi qu'une intrigue mineure au sein de l'entreprise, péripétie qu'en d'autres temps il aurait jugée amusante s'il avait pu trouver le repos la nuit. Mais il n'arrivait plus à dormir, pas plus qu'il n'arrivait à oublier. Cette fois, son travail ne faisait plus office de potion magique. Comme elle n'avait cessé de le faire depuis la toute première seconde, Shane hantait son esprit.

Vance se détourna de la fenêtre et alla s'asseoir à sa place, derrière le lourd bureau en chêne. Celui-ci était net de tout papier. Avec une énergie rageuse née de sa frustration, il avait passé ces deux dernières semaines à s'occuper de chaque lettre, note de service et contrat, mettant sa secrétaire et ses assistants à rude contribution. À présent, il ne lui restait plus qu'un bureau propre et un agenda vide. Il pouvait peut-être prendre un vol pour Des Moines afin d'y superviser l'avancement de la construction des appartements en copropriété... Son arrivée sèmerait la panique au sein de sa succursale de l'Iowa, songea-t-il avec un rire bref. Ça ne serait vraiment pas sympa de sa part de leur faire passer un mauvais quart d'heure pour la simple raison qu'il ne pouvait pas tenir

en place. Il contempla le mur opposé en broyant du noir :
que faisait Shane en ce moment même ?

Il n'était pas parti en colère. Ç'aurait pourtant été plus
simple. Il était parti parce que c'était le souhait de Shane.
Il ne pouvait pas lui en vouloir, et cela aussi concourait à
rendre toute l'affaire on ne peut plus frustrante. Pourquoi
l'aurait-elle écouté ou compris ? Il y avait eu suffisamment
de vrai dans les propos qu'elle lui avait jetés au visage
pour renverser toute la situation. Il lui avait menti ou,
du moins, il n'avait pas été franc avec elle. Pour Shane,
cela revenait au même.

Il lui avait fait du mal. Il avait amené cet air d'impuissance désespérée sur son visage. C'était impardonnable.
Vance repoussa son fauteuil et se mit à arpenter l'épaisse
moquette écrue. Mais bon sang, si seulement elle l'avait
écouté ! Si seulement elle lui avait laissé un moment pour
s'expliquer ! Allant de nouveau à la fenêtre, il contempla
l'extérieur, le regard sombre. Lui, rire d'elle, se moquer
d'elle ? Jamais ! s'indigna-t-il dans le premier accès de
fureur authentique qu'il ait ressenti depuis deux semaines.
Jamais ! Et il n'allait pas rester là les bras croisés pendant
qu'elle transformait en fumisterie l'événement le plus
important de sa vie.

Elle avait eu son mot à dire, songea-t-il en se dirigeant
vers la porte. À présent, c'était son tour à lui.

— Shane, ne fais pas ta tête de mule !

Donna suivit son amie de la partie musée jusque dans
le magasin.

— Je ne fais pas ma tête de mule, Donna, j'ai vraiment
des tas de choses à faire.

Et pour lui en donner la preuve, Shane se mit à feuil-
leter un catalogue afin de fixer le prix et l'ancienneté de
ses dernières acquisitions.

— Avec le rush de Noël, j'ai pris du retard sur la
paperasse. J'ai des factures à remplir, et si je ne mets

pas à jour mes livres de comptes avant la fin du mois, je vais me retrouver dans le pétrin.

— N'importe quoi ! répliqua Donna à juste titre, en refermant le catalogue d'un coup sec.

— Donna, s'il te plaît…

— Non, il ne me plaît pas.

Son amie mit les mains sur les hanches.

— Et tu es seule contre deux, ajouta-t-elle en indiquant Pat d'un geste de la tête. Nous n'allons pas te laisser passer le réveillon seule dans cette maison, un point c'est tout.

— Allez, Shane…

Pat se rangea du côté de sa belle-sœur :

— Tu devrais voir Dave et Donna en train de courir après Benji dès qu'il file vers l'arbre. Et comme Donna a pris un peu de poids, ajouta-t-elle en souriant à la future maman, elle n'est plus aussi rapide qu'avant.

Shane rit mais secoua la tête en signe de dénégation.

— Je vous promets de passer d'ici demain. J'ai un cadeau très bruyant pour Benji. Je suis sûre que, après ça, vous ne m'adresserez plus jamais la parole.

— Shane, fit Donna en la prenant fermement par les épaules. Pat m'a dit que tu n'arrêtais pas de pleurnicher. De toute façon, poursuivit-elle en ignorant le regard agacé que Shane lança par-dessus son épaule à la malheureuse informatrice, tu es épuisée et malheureuse, ça crève les yeux.

— Je ne suis pas épuisée, rectifia Shane.

— Seulement malheureuse ?

— Je n'ai jamais dit…

Donna la secoua avec affection.

— Écoute, j'ignore ce qui s'est passé entre Vance et toi…

— Donna…

— Et je ne te le demande pas, termina-t-elle. Mais ne t'attends pas à ce que je reste sans agir alors que ma meilleure amie est malheureuse. Comment veux-tu que je m'amuse si je te sais toute seule ici ?

— Donna…

Shane la serra farouchement dans ses bras avant de se détourner.

— J'apprécie, vraiment, mais en ce moment je ne suis pas de bonne compagnie.

— Ça, je sais, acquiesça Donna, sans pitié.

Déclenchant par ces mots l'hilarité de Shane qui l'étreignit de nouveau avec affection.

— Je t'en prie, emmène Pat et retournez à votre famille.

— Soupira la martyre…

— Je ne suis pas une martyre, s'indigna Shane avec fureur avant de s'interrompre en voyant une lueur amusée danser au fond des yeux de Donna. Ça ne marche pas, affirma-t-elle. Si tu crois pouvoir me mettre hors de moi rien que pour prouver que tu as tort…

— Très bien, conclut Donna en s'installant dans un rocking-chair. Alors, je reste ici. Bien sûr, ce pauvre Dave va devoir fêter le réveillon sans moi, et mon petit garçon ne comprendra pas où est passée sa maman, mais…

Elle soupira et croisa les bras.

— Oh, Donna, franchement !

Shane se passa une main dans les cheveux, partagée entre le rire et les larmes, et ironisa :

— Tu parles d'une martyre !

— Oh, personnellement, je ne me plains pas…, murmura Donna d'un ton de patience à toute épreuve. Pat, cours dire à Dave que je ne rentrerai pas. Et sèche les larmes du petit Benji pour moi.

Pat lâcha un rire étouffé, mais Shane roula des yeux au plafond.

— Tu me rends malade ! Donna, rentre chez toi ! insista-t-elle. Je ferme le magasin.

— Bon, va chercher ta parka. C'est moi qui conduis.

— Donna, je ne vais pas…

Elle laissa sa phrase en suspens tandis que s'ouvrait la porte du magasin. Voyant son amie pâlir, Donna tourna la tête et aperçut Vance.

— Bon, maintenant faut qu'on y aille, on est pressées, déclara-t-elle en bondissant prestement sur ses pieds. Allez, Pat ! Dave ne doit plus savoir quoi faire pour empêcher Benji de renverser l'arbre à force de tirer dessus. Joyeux Noël, Shane !

Elle lui donna un rapide baiser avant de s'emparer de son manteau.

— Donna, attends…

— Non, on ne peut plus rester, prétendit celle-ci en opérant sans broncher un revirement à cent quatre-vingts degrés. J'ai des millions de choses à faire. Salut, Vance, ravie de vous avoir vu. Allez, Pat ! On y va.

Elles passèrent la porte avant que Shane ait pu prononcer un mot de plus.

Vance haussa un sourcil surpris devant cette sortie précipitée mais ne fit aucun commentaire. Il se contenta de dévisager Shane dans un silence qui s'éternisa et s'épaissit autour d'eux. La colère qui l'avait conduit jusqu'ici s'évanouit aussitôt.

— Shane, murmura-t-il.

— Je… je ferme le magasin.

— Parfait.

Vance se tourna et tira le verrou sur la porte.

— Comme ça, on ne sera pas dérangés.

— Je suis occupée, Vance. J'ai…

Elle se creusa désespérément les méninges à la recherche d'un prétexte valable.

— … des choses à faire, conclut-elle sans conviction.

Comme il restait immobile et muet, elle lui lança un regard suppliant.

— Je t'en prie, va-t'en.

Vance secoua la tête.

— J'ai essayé de m'en aller, Shane. Je ne peux pas.

Il ôta son manteau et le laissa tomber sur le rocking-chair qu'avait libéré Donna. Shane le dévisageait fixement, déconcertée par son apparence – costume de coupe impeccable et cravate de soie. Cela lui rappela une fois de plus qu'elle ne le connaissait pas. Et aussi, hélas, que cela ne l'empêchait pas de l'aimer. Elle se tourna et se mit à tripoter nerveusement une composition de verres taillés.

— Je suis désolée, Vance, mais j'ai quelques bricoles à régler au magasin avant de partir. Je suis censée passer la soirée chez Donna.

— Elle n'avait pas l'air de t'attendre, observa-t-il en marchant vers elle.

Avec douceur, il posa ses mains sur ses épaules.

— Shane…

Elle se raidit instantanément.

— Non !

Très lentement, il retira ses mains et les laissa retomber le long de son corps.

— Très bien, je ne te toucherai pas !

Les mots jaillirent sauvagement de sa bouche tandis qu'il faisait brusquement demi-tour.

— Vance, je t'ai dit que j'étais occupée.

— Tu m'as aussi dit que tu m'aimais.

Shane fit volte-face, blême de rage.

— Comment peux-tu me balancer ça au visage ?

— C'était un mensonge ? s'enquit-il.

Elle voulut répliquer, mais se ravisa de crainte de prononcer certaines paroles sous le coup de la colère. Levant le menton d'un air de défi, elle planta son regard dans celui de Vance :

— J'aimais l'homme que tu prétendais être.

Il tiqua, mais ne s'avoua pas vaincu pour autant.

— Touché, Shane, en plein cœur, reconnut-il calmement. Tu me surprends.

— Pourquoi, parce que je ne suis pas aussi sotte que tu le pensais ?

Un éclair de colère étincela fugitivement dans les yeux de Vance.

— Arrête.

Transpercée par ce simple mot, elle détourna la tête.

— Je suis navrée, Vance. Je n'ai pas envie de te dire des méchancetés. Il vaudrait mieux pour nous deux que tu t'en ailles.

— Facile à dire ! Tu n'es sans doute pas aussi malheureuse que moi. Tu arrives à dormir, Shane ? Moi pas.

— S'il te plaît, murmura-t-elle.

Vance prit une profonde inspiration et serra les poings. Il était venu ici prêt à en découdre avec elle, à la bousculer, à la supplier. Or, tout ce qu'il semblait capable de faire, c'était de bredouiller des explications confuses.

— Très bien, je m'en vais, mais seulement si tu m'écoutes d'abord.

— Vance, soupira-t-elle avec lassitude, qu'est-ce que ça changera ?

Il sentit son cœur se serrer d'angoisse au ton définitif de sa voix. Au prix d'un grand effort, il parvint à garder lui-même une voix calme :

— Si c'est vrai, ça ne te coûtera rien de m'entendre.

— D'accord.

Shane se retourna pour lui faire face.

— Très bien, je t'écoute.

Il resta silencieux un moment, puis se mit à arpenter la pièce comme si les émotions qui le parcouraient l'empêchaient de rester en place.

— Je suis venu ici parce que j'avais besoin de m'enfuir, voire peut-être de me cacher. Je ne sais plus trop. Quand j'ai repris le flambeau à la tête de la société, j'étais encore très jeune. Ce n'était pas la vie dont je rêvais.

Il s'interrompit quelques secondes pour la regarder droit dans les yeux :

— Je suis menuisier, Shane, c'est la vérité. Je suis président de Riverton par obligation. Pourquoi ? Ça n'a pas grande importance au point où nous en sommes, mais un titre, une position ne modifient en rien la personne que je suis.

Comme elle ne répondait pas, il se remit à faire les cent pas.

— J'ai été marié à une femme que tu aurais cernée très vite. Elle était belle, charmante et tout en apparences. Elle était complètement narcissique, froide et même méchante.

Se remémorant Anne, Shane fronça les sourcils.

— Hélas, le temps que je reconnaisse ces traits de caractère, il était trop tard.

Il s'arrêta car les paroles suivantes étaient difficiles à prononcer.

— J'ai épousé la femme qu'elle prétendait être.

Comme il lui tournait le dos, Vance ne vit pas le brusque changement dans l'expression de Shane. La souffrance envahit subitement son regard, mais elle ne pensait pas à son propre sort. Sa compassion était dirigée vers lui.

— Malgré tous nos efforts et nos bonnes résolutions, notre mariage a pris fin peu de temps après avoir commencé. Dans un premier temps, je n'ai pas pu y mettre un terme légalement parce qu'il y avait trop de choses en jeu. Donc, nous avons continué à vivre ensemble pendant plusieurs années, dans une ambiance d'aversion mutuelle. Je me suis investi dans ma société jusqu'à l'obsession, tandis qu'elle se mettait à collectionner les amants. Je n'aspirais qu'à une chose : la faire sortir de ma vie. Puis, à son décès, j'ai dû continuer à vivre en sachant que j'avais souhaité sa mort un nombre incalculable de fois.

— Oh, Vance, murmura Shane.

— C'était il y a plus de deux ans, poursuivit-il. Je me suis réfugié dans le travail… et l'amertume. J'en étais arrivé à un point où je ne me reconnaissais plus moi-même. C'est pour ça que j'ai acheté cette maison et que je me suis mis en congé de l'entreprise. J'avais besoin de m'éloigner de ce que j'étais devenu, d'essayer de découvrir ce que j'avais vraiment au fond de moi.

Il passa nerveusement la main dans ses cheveux.

— Mais j'avais emporté mon amertume, si bien que quand tu as déboulé dans ma vie et que tu t'es mise à hanter mes pensées, j'ai voulu me débarrasser de toi à tout prix. J'ai vu… J'ai cherché, rectifia-t-il en se retournant vers elle, des défauts chez toi. Je n'osais pas croire que tu puisses être si… généreuse. La vérité, c'est que je ne voulais pas que tu le sois parce que je me savais incapable de résister à la femme que tu es.

Soudain, ses yeux s'assombrirent et se plantèrent sans hésiter dans les siens.

— Je ne voulais pas de toi, Shane, et en même temps je te désirais à en crever. Je pense t'avoir aimée dès le premier instant.

Il inspira profondément et repartit contempler les guirlandes lumineuses qui clignotaient sur l'arbre.

— J'aurais pu tout te dire – j'aurais dû tout te dire – mais, au début, j'avais besoin que tu m'aimes sans connaître ma vie. C'était égoïste de ma part, impardonnable.

Shane se rappela les secrets qu'elle avait lus au fond de ses yeux. Se souvint aussi avoir pensé qu'ils lui appartiendraient tant qu'il ne les partagerait pas avec elle. Et pourtant, elle souffrait encore qu'il ne lui ait pas accordé sa confiance.

— Tu crois vraiment que ça aurait compté pour moi ? Vance secoua la tête.

— Non.

— Alors pourquoi m'as-tu caché tout ça ?

Troublée, elle écarta les mains en geste d'incompréhension.

— Ça n'était pas mon intention. Les circonstances…

Il s'interrompit, plus trop sûr d'arriver à lui faire comprendre.

— La première nuit que nous avons passée ensemble, j'étais prêt à tout t'avouer, mais je ne voulais pas que le passé s'immisce entre nous cette nuit-là. Je me suis dit que ce n'était pas trop demander, et que je t'expliquerais ma situation le lendemain. Bon Dieu, Shane, je te jure que je l'aurais fait !

Il avança d'un pas vers elle puis se ravisa.

— Tu étais si perdue, si vulnérable après le départ d'Anne, que j'en ai été incapable. Comment aurais-je pu te déballer tout ça alors que tu avais déjà ton lot de problèmes ?

Elle garda le silence, mais il savait qu'elle l'écoutait avec attention. Il ignorait qu'elle se souvenait très nettement de ce qu'il lui avait dit lors de leur première nuit ensemble, de sa tension intérieure, des allusions qui restaient à préciser. Et elle se rappelait aussi sa compassion vis-à-vis d'elle le soir qui avait suivi.

— Cette nuit-là, tu avais besoin de mon soutien, pas de mes problèmes, continua Vance. Dès le début, tu m'as tout donné. Tu m'as ramené à la vie, Shane, et je savais que je prenais plus que je ne te donnais. Jusqu'à cette nuit, tu ne m'avais jamais rien demandé.

Elle le fixa d'un air perplexe.

— Je ne t'ai rien donné.

— Rien ? répliqua-t-il en secouant la tête, déconcerté. Ta confiance, ta compréhension. Tu m'as rendu le sens de l'autodérision. Peut-être ne vois-tu pas combien c'est important parce que, toi, tu ne l'as jamais perdu. Je me suis dit que la seule chose que je pouvais t'offrir, c'était une certaine tranquillité d'esprit, ne serait-ce que pour quelques jours. J'ai essayé de nouveau de te parler la fois où nous nous sommes disputés à propos de ce fichu ensemble de salle à manger.

Il marqua une pause et lui décocha un regard de défi :

— Je l'ai acheté quand même.

— Tu…

— Tu ne peux plus intervenir, déclara-t-il en la coupant dans son exclamation de surprise. C'est fait.

Elle soutint ses yeux qui brillaient d'une colère mêlée de provocation.

— Je vois.

— Crois-tu ?

Il laissa échapper un rire bref et amer.

— Vraiment ? La seule chose que tu vois quand tu relèves le menton comme ça, c'est ton amour-propre.

Shane voulut protester mais n'en fit rien.

— Ce n'est pas plus mal, murmura-t-il. Ce serait difficile si tu étais parfaite.

Il alla vers elle mais prit soin d'éviter de la toucher.

— Je n'ai jamais eu l'intention de te tromper, mais il n'en reste pas moins que je l'ai fait. Et aujourd'hui, je dois te demander de me pardonner, même si tu ne peux pas accepter la personne que je suis et ce que je représente.

Shane baissa les yeux sur ses mains.

— Le problème, ce n'est pas d'accepter mais plutôt de comprendre, expliqua-t-elle d'une voix calme. Je ne sais rien du président de Riverton. Je connais l'homme qui a acheté la vieille maison Farley, tu comprends ?

Elle leva les yeux sur lui :

— Il était grossier, et désagréable, avec un fond de gentillesse qu'il faisait de son mieux pour dissimuler. Je l'aimais.

— Je me demande bien pourquoi ! soupira Vance en repensant à la description qu'elle venait de faire de lui. Si c'est ce que tu veux, je peux te promettre que je suis toujours aussi grossier et désagréable.

Elle se détourna de lui avec un petit rire.

— Vance, tout ça m'est tombé brutalement sur la tête… Peut-être que si j'avais le temps de m'y habituer, d'y réfléchir à fond… Je ne sais pas. Quand je te prenais pour un simple…

Elle écarta les mains d'un geste d'impuissance qui ne lui ressemblait pas.

— Tout semblait si facile !

— Est-ce que tu ne m'aimais que parce que tu me croyais sans emploi ?

— Non !

Frustrée, elle tenta de s'expliquer :

— Mais moi, je n'ai pas changé, ajouta-t-elle avec une expression songeuse. Je suis toujours exactement conforme à l'apparence que je donne. Que ferait le président de Riverton avec moi ? Je ne bois même pas de martinis.

— Ne sois pas absurde !

— Ce n'est pas absurde, corrigea-t-elle. Sois honnête. Je ne m'intègre pas dans ton décor. Je ne serai jamais une femme élégante, même avec des années d'entraînement.

— Mais qu'est-ce qui cloche chez toi ?

Pris d'un soudain accès de colère, il la fit pirouetter devant lui.

— *Élégante !* Bon sang, Shane, tu délires ou quoi ? J'ai eu ma dose d'élégance au sens où tu l'entends, figure-toi ! Que je sois damné si tu me repousses à cause de la vision déformée que tu as de la vie que je mène. Si tu ne peux pas faire avec, d'accord. Je démissionnerai.

— Qu... quoi ?

— J'ai dit : je démissionnerai.

Elle le considéra attentivement, les yeux écarquillés de stupeur.

— Tu es sincère, constata-t-elle avec émerveillement. Tu penses vraiment ce que tu dis.

Il la secoua par les épaules d'un geste d'impatience.

— Bien sûr que je le pense ! Tu crois vraiment que ma société compte plus que toi à mes yeux ? Bon sang, faut-il que tu sois stupide !

Furieux, il la repoussa sans ménagement ni tendresse et s'éloigna à grandes enjambées.

— Tu ne me reproches pas à grands cris ce que je t'ai fait. Tu n'exiges pas d'entendre tous les détails sordides de mon premier mariage. Tu ne me demandes pas de ramper devant toi comme j'étais prêt à le faire, pourtant ! Tu me sors des bêtises sur l'élégance et les martinis.

Il proféra un juron bien senti et fixa la fenêtre.

Shane réprima une soudaine envie de rire.

— Vance, je...

— Tais-toi ! ordonna-t-il. Tu me rends dingue.

D'un geste brusque, il s'empara du manteau qu'il avait posé sur le rocking-chair. Shane voulut parler de crainte qu'il ne s'en aille en trombe, mais il se contenta de sortir une enveloppe d'une des poches du vêtement avant de le lancer de nouveau sur le fauteuil à bascule.

— Tiens.

Il lui tendit l'enveloppe.

— Vance, tenta-t-elle une nouvelle fois, mais il lui prit la main et déposa l'enveloppe sur sa paume.

— Ouvre-la.

Estimant préférable de baisser provisoirement la garde, Shane obéit. Elle fixa avec une stupeur muette les deux billets aller-retour pour les îles Fidji.

— Quelqu'un m'a dit que c'était l'endroit idéal pour une lune de miel, affirma Vance d'un ton un peu plus calme. J'ai pensé que cette personne n'aurait peut-être pas changé d'avis.

Shane leva vers lui un regard qui reflétait tout ce qu'elle avait dans le cœur. Il n'en fallut pas plus à Vance pour l'enlacer, écrasant l'enveloppe et son contenu entre eux tandis que sa bouche retrouvait enfin la sienne.

Shane lui répondit avec une passion sans bornes. Elle se cramponna à lui alors que c'était elle qui exigeait, céda alors que c'était elle qui était excitée. Elle ne pouvait se rassasier de lui, de sorte que ses baisers désespérés n'attisaient que des désirs plus urgents.

— Oh, tu m'as tellement manqué, murmura-t-elle. Fais-moi l'amour, Vance. Montons et fais-moi l'amour.

Il enfouit son visage dans son cou.

— D'accord… Mais tu ne m'as pas encore dit si tu partais aux Fidji avec moi.

Cependant ses mains fouillaient déjà sous le pull de Shane. Il poussa un gémissement quand ses doigts effleurèrent sa peau chaude et douce, et il la fit s'allonger par terre.

— Oh, Vance, ton costume !

Riant à perdre haleine, elle se débattit contre lui.

— Attends qu'on soit là-haut.

— Tais-toi, ordonna-t-il avant de s'assurer de son obéissance en la bâillonnant d'un baiser.

Il ne lui fallut qu'un instant pour comprendre que les tremblements de Shane étaient à mettre sur le compte de l'hilarité et non de la passion. Relevant la tête, Vance contempla ses yeux amusés.

— Zut, Shane ! lança-t-il, exaspéré. J'essaie de te faire l'amour.

— Eh bien alors, commence par enlever cette cravate, suggéra-t-elle avant de nicher son visage au creux de son épaule, terrassée par le fou rire. Excuse-moi, Vance, mais c'est trop drôle. Ce que je veux dire, c'est que tu es là, à me demander si je partirai aux Fidji avec toi avant que j'aie moi-même réussi à te demander en mariage et...

— Toi, me demander en mariage ? s'exclama-t-il en la regardant sous le nez.

— Oui, enchaîna-t-elle d'un ton allègre. J'en avais bien l'intention, même si je pensais avoir à surmonter une stupide question d'amour-propre. Tu sais bien, je te croyais au chômage...

— Une stupide question d'amour-propre, répéta-t-il.

— Oui, et bien sûr, maintenant que je sais que tu es quelqu'un de si important... Oh, mais cette cravate est de soie ! s'écria-t-elle après s'être débattue avec le nœud.

— Oui.

Il la laissa palper sa cravate avec curiosité.

— Et maintenant que tu sais que je suis quelqu'un de si important... ? l'encouragea-t-il.

— Je ferais mieux de te mettre le grappin dessus vite fait.

— De me mettre le grappin dessus ?

Il lui mordit méchamment l'oreille.

Shane pouffa et noua ses bras autour de son cou.

— Et même si je refuse de boire des martinis ou d'être élégante, je ferais une très bonne épouse de...

Elle marqua une pause de quelques secondes, perplexe :

— Qu'est-ce que tu es au juste ?

— Fou de toi.

— De président de société, décida Shane avec un hochement de tête. Non, je ne pense pas que tu puisses trouver mieux. En y réfléchissant, tu fais une excellente affaire avec moi.

Elle lui donna un baiser sonore.

— Quand partons-nous pour les Fidji ?

— Après-demain, l'informa-t-il avant de se remettre debout et de la jeter sur son épaule.

— Vance, qu'est-ce que tu fais ?

— Je t'emmène en haut pour faire l'amour avec toi.

— Vance, commença-t-elle à protester, riant à moitié. Je t'ai déjà dit que je n'aimais pas être trimballée comme ça. Ce n'est pas une façon de traiter la fiancée du président de Riverton.

— Et tu n'as encore rien vu, lui promit-il.

Exaspérée, Shane lui asséna un franc coup de poing dans le dos.

— Vance, je ne plaisante pas, pose-moi par terre !

— Je suis viré ?

Il entendit l'étranglement caractéristique des fous rires de Shane :

— Oui !

— Bien.

Il lui enserra fermement les genoux et la porta en haut de l'escalier.

Édité par HarperCollins France.
Composition et mise en pages
Nord Compo à Villeneuve-d'Ascq

Imprimé en septembre 2024
par CPI Black Print (Barcelone)
en utilisant 100 % d'électricité renouvelable.
Dépôt légal : octobre 2024.

Imprimé en Espagne.